风起江南

陆春祥／主编

风停留在我的院子，
嘱咐我们要热爱这个世界

一院子的时光

桑洛 著

文汇出版社

图书在版编目（CIP）数据

一院子的时光／桑洛著 . -- 上海：文汇出版社，
2025.1. -- ISBN 978-7-5496-4409-4

Ⅰ . I267

中国国家版本馆 CIP 数据核字第 2025QH3961 号

一院子的时光

著　　者／桑　洛

责任编辑／邱奕霖

装帧设计／书香力扬

出版发行／**文匯**出版社

上海市威海路 755 号

（邮政编码 200041）

经　　销／全国新华书店

印刷装订／四川科德彩色数码科技有限公司

版　　次／2025 年 1 月第 1 版

印　　次／2025 年 1 月第 1 次印刷

开　　本／880×1230　1/32

字　　数／260 千

印　　张／11. 625

ISBN 978-7-5496-4409-4

定　　价／58. 00 元

我们将整个世界视为自己的花园

陆春祥

1

这里是富春江畔、寨基山下的富春庄，地图上却没有。进大门，过照壁转弯，上三个台阶，两边各一个小花岛，以罗汉松为主人翁，佛甲草镶岛边，杂以月季、杜鹃、丁香、朱顶红、六月雪等，边上，就是一面数十平方米的手模铜墙。

墙上方主标题为：我们将整个世界视为自己的花园。

小说家、诗人、散文家、报告文学作家、文学评论家，这些作家，有的已入耄耋，有的则刚过不惑，手模有大有小，按得有浅有深。经常有参观者这样对我说：看这位作家的手模，手指关节硬，粗大有力，应该是工人或者农民出身；看那位作家的手模，手指细小，浅纹单薄，应该是个没有劳动过的知识分子。我往往惊叹：谁说不是呢，手模不就是作家的人生吗？五十五位作家的铜手模，在正午的阳光下，会发出耀眼的光芒，看模糊了，再看，那些手模，竟然纷繁如灿烂的花朵一样。

所有的优秀写作者，不都是将整个世界视为自己的花园吗？

话说回来，既然是花园了，那还不得草木茂盛？

现在的富春庄，建筑面积一千多平方米，花园也有一千多平方米。植物是花园的主角。它们就像挤挤挨挨的人群，只是默默无语罢了。除前面提到的一些外，还有山茶花、红花继木、榔榆、海棠、红梅、鸡爪槭、枸骨、竹子、青艾、芍药、六道木、菖蒲等。比如我住的 A 幢旁边计有海桐、枸骨等灌木，月季、杜鹃、墙角的溲疏、绣球花、萱草，一棵大杨梅树、萼距花、菊花、迷迭香、南天竹、石竹、黄金菊、水鬼蕉、朱蕉等，林林总总，竟然有百余种。如果有时间，真的很想写一本《富春庄植物志》，在我眼中，它们都是山野的孩子。

春夏季节，草木们似乎都在比赛，赛它们的各种身姿。那些花们，熬过秋冬，在春天争艳的劲头，绝对超过小姑娘们春天赛美时与别人的暗中较劲。而四季常青的雪松、冬青、枸骨们，则显得极为冷静，它们就如村中那些见惯世面的长者，默默地看着身边的幼者，时而会抚须微笑一下。时光慢慢入秋，前院后院那些鸡爪槭，我叫它们枫树，则逐渐显现出无限的秋意，细碎的红，犹如撑开一把把大伞，那些春季里曾开出过傲慢花朵的低矮植物，此时都被完全遮蔽。其实，鸡爪槭春天绽放出铜钱般的细叶，也令我无限欢喜。

无论是花的热烈、浓香，抑或是树的成熟、伟岸，草木们其实都寂然无声。有时经过树下，一片叶子会轻轻搭上你的肩头，那也是悄无声息的。不过，在我眼中，每一种植物，都有蓬勃与盎然的生命，它们既是我的陪伴者，也是我的观察对象。我知道，它们都有独特的生命演化史，也有自己的生存与交流语言，虽非常隐晦，或许人类根本观察不到，我却认为那一定是意味深长的。

淳熙十一年秋，退休后的陆游在家乡山阴满地跑，那些与他相视而笑的植物，不少被他收入诗囊中。比如《剑南诗稿》卷十六的《山园草木四绝句》，紫薇（钟鼓楼前官样花，谁令流落到天涯），黄蜀葵（开时闲淡敛时愁），拒霜（木芙蓉，何事独蒙青女力，墙头催放数苞红），蓼花（数枝红蓼醉清秋）。一路行，一路观，借植物既抒感情，也言志向，信手拈来。

今日清晨，我经过小门边，忽然发现，围墙上的月季太张扬了，花朵怒放，铺天盖地，想霸占周围的一切领地。我立即戴上手套，收拾它一下。我只是想让被遮盖的绣球花们，呼吸顺畅一些。我希望庄里的植物们，与天与地与伙伴，都能默契，共生共长。

2

我们将整个世界视为自己的花园。

这个标题中有三个关键词。

"我们"是主角，是观察的人，是写文章的人，但仅仅是我们吗？

"我们"还是"他们""你们"。"他们""你们",是没写文章的绝大多数,是阅读者,是倾听者,是家人,是朋友,"他们""你们"构成了这个社会的主体,而"我们",只是极少数的表达者。

"我们"还是"它们"。"它们",是动物,天上飞的,地上跑的,水中游的,有脊椎的,无脊椎的,形形色色;是植物,有种子的,无种子的,种子有果皮包被的,无果皮包被的,有茎叶的,无茎叶的,一片子叶的,两片子叶的,有根的,无根的,琳琅满目。"它们"以自己的方式交流、对话、思考,"我们"观察"它们","它们"也同样与"我们"对视。"我们"与"它们"同属一个星球,同享一个太阳,共照一个月亮,"我们"与"它们",其实在同一现场。1789 年,英国博物学家吉尔伯特·怀特在《塞尔彭自然史》中这样说:鸟类的语言非常古老,而且就像其他古老的说话方式一样,也非常隐晦。言辞不多,却意味深长。

"整个世界",是重要的辅助,是"我们"的观察对象。世界之大,无奇不有,写作者要寻找的就是这个"奇"字。"奇"乃不一样,奇特,奇异,怪异。奇人、奇事、奇景,总能让"我们"兴奋,激动,灵感爆发。

这个世界说大也大,说小也小,千变万化,"奇"也复杂。那些表面的"奇",一般人也能观察到,但优秀的探索者,往往能将十几层的掩盖掀翻,从而发现自己独特的"奇"。不奇处生奇,无奇处有奇,方是好奇、佳奇。

"自己的花园"。有花就会有园，你的，我的，他的，关键是"自己的"。一般的写作者，很难形成自己的花园，东一榔头西一棒，学样，跟风，别人家的花长得好，自己也去弄一盆，结果，东一盆，西一盆，南一盆，北一盆，表面看是花团锦簇，细细瞧却良莠不齐。其实，植物的每一种生动，都有着各自别样的原因，个中甘苦，只有种植人自己知道。

契诃夫说：世界上有大狗小狗，它们都用上帝赋予自己的声音叫唤。那么，"我们"面对"整个世界"，就照着自己的内心写吧，脚踏实地地写，旁若无人地写，"春种一粒粟，秋收万颗子"，直到"自己的花园"鲜花怒放。

3

风再起江南，这个系列的第三季，又朵朵花开。

这数十位"我们"，皆将整个世界视为自己的花园。

"我们"，是王楚健、桑洛、林娜、陆咏梅、郑凌红、陆立群、陈羽茜、张梓蘅、张林忠、黄新亮、金坤发、金凤琴。

王楚健的《墨庄问素》，肆意行走，勉力挖掘，与山水互为知音，赋予草木与风景精魂和魅力，并与深厚的人文精神相交融，写人，写事，写物，均古今勾连，字里行间蕴聚了灵性与内涵，文章蓬勃生动，气象万千。

桑洛的《一院子的时光》《总有一缕阳光温暖你》，他一直在追逐着光，他的足迹遍及浙江大地、中国大地，甚至世界大地。人满世界飘，内心却沉静，文字也随之简洁，句式简短，散散的，疏疏的，干净朴素，思维随时跃动毫无拘束，行走时不断碰撞出的火花也不时闪现，思想的芦苇，时而摇曳。

林娜的《醉瑞安》，是一个游子的近乡情怯，亦是一个游子的乡愁总爆发。故乡的人事，故乡的风物，故乡的山水路桥，故乡的角角落落，故乡的任何一处，都会将她的激情点燃，继而汹涌澎湃。故乡即旷野，她在旷野上矫健奔跑。

陆咏梅的《今夜月色朦胧》，在深夜，细数家乡的菜园子，一页一页翻寻，一帧一帧浏览，幸而，已镌刻在心灵的图籍上。漂泊异乡的游子，能做的，就是翻寻昨日残存的记忆，刻下一个历史的模子，留给孩子。然后，修筑心灵的东篱，让童年的骊歌落下。

郑凌红的《红尘味道》，食物的讲义经久不散，不同的食物，就像人生的一面面镜子。青蛳的气质，可以作为清廉的美食代言人。它在岁月的历练与淘洗中，成了家乡味道的外溢，糅合了岁月和人间烟火的智慧，构成与天下食客人生轨迹交融的一部分。

陆立群的《轻舟已过》，在一路的冥想中，走过了孩提、少年、青年、中年，所失与所得，都交还给了时间。记忆与现实，皆需要用脚步去抵达。人生的意义，是各自按审美织就的波斯地毯，季节会带来新的风景。只有那些剩余的梧桐，有着最深的记忆，时而繁盛，时而萧素。

陈羽茜的《壹见》，读小说，读诗歌，读散文，观影剧，看评论，作者博览群书，徜徉在文学的海洋中，肆意吸吮，天上地下，古今中外，人事物事，林林总总，就如一只辛勤的蜜蜂，繁采百花，进而酿出属于自己的蜜。大地上的炊烟，弥漫着经久不息的诗情。

张梓蘅的《无夏之年》，多棱镜般的世界，驳杂的人生，眼花缭乱的影像，羞涩的行走，温暖的过往，少年用她纯净而清澈的双眼观察社会、人生及她所遇到的一切，她在阅读中寻找自己的快乐，她在表达中呈现稚嫩里的成熟，优美与识见如旭日般升起。

张林忠的《杭州唯有金农好》，作者横跨书法、评论、作家三界，对"扬州八怪"核心人物金农做了多角度、全方位的探索。金农的人生、学问、艺术根基，寻求仕途的渴望，终无所遇，他却在另一个王国里创造了自己的辉煌。一个立体的金农，栩栩如生地伫立在我们眼前。

黄新亮的《心中的放马洲》，故乡的风物与山水，一物一事，一草一木，皆让作者心心念念。领悟百味人生，玩赏沿途风景，畅游浩繁书海，呈现质朴的表达，流露真挚的感情。在大地上不断寻找，于细微处探微求知，白云悠悠，满山青翠，富春江正碧波荡漾，春正好！

金坤发的《会站立的水》，在不经意的小小遭遇里，水并不单是谦虚的化身，还充满着神奇与积极向上的进取精神。只有当它融入另一种生命，它才能让万物苏醒，让垂危的生命出现转机。它在每个生命背后都默默地站立与护佑，世界因此处处万紫千红，生机勃勃。

金凤琴的《唱给春风听》，酸甜苦辣，喜怒忧恐，像极了音乐中的七个音阶，生活中的零零碎碎、丝丝缕缕，其实可以谱成一首首声情悦耳的小曲。所有过往，皆为序章，时光，情愫，心态，温馨的，忧伤的，细细的，淡淡的，一曲一曲，都悠悠地唱给春风听。

4

画作永远没有风景精彩，无论多么优秀的作家，都做不到百分百还原繁杂多姿的生活，写作就是一场漫长的修行。我们将整个世界视为自己的花园，梅花三万树，园中春深九里花。

癸卯腊月十八
富春庄

（序者为中国散文学会副会长、浙江省散文学会会长、鲁迅文学奖得主）

目 录
CONTENTS

良 辰

生活美好，人生不过是和万物谈个恋爱 …………… 002

到雅畈，只为见一面 …………………………………… 006

风中传来一缕香 ……………………………………… 013

江南风起 ……………………………………………… 017

今年的栀子花只开了一朵 …………………………… 020

送你一朵白兰花 ……………………………………… 023

所有的一切都是大自然的馈赠 ……………………… 026

她们用院子，点亮别人的生活 ……………………… 029

踏过废墟寻找光亮 …………………………………… 032

听凭岁月老去 ………………………………………… 036

我带着家乡的门牌浪迹天涯 ………………………… 040

凡常生活，闲时与你立黄昏 ………………………… 042

想想一院子的美好 …………………………………… 044

笑问灶前粥可温 ……………………………………… 047

一不小心，我成了雅畈人 …………………………… 051

人生以一院子为单位 ·················· 055

一院子的等待 ·················· 058

一院子的时光 ·················· 061

一只鸟迷恋种子自由 ·················· 063

有个院子，让你更热爱这个世界 ·················· 066

院有繁花向日倾 ·················· 069

在春天，梅花的告别有一万种方式 ·················· 072

在江南，每一寸土地都是大地的奇迹 ·················· 075

在乡下，风车茉莉不过是丛野花 ·················· 079

在有限中，实现一丝丝可能 ·················· 082

最美的花园 ·················· 085

你是那一树一树的花开 ·················· 087

烟 火

大自然对人类的浅薄，保持沉默 ·················· 092

嗨，你愿意跟我回家吗？ ·················· 095

换个地方，看人间烟火 ·················· 097

离别的笙箫 ·················· 101

每一次落雨，都似一种警示 ·················· 104

明天会更好，现在要保持微笑 ·················· 108

你来，我给你留足了位置 ·················· 111

你我暮年，坐在自己年轻时候种的树下喝茶 ·················· 114

枇杷在我的院子里是朵花 ·················· 116

让香椿活得像棵树 ·················· 120

人间的悲欢并不相通 ···················· 123

时光，你且慢点 ······················ 127

松风夜转潺流水 ······················ 129

天地万物各自忙 ······················ 132

我们，都身处一个紊乱而不安的世界 ········ 135

我们之间不曾有条汪洋的河 ·············· 138

一个小院，陪我们走过完整的四季 ·········· 141

用碎片的时间，做件完整的事情 ············ 145

有些花儿，你都不知道它开过 ············· 148

宇宙纯粹，万物并没有界线 ·············· 152

院子里的樱桃熟了 ···················· 154

在这里，我爱过一个院子 ················ 157

听　风

七夕，爱的礼物 ······················ 162

不能被摧残的，仍然是璀璨于内心的渴望 ····· 166

秋天，访一杯乡村手磨的咖啡 ············· 169

东篱有株土枇杷 ······················ 173

拐枣在等一场秋天的白霜 ················ 176

秋天，丰收是没有边界的 ················ 179

秋天的院子，缺棵柿子树 ················ 182

秋天通往冬天，也通往春天 ·············· 187

让灯光陪你走远一点 ··················· 190

天空中有另一个世界 ··················· 193

我们共赴美好，偶然失之交臂，却最终相逢 ············ 195

我伸手接过一汪倾泻的月光 ················ 198

我与花楼基隔着一首诗的距离 ················ 203

我纵容秋风的深情 ············ 206

深秋了，去梧杉隐居看秋色 ················ 208

心里有什么，你看到就是什么 ················ 213

雅畈，那一抹淡淡的烟尘 ················ 216

要不，再耐心一点 ················ 219

一篱秋日蔓丝瓜 ················ 223

一望二三里，雅畈上千年 ················ 226

心若温柔，万物美丽 ················ 236

在废墟上浇灌希望 ················ 238

在青隐，等一场微雨 ················ 242

在秋天，赞美秋天 ················ 247

在与生命相遇的每一天，我都想留点记忆，去感悟、去记录 ···

················ 249

清　简

忽然之间，你想去个地方看个朋友 ················ 254

风吹小木屋 ················ 257

每条道路都通往幸福 ················ 260

那些顽强的生命，赢得尊敬 ················ 264

你要相信水泥地上都能长出漂亮的花儿 ················ 268

请原谅，我们的生活过于匆忙 ················ 270

如果不能选择命运，那将一切可能都浓缩成生命吧 ········ 273

烧锅孔 ··············· 275

为何而来 ············· 278

为你种片甘蔗林 ········· 281

我爱那旷日持久的深情 ······ 285

我常会想起，生命中的你 ····· 289

我的木莲 ············· 292

我行其野 ············· 296

我花了很多时间，去清理、疗愈，重新整理自己 ······ 299

我们都是过客 ·········· 305

我那泛滥成灾的情绪 ······· 307

我思考过与一株小草的关系 ···· 311

我闻到了久违的蜡梅香 ······ 314

我想带你去一个地方 ······· 318

无暇矫情，无暇悲伤 ······· 322

现在，请微笑一会儿 ······· 326

夜，我贪恋一缕光 ········ 328

应允一段美好的时光 ······· 332

有些话，当我懂得已经老了 ···· 335

在春天到来之前，将生命与爱重新打开 ······· 337

在时光的灰烬上，我们种植心中的花朵 ······· 340

珍重待春风 ··········· 344

自己选择的孤独，那是寂寥的幸福 ········ 347

良辰

生活如此美好，和万物谈个恋爱吧！

生活美好，人生不过是和万物谈个恋爱

生活细碎，万物成诗。

一

对于一个热爱生活的人来说，万物都是可爱的。

感觉周姐一直都很忙。

这是"不出门，不添乱"的时光，她也一直在忙忙碌碌。晨起在乡间跑步，拍拍野花，摘摘野草莓，或是骑个自行车在乡间逛逛，在田间找点野菜，如马兰头、野芹菜、桑叶之类的，还有摘点松花回来酿酒，回家后料理家里的各种大小绿植，打扫一下卫生，最后心满意足地在自己的院子里坐下，喝喝茶，看看书。

一时闲适时光，一院子美好与从容。

对于一个热爱生活的人来说，万物都是可爱的。生活美好，人生不过是和万物谈个恋爱。

周姐一年前在这个小村里租了一处破败的院子，自己打造成一个属于自己的理想中的房子。白天去婺城上班，晚上回来享受自己的院落时光。周姐眼中的美好，不过是她热爱生活，真心喜欢大自然中美好的一切。

烟火才是人间的常态，我们不过是在普通的烟火中找到那份执着的爱。

松花酿酒，春水煎茶，是我们偶尔的诗意，却可以温暖一辈子。

二

生命中让人感动的不只是那一花一木、一山一水，还有一人一事、一书一茶等，万物都有灵性，都有爱，令人感动温暖。

璐璐拥有让人无比赞叹的无敌院子。院子里有半亩方塘，有宽大的草坪，有参天的古树，在她的院子里，人生就感觉到渺小了。她住的房子也是相当考究。房东是东哥和惠惠夫妻，他们考察了全国各地优秀的案例，从江西淘回几卡车的老木构建，搭起了一座房子，房子古今结合，宽大而通透，是乡村老房子改造的一个典范。

有院子的人，忙是常态。璐璐也一直在忙，忙院子的改造，忙房子里装修细节的调整。很多事情，都是亲力亲为，竹篱笆从砍竹子开始都是自己动手。抡把锄头种菜，找个大缸腌菜。就这么忙忙碌碌，偶尔闲下来，沏壶茶，泡杯咖啡，看着一儿一女采摘院里的果实，和狗狗妞妞玩得开心，在草地上撒撒野，偶尔朋友们过来小坐，顿觉一切值得。

她常手上拎着竹篮从我的房门前经过，篮子中有野草莓，手中拿着乡野之中摘的野花，仿佛盈盈走过来一个春天。

因为热爱，生活美好，她的生命因此而丰盈充沛，生机勃勃。

三

心有微光，所遇皆美好。

我们今生不可或缺的朋友，有独处、诗、书、画、音乐，还有养花。

宇宸在周姐的指导下，给菖蒲"剃头"，将育好的菜苗种到地里；去地里摘自己种的樱桃，喝自己做的手工茶，闲时画画、读书。她的小院，精致典雅，每一处都匠心独具。在她的小院里，可以懒懒的、散散的，让人得以治愈，又让人感受到生机与希望。

这是一个踏着清晨的光随风奔跑的女子，在动与静之间，在城市与小院中，找到了自己的平衡。

她用心准备每天的吃食，手写读书笔记，将生活过得充满了仪式感。

"画画喝茶日月长，难得最是心从容。"温柔触及心头，每一寸岁月都不该被辜负。有些人，在平淡的生活中找到诗意，将日子过成了诗。

每夜入睡前，我们都觉得意犹未尽。

生活美好，我们都在和万物谈个恋爱，我们用热爱点亮生活。

四

心之所向，素履以往。

拥有一个小院子，可以种自己想种的花；有一个书院，有一面很大很大的书墙，是很多女孩子一生的梦想。

之玉实现了。

她的院子，有一条开满蓝色绣球花的小径，有高大白色的中华木绣球，绿色的草坪上有秋千，有挂满果实的枇杷树，还有绿色的竹子、宽大的芭蕉，等等。她的书墙有两层楼高，摆满了各种书籍。整个房子的装修都是自己设计，有些自己能做的活自己做，不能做的找施工队。看着原本破败不堪的房子、杂草丛生的院子在自己手下一点一滴地呈现出来美好后，她心满意足。这其中的过程，付出的心血与汗水，只有自己明白。

她的院子，有书香，有花香。她将诗意和远方、梦想和希望，都种进了自己的院子。随处的一个小角落，都渗透着她的审美、她对生活的热爱。

历过人间烟火，微笑向暖。她的乡村院落时光，春日迟迟，莳花理卉，素笺碾墨，倚窗听雨，尽是闲情之计。

尽是美好。

生活细碎，万物美好。

我们都有梦想，有人努力去实现梦想，有些人的梦想一生都在流浪。

我们面对着同样一个世界，生活如此美好，和万物谈个美美的恋爱吧。

到雅畈，只为见一面

　　牵动我们内心的一个地方，往往藏着一方美景，一处美食，一片记忆，还有那个地方住了一个人，常有让我们想驱车前往探访的欲望。

　　有很多朋友对我说，雅畈，现在成为我们的牵挂。

　　只为一面。

一

　　见一面。

　　我们牵挂雅畈的一处院子，院子里的一个朋友。

　　人生见一面，少一面。在如此美好的年华中，没有去见自己想见的人，没有去过自己想去的地方，该是有多么遗憾。

　　清晨，总有长尾的喜鹊落在我院子的枝头。晨光中，每一次露水，都润印着它不一样的身姿。它们在天空看得更远，老远就看到了宾客的踪迹，总是迫不及待地在枝头告诉我，有贵客到有贵客到！

叽叽喳喳。

它们说有贵客到，真的就有贵客到。

雅畈不远。我是很多朋友的远方。朋友对我说，我们要来雅畈看你，看看你文字中雅畈的世界，看看你笔下雅畈的牛肉面，看看你的一院子时光。

我说，好呀！好呀！

雅畈不远。他们说，你在雅畈，我们要来看你。说来，就来了。大董从北京、韩哥和晓静从青岛、刘凡从深圳、利雅从杭州、志勇和小潘从宁波，飞机或高铁加高速公路，说来就来了。友情需要说走就走的勇气。在交通便捷的年代，想看一个人，说路途遥远，似乎是种推辞。大家相聚在雅畈白杜龙这个小小村子里，喝很烈的酒，唱很嗨的歌，聊深沉的情谊。这片土地，都为这千里迢迢的友情所震动。

要知道，你们要来的日子，喜鹊叫了一整天。

雅畈不远。江涛、中华、中意等来看我，从市区江南过来，也仅仅是十几分钟的车程。他们说，想不到这里这么近啊！有喜、张乎、南蛮玉、林子等来看我，他们说，到雅畈真的感觉在穿越，这个古朴的小镇，像是这个节奏欢快世界遗漏的地方；人间浅睡小院，像是魏晋弥漫的清风。

雅畈不远。春花盛开的日子、夏莲满塘的岁月、秋叶飘红的时光、梅花摇摆的雪夜都有不同的风景。现在，我们将虚拟的世界，精心折叠成现实的模样，在智能手机中聊得热火朝天，却忽略了，生命需要更多面对面的真诚。

我们需要见一面。

我在城市的边缘，开辟了一处小院子。在尘世中，这个院子如尘埃一般渺小。我在前庭后院种上农耕与园林的梦想，在室内一墙的书海中延续雨读的人生目标。我在文字中记录着我一院子的生活，这个院子里的枇杷、芭蕉、拐枣、樱桃等一切的一切，我都想告诉你。

我希望粗茶淡饭里的生活可以更从容，我希望柴米油盐的岁月可以有更多的诗意。

如果你喜欢我关于院子、关于雅畈的文字，我很欢喜。

如果你来了，我请你坐坐，喝杯茶，随意聊聊今天的天气。

二

只为一面，吃一面。

我们牵挂雅畈的一碗普通的牛肉面。

来雅畈，我请你吃一碗牛肉面。

在我们老家，待客之礼，最为尊贵的就是一碗鸡子索面。逢年过节，如有客来，定是先用猪油炒了肉、青菜、胡萝卜丝之类的备用，再用清汤煮了鸡蛋，剥了蛋壳，置在碗底，清水煮了土索面后再盖于鸡蛋之上，浇上之前烧的汤料于其上——这就是一碗顶好的鸡子索面了。在物资匮乏的年代，鸡子索面已经是乡村人的大礼了。鸡蛋深埋碗底，有两个或是三个，也是乡村人含蓄朴素的一个方面。

来雅畈，在院子里喝茶看书之余，我常对朋友说，走，我们去吃碗雅畈牛肉面吧！

朋友都会说，好呀！雅畈牛肉面，久仰大名！

于是，我们就驱车前往不远处的镇里吃面。吃得最多的是花花面馆。带去的人都是我朋友，有写文字书法的，各行各业的，有国内国外的。我们常吃一碗正宗的牛肉面或黄鳝面，面是现拉的，韧劲十足，咬性很好，佐了青菜、雪菜、萝卜丝、牛肉、黄鳝等，非常好吃。花花面馆的老板鲍哥，总会在我们埋单的时候看一看碗中，他说如果碗里剩下太多，他会感觉到内疚——是不是面没有烧好，不合大家胃口？不过，他的担心都是多余的。带到花花面馆吃面的朋友，总会吃得连汤都只剩一点点，吃得心满意足。

我们都只适合简单与真诚。那热气升腾的牛肉面，也常让我双眼模糊，为这远道而来的朋友，为这见一面、吃一面的友情。

友情由血与泪的经历、普通烟火的相处和聊不完的话题组成，加上雅畈的牛肉面，成为我们生命中记忆的封印。

很多朋友说，从此，雅畈是我常去的地方。

雅畈牛肉面，是我牵挂的美食。

人生，见一面多一面。

人生往后走，经历的事情越来越多。常在不经意的时候，就看到微信同学群或是家人群里，看到某个同学或家人英年早逝，悄悄地走了。听到这个消息的时候，心总会沉一下。一转身，人生就成了永隔，多少未了事，都付虚空中。

所以，我常说，如果想去看一个人，那就去吧！

人生，见一面少一面；人生，也是见一面多一面。

三

见一面，只为见一面。

如果不去，你怎么知道这个世界这么美好？你怎么知道这个世界有那么想见的人、想去的院子？

省政协的费晓燕老师在国庆期间和吴远龙老师一起来雅畈白杜龙看我，回去写了一段文字，让我感动。

请允许我大篇引用：

这是一篇放置在心里很久的文字，题目是当天都已经想好的：见一面。因为回忆太美好，总怕自己写不好，所以一直落不下笔。今日举国上下皆沉浸在喜迎盛会的兴奋中，恰有小朋友发来新作发表的消息，不禁想起那日的烟火气和文友们。最好的盛世，就是这番浓浓的生活的幸福。

那日，住得山中，晨，主人已放好碗筷，静待我们一家三口吃早餐了。一边喝着他秘制的茶水，一边等着主人做出那份手工烩面，酸酸的，满是情谊。走时，他们一直送至家门，顿有舍不得离开的感觉。老友早就在山下等着，每次他都会带给我不一样的惊喜。这次，仍然如此。

我们到了一个有美丽名字的乡村，唤作白杜龙。村中有一座老屋，里面全是明清物件，小狗闲躺在天井下，主人并不出来，放心地在屋子里招呼我们随便看。老友带我见的是一位满是笑容的男士，如那日的阳光一般明朗，他是桑洛老师。他有一个中国文人都向往拥有的院子和温婉的妻子。推开"人间浅睡”的院门，晒秋的喜悦就扑面而来，一进进，一转转，有书有茶，有泥土有蓬勃的花草，当然有一群文人围坐。最让人惊叹的是那个后院，作家在里面成就了许多故事，把菜种成树，把树赏成花，那香椿的参天之势，金钩李的硕果累累，假连翘紫色带着花巧克力的芬芳，还有一棵不知名的小草顽强地长到了屋内门口的一角。我仿佛穿越到了鲁迅的百草园。坐在窗前，作家的著作就放在眼前，一边看书一边对照园里的植物，书本里的文字鲜活起来。“总有一缕光，照耀你，温暖你”，书房的地上打着一排字，我们就坐在这缕光中。

午，作家带我们干脆坐进了烟火中，一碗碗热腾腾的手工面，我们在烟火中笑。

只为见一面。

费老师那天坐在花花面馆，眼睛发亮。一边吃面一边对我们说，我想好了一篇文章——《见一面》。她回去后写的这篇小短文，“最好的盛世，就是这番浓浓的生活的幸福。”“我们干脆坐进了烟火中，一碗碗热腾腾的手工面，我们在烟火中笑。只为见一面。”——让我眼眶湿润，真心感动。她能读懂我文字中的信息，能理解我们院子中各个细节的含义，我们都不消多说。

那一日，秋日的天空很蓝，木质老吉他，发出了失散多年的声音。

费老师说，她还会来雅畈，来看我，来吃一碗雅畈的牛肉面。

很多来过的、没有来过的朋友也这么说。

这让我想起了仓央嘉措的名篇《那一世》——

那一世
我转山转水转佛塔
不为修来生
只为途中与你相见。

我们终会相见，也终会告别。

人生海海，生命短暂。我们来这尘世一遭，只为与你见一面。

见到了。淡淡地对你说，吃过了吗？

我们一起吃碗雅畈牛肉面吧！

只为见一面。

我在雅畈，等你，只为见一面。

风中传来一缕香

一

坐在院子里，白色风车茉莉的花香踩着风火轮一般向我袭来，忍不住一阵陶醉。

但它们又是安静的，不争不闹。一丛丛的绿色如宇宙的天空，花朵如星星，点点地隐藏其中，你凝神看一眼，就会感觉到它们眨着眼睛在向你闪烁。

它们是自然赐予我的惊喜。我都不知道它们的根系在哪儿，它们从墙外爬到院子。刚来院子的时候，以为它们不过是普通的常绿藤蔓，凭空地骑了我的一面墙。

悲伤常常不期而至，快乐也常常凭空而来。在一院子的世界里，造物常奢侈地以一墙为单位。如一面面的书墙，如一墙的木莲，如一墙的风车茉莉。

如院子夜晚中的一面面墙，孤灯下自己的影子，影影绰绰地浮现着自己的俗世悲欢。

Anyway，风中传来一缕缕香，我的快乐也以一墙、一院为单位，塞满了整个世界。

二

推开院门，有扑鼻的兰花香。

这股兰花香，豪华奢侈，漫长地已经持续了一个春季。

后院小径两旁的蓝色绣球花，深沉宁静，也漫长地持续了一个季节。

世间再漫长的相守，也会有告别的一天。我常坐在院子中，以感恩的心看着盛开的花儿——如果能多陪一天，那么就是美好的一天。

我一直会记得有一天，康的那声惊呼："天哪，这是风车茉莉，这是大自然给我们多少的惊喜。"这个声音点亮了院子。

有一种惊喜，无疑类似哥伦布在海上漫长的漂泊之后发现的新大陆。

以感恩的心感知世界，惊喜就会无处不在。

总有一天，我们都是会告别的。让我们转身离开的时候，记得风中曾经传来的一缕香，我们曾经相守过的世界。

三

人类总是不吝自己的能力，狂妄地去教育和改变周围的世界。植物默默地以自己的方式，告诉我们一些浅显的道理。

落地窗前的紫色蔓马缨丹，烂漫地开得正旺。它们曾经差点被舍弃了，没有人浇水，没有人管它们。在那个时候，它们没有伤心，只是收起自己的羽翼，忍耐着等着机会。到了新的院子，给它们换了盘，浇了水，没几天它们就笑着绽开了颜。

走过它们，风中有种小清香，独特的气息痒痒地挠我们的心神。这种气息，该有多原始，可以细分缕出它们的花语。

蔓马缨丹的花语是家庭和睦。一个家庭，也是要经得起干旱，经得起风雨，经得起人生的考验。

四

相伴，不离不弃。

我们养一种小动物的时候，都会想到要不离不弃，对它们负责。其实，养一种植物的时候也应是如此，既然选择了，就要不离不弃。

在搬家的时候，老的培训教室很多东西都舍弃了，康在扔旧家具的时候，毫不怜惜，唯独面对一盘盘的植物的时候，下不了手，最后将所有的绿植都带到了新的院子，换盘的换盘，移植到土壤中的移植，精心照料。

我们看花的时候，像是看自己，也像是看我们这个世界。

我们领养了一种植物，也是宣示了一种盟约，今生今世都要遵守的盟约。

五

"在非人情的天地中暂时逍遥一会儿，是一种醉兴。"

院子是非人情的世界，是关于植物情的世界。

心踏上去雅畈的时刻，我整个人都感觉轻的，飘的，快乐的。如阳光下的羽毛一般，悠悠扬扬地在空气中起舞。

只要想到我能在院子里待上一时半刻，我就会感觉人间值得。

世界从来不缺美好。很多美好，需要我们用心去找寻，用心去发现。

"春日迟迟，莳花理卉，尽是消遣闲情之计；无事静坐，茗碗茶烟，皆为涤荡尘氛之法；窗明几净，满室长物，权当浮生滋养之道。"

万物滋养的院子，万物醉兴，醉倒在风中一缕一缕的花香中。

六

"把所有的春色、春风、春景、春声合在一起，我的心就不知不觉地完全饱和了。"

在院中，心常被快乐塞满。

风中常传来一缕香，好香好香。或是邻居烧了好吃菜的人间烟火，或是相隔院子里不知名的花香，或是乡村之间原始的味道。

无数的花香从我们的世界经过，无数的美好也经过我们。茫茫人海，我们也都从这个世界路过。

静坐院中，风中常传来一缕香，这缕香，是万物伸向我的一种问候。

懂得的人懂得。

珍惜的人珍惜。

江南风起

江南风起，吹起一粒粒沙。

邱戴个黑色的帽子，骑着一辆捷安特的自行车，帅气地从婺城江南和信路骑到江北马路里上班。今天的风真大啊！自从油价一次次上涨后，他就选择了自行车绿色出行。

今天的风特别大。他低着头，轻一脚重一脚，逆风骑行。特别累！还好戴了眼镜、口罩和帽子。他想，等周六油价下调的窗口开启之后，就可以痛快地去加油了，周末再开车出去拍些照片。

他和我说，油价降了，一个月可省不少钱呢！他年轻的脸上，有一些同龄人没有的深沉。

我的目光伸出了长长的手臂，想拍去这个年轻人肩膀上的轻尘。

风吹进我眼里一粒沙。我的目光扫了扫，却只是微笑了一下。

江南风起，吹起大叶梧桐的飞絮。

我在拷贝阿姨的资料，要好久。阿姨坐着，问我，一路走过来，空气中飞舞的是什么？感觉像雨一样。

我说，那是梧桐的飞絮。

阿姨说，这飞絮可真不美！入眼，眼睛难受；入鼻，鼻里难过。阿姨说着的时候，感觉她的心情就像今天的天气。

问阿姨在忙什么。她说什么也不忙。她是一个婺剧团的，最近演出都取消了。

那团里那些婺剧演员呢？

她们都去工厂打工了！忙些打包医疗类器械的小活。

那些在舞台上，让无数观众欢乐的她们，现在拿着工具，在做着一些包装类的活儿。我的心沉了一下，被飞絮蒙蒙了。

阿姨很平静，淡然地说这个天气，这个梧桐的飞絮。

江南起风，吹来一阵阵的菜香。

到饭点了，又是一桌美食。烧饭的阿姨，干净漂亮，烧一手好菜，做事干脆利落。

同事对我说，阿姨到我们这里烧个菜，纯属业余爱好，她自己经营着一个麻将馆呢，是名副其实的老板娘。

阿姨安静地坐着，笑了笑。她说，现在朋友圈里很多朋友都在兼职啊！做美容产品的，做健康产品的，做农产品的，等等。

她说，她的麻将馆也准备关门了。

我突然又想到我买早餐的一个烧饼油条小店前段时间突然就关了几天门。我一直纳闷，怎么就突然不开了？有什么状况？几天后，店重新开了。老板娘无奈地对我说，前几天店里来了一个"密接"的吃客，结果他们店里五个人就被隔离了六天，还好什么事情都没有。她叹了口气，被隔离的滋味可真不好受，我天天想着要发的工资，要付的房租，店里的食物会不会坏。她说，正常我们一天可以赚一千多块钱呢！还好，现在没事了！她又开心了。

江南起风，风中传来阵阵的轰鸣声。

朋友对声音很敏感。他对我说，这段时间神经衰弱，白天干不好活，晚上睡不好觉。白天走在路上，或是开车，到处都是挖地修路等施工。晚上呢，自媒体里看了各种各样的消息，精神疲惫。

现在窗外，风更大了，天也黑得紧。

我答非所问，要下雨了，大暴雨呢！

窗外的雨，马上就要泼墨而下了。

天总是会晴的。被暴雨清洗的世界，天更蓝，绿叶更绿，空气更为清新。

就像通往美好的道路，总是曲折着一路向前。

今年的栀子花只开了一朵

大自然的神奇，出乎我们的意料。花开花落，枝繁叶凋，都是在表达着什么。

六月花开毕业季，栀子花香满人间。往年开得无比茂盛的栀子花今年只开了一朵，让我无比地纳闷——它是不喜欢这新的环境吗？

植物以自己的方式，告诉我们些什么。它们也会笑，也会哭，会快乐，会悲伤，会生病，和人类一样，有自己的生老病死。要读懂它们的语言，需要了解它们的习性，需要仔细地观察，需要精心地照料，需要用心地去体验。

在院子里，植物们被我人为地分布在各个角落。有些在前庭，有些在后院；有些朝东，有些朝南；有些在花架上，有些在地上……植物们长得也各不相同，有些生机活力，有些黯淡灰暗；有些不知疲倦花开花落，有些淡然离场。

它们身不由己，被人为地安排。

有娇弱，有坚强。

有不同的归宿。

它们，半夜的叹息，你听到了吗？它们，星空里雨露里的欢乐，你听到了吗？

栀子花只开了一朵，它肯定是想告诉我些什么。

身外之物，我们生不来，带不走。搬家是场隆重的取舍，如同一次郑重的生离死别。无数原来珍藏的物品，片刻之间成了满场的垃圾。我们辛辛苦苦经营的一切，能带走的，只是一部分。

那天工作室搬家，望着满屋的物品，康说，我们先将花花草草搬走吧，给它们一个新的家。于是，凌霄花、蔓马樱丹、月季、兰花、绣球花等，都随着我迁徙到了这里。那盘原来种在一个废弃茶水瓶里的栀子花，最后一个放上车。

一个都没有落下。

我们最终没有放弃彼此，在新的地方开始新的生活。

我拖家带口，带着我的植物们在这个院子里开始适应新的生活。我适应这里原生态的鸡鸣鸭叫狗吠，适应荒野僻壤难以打车，适应这里黑夜中不知名的虫子，适应这里夏天很多的蚊虫，等等。植物们则在这个新的环境里，适应这里的空气，这里的阳光，这里的雨露。

有些花开得很热烈，有些植物默不声响。

它们肯定还知晓一些我所不知道的细节，了解我所看不到的世界。

栀子花开了一朵，它是想告诉我什么。记得那些年也经历了黯淡无光的日子，有人常给我播放一首歌："当所有的人，离开我的时候，你劝我要耐心等候……"

她说，我在，一直在。

后来的后来，我们都消失在茫茫人海。

栀子花静静地在前庭的一个角落，一天里我无数次注视着它。

嗨，花翁，送你一朵小花。我一直琢磨，你是在告诉我什么。

栀子花告诉我，它在，一直在。

它只是累了，需要休息一会儿。

我们来日方长，等明年的辰光。

送你一朵白兰花

我们的生活，我们的心情，偶尔需要有些东西装饰一下，比如需要一朵花。

花装饰了我们的生活。

这几天，我坐在院子里看书的时候，都会摘朵白兰花放在身旁。书，花儿，我，在乡村的鸡鸣鸟叫中，等着清晨的第一缕阳光照进院子。

我们的生活，需要点书香，也需要点花香。

这是白兰花开得正是茂盛的时候，一朵朵白色的花儿，藏在肥大的绿叶中间，不显山不露水地开放着。它们的香气，浓郁而又若有若无，飘在空气之中，混杂在我满院的书香里，形成了夏天人间浅睡独特的味道。

邻居有鼻子尖的，路过我们家门口，就会深深地吸上一口——哇，白兰花，好香啊！

我自己也是，常在到家的时候，一打开院门，闻到那股清香，就会心旷神怡——嗯，人间值得。此刻，刹那间就放下尘世所有的不快、所有的悲伤，我伸开双臂拥抱我院子里的一切。

一院子的时光

花开就是我院子的节日。江南，梅雨是老屋中潮湿的霉菌，是小溪大河中泛滥的情绪。白兰花，一匝一匝地开着，伴随着滴答的雨声，陪我走过江南的雨季。在出梅后的夏天里，它还是不露声色地一朵一朵开放着。我一直纳闷，是什么赋予了它小小的身体有如此深的能量，是什么能让它的花朵如此香馥。

白兰花不需要向我解释。它在我的院子里，尽情地绽放着，清风一样抚慰着我。

它默默地陪我走过漫长的雨季。

生活送我一树白兰花。

那天雨甚大，我和康经过北山脚下的一片花圃园，老远就闻到了白兰花的香味。待我们走到花前，一个戴着草帽的阿姨看我们喜欢，爽快地对我们说，喜欢就自己摘一朵吧，这花放在车里蛮香的！这些白兰花已经有一人多高，枝繁叶茂，绿意盎然，生机勃勃，看着就让人欢喜。我们有点不好意思地摘下了一朵，闻我闻，问阿姨这花怎么卖。

阿姨叹了口气。"最近的雨天，我们在花木城的生意都不好做。看得出你们是真的喜欢花，我们也是自产自销，你们要是喜欢就50元一株拿走吧！"

我呆了一下。这么大的一株白兰花，从小树苗生长开始，到现在需要多少时间呀？在四季的更迭中，在农人精心照料下，一圈圈地生长着，已经是很多年。而这一棵树的钱，不过是很多人两三顿的早餐。

我们买了两株白兰花，顺便又买了她花圃中一些别的花，满满地载了一车回到家中。

　　花朵身上藏着不可言估的价值，一朵花就可以改变我们的心情。

　　有朋友来院子里看我，临走的时候，我送到院门口，都会轻轻摘下一朵含苞待放的白兰花，郑重地送给他们。

　　"很香的，可以放在车里呢!"

　　"嗯。真的好香!"

　　我出门，都会从院子里摘两朵白兰花。走到路口，遇了接我的滴滴车师傅，就送他一朵。师傅们都会拿起来闻一下，微微地笑着说，真香呀!

　　此时，我想起以前在杭城，也是梅雨的季节，黄昏的灯光洒在微微潮湿的路面，总有一个花白头发的老奶奶挎着一个竹篮子卖白玉兰。她用白色的、黄色的丝绳将花儿绑起，叠放整齐。常有说着笑着的女孩子走过来，买下一朵两朵，深深地嗅了一把，挂在胸前，欢乐地离去。

　　我想，老奶奶的院子中，肯定有株白玉兰花，枝干挺拔，不知多少年岁。

所有的一切都是大自然的馈赠

一

清晨，在院子里听村里公鸡争相打鸣，听种种树木上小鸟百转千回的叫声，狗吠声很浅地藏在薄薄的清露中，母鸡得意的呱呱声要稍后才出现……很多果树已经挂果，急不可待地奔向成熟；很多花儿带着昨夜的雨珠，还在矜持地开放；很多植物还在用力地生长，今天的新绿又长高了一层。

乡间清晨，江南三月。

使劲地一呼吸，空气很单纯。

新的一天欣欣然又开始了。所有的一切都是大自然的馈赠。

二

这世界最美好的东西都是免费的，人类在挖空心思追求着那些粉饰内心空虚的东西。

在我的院子里，我想先认识每种植物的名字，分辨出院子内外那些不同小鸟的叫声。还有那些，我曾经认为不重要的事情，现在都很重要。

重要与不重要，优先顺序，我们用了一生去分别去排列。

我每天在倾听着大自然的声音，植物的花语，鸟类的鸣叫。

还有，我自己的声音。

三

不用高声语。

在院子里，我和植物，和小鸟都不用大声说话，我们各自默默地坐着，就懂了彼此。

人世间走得太久，最累的是那些言不由衷的话，那些心不甘情不愿走的路。如果遇到一个人，有说不完的话，眼神之中满满的爱意，愿意厮守一生，那肯定是爱情。

星辰与大海永远不会相逢，它们却心心相印，遥遥相望。我一直认为朋友之间最舒服的关系，不过是不远不近，君子之交淡如水。

懂得，并遵从双方最舒服的原则。

四

很多人总关心太遥远的事情，却忽略了身边的人、身边的事。

"葛优躺"拿着手机，刷着天下大事，刷着与自己无关的各种过度新闻，却和身边的人背靠背，冷漠如路人，没有话语。

夜晚，很多人都在纪念海子。半夜的时候，雨停了，我背着双肩包走在空无一人的乡间小路，满脑子闪过很多海子的诗句。

此刻，仰望着无垠的夜空，只想大声地背一句："今夜我不关心人类，我只想你！"

五

我不关心太过于遥远的人和事。

手机静音，屋里没有网络。

每天我只想看看院子中的木莲生长得如何，樱桃和枇杷果实长势怎样，院中的青苔生长都有自己的性格和特色。

世界过于繁杂，我的院子中只够种植简单与快乐。

我的心也是。

她们用院子，点亮别人的生活

最近，慕名前往雅畈白杜龙的人很多。

有人开玩笑，现在白杜龙啊，最知名的特产是院子！我们愣了一下，还是很开心地笑了。多好啊！我们白杜龙自然资源很贫乏，但是现在有很多有趣的院子，有很多喜欢院子的人在这里改造院子，在这里定居。这些院子，这些院子的主人，又吸引了很多很多人来这里参观，体验。现在来白杜龙的人，有北上广的人，有全国各地的人，还有附近很多城市的人。共同的特点是，热爱美好，热爱生活，热爱人生。

院子对于很多人来说，很近又很遥远。

有了白杜龙的这些院子，对于很多人来说，院子不再是遥不可及的梦想。

每个人都可以实现。

生命很短暂，生活是给自己过的。在有生之年，选择一种自己喜欢的生活方式过一生，那该是多幸运。

院子，是很多人一生的梦想。

如果可以，你真要有一个自己的院子。携一心爱的人，将中国传统的文人世界，以自己的审美，倾注在这个院子的一花一草一木中，在寻常生活中寻找到华丽的诗意。

真的不行，要有一个有院子的朋友。闲时得空，可以去她家里喝茶，晒太阳，烧烤做个饭，暖着壁炉看看书，享受现成的院子时光。

——这些，都是人生美事。

近在身边。

对于白杜龙来说，一个院子的客人，会是整个村的客人。

朋友来了，每个院子的主人，都成了村子的导游。

有朋友来，会带着朋友村里四处转转，这个院子逛逛，那个院子逛逛。白杜龙的每个院子，都有自己主人的特色。周姐院子的天井，她家的菜园，各种稀有盆景；璐璐家的荷塘月色，无敌的草地，露营的小木屋，飘着咖啡香味的百年建筑；安心小院的宋式风格，各个空间合理布局，极简极美；归零小院的精致，完美的灯光与音响，传统与现代的完美结合；大宝家的院子，宽敞明亮，匠心布置，每个角落都有故事；之玉家的院子，乡村书院风，她将院子的细节处理到了完美；素心家几百年的老宅子，雕梁画栋，丰厚的历史沉淀……

村中还有一些原生态的小院子，都有自己的特点，如珍珠点点，星罗棋布村中。

哇，哇，哇！来过的人都会被一个个院子惊叹到。

——怎么可以这么美！

——这完全是我梦想中的生活！

——乡下的房子可以改造成这样啊，想都不敢想！

——太美了，我待着都不想走了。

——回去我就要改造我家的房子。

——我要拍照，拍给我老爸他们看看，让他们也改造家里的房子。

——我还想来，我要带我家人来，带我家小孩来。

——这就是我想要的生活。

说得最多的——这一院子时光，这就是我想要的生活。

参观院子的时候，很多人的心都被美好所照耀到了，暖暖的，为一种院子主人实现了心中的梦想那种温暖的感觉。回去后，很多朋友对我说，我现在重新开始思考人生，思考生活方式，思考我的余生。

有很多朋友，回去后开始动手改造老家的院子；有很多朋友，回去后改造自己家的阳台的绿植；有很多朋友，回去后调整了自己工作、生活的方式；有很多朋友，将这些院子的理念，传递给更多的人。

我们，都变得更热爱生活。

白杜龙院子的主人，她们原本平凡，只是比很多人多了些勇气，迈出了去乡下有个院子的这一步。她们成了院子的主人，也成了自己人生的主人。

院子，温暖了这个村子，也温暖了很多很多前来探望的人。

这些院子的主人，她们的生活方式，影响了很多人。

这些院子，发出耀眼的光辉，照亮了更多人的生活。

踏过废墟寻找光亮

一

完整被打乱，只消边边角角一摇动，世界就会残缺。

我只是轻轻地将某个书架上的书拿了几本下来，塞进搬家的麻袋中，书房的世界似乎就崩塌下来了。

转眼，到处堆满了麻袋，麻袋里塞满了书。原本窗明几净、书本排列整齐的世界，就变得残乱不堪。

打破平整，只消撬动一丁点的地方，世界就崩塌了。

我们平时精心筑就的世界也是如此，貌似完美，貌似坚强，其实不过是虚构一场。

二

桑老夫子搬家，都是书。

我坐在木地板上，看着眼前的一切，很久很久。

叹了口气。

我原来精美的书房，此时是一片废墟。此时，我坐在一片废墟上面。

我喜爱的书籍，此刻它们被静静地塞进了粗劣的麻袋中，扭曲变形，我听得到它们难受的呼吸。我看到搬运工的脚无情地踩上去，看到搬运的绳索无情地勒进它们的身体，我却无能为力。

很多朋友说，这世间最不好的爱好就是——爱读书，爱藏书。他说，你看你看，搬家的时候多累多辛苦！

我想，他是说我。

还有人说啊，老桑，你这辈子就输在了书上。

三

人生，不过是从此处到彼处。

搬家。又搬家。

人类就是一次次地迁徙，一次次地搬家，一次次地从此处到彼处。

搬家，也是一次别离与重逢。人的一生，到底要搬多少次家才算是完整？

我不知道答案。

倘若，新家更美更好，那离别的心情肯定不会太难过。倘若，新家更差更不好，那心情肯定会不好。就如人生，走的是上坡路还是下坡路，你哼着的是什么歌。

四

他们，哼着快乐的歌，大把大把地流汗。

但是他们还是很欢乐。

他们将搬家的视频拍下来，发给老婆，发给朋友。今天搬了一天的书，你看，你看，这么多书。

这天，会是他们某种的记忆。

后来的后来，他们还是会说起，某年某月的某天，在婺城大黄山的某处，我们搬了多少的书。他们张开了手臂来夸张地形容，有这么多这么多的书！

他们偶尔会拿起几本书，看了看书名，大声地读了出来。

五

乡人做点什么事情，都喜欢挑个好日子，如搬家、乔迁、新婚，等等。

我没有。

已经数日阴雨。看了天气预报，今天是个晴天。

这就是个好日子吧！

日日是好日，年年是好年。

六

我们都很容易习惯，习惯一个人，习惯一个环境。

重建一个秩序，很难。难的在于改变原来的惯性，难的在新的环境中，建立一个新的适应。

我打开一个个麻袋，在新的书房里，将书一本本整理上书架。

轻轻地抚平它们，似乎也是在抚平自己的心。

亲爱的，让我们安安静静，在新的环境里，继续相伴成长。

听凭岁月老去

一

若说，我喜欢春天，喜欢她的什么？

是那一抹抹的新绿。

那一丛丛、一点点的嫩绿，鲜活地绽放在枝头，形成了一道优美的花冠——这是新春每种植物的新生。

我看着，瞧着，纵万千的不甘不舍难过，此刻我都会释然，放下。

新生，年年春会绿，年年植物都新生。

我们，也应年年新生，天天新生。

不是吗？

二

如果，不留心去看，你将会看不到大自然的精彩。不管你注意不注意，万物自顾自地长大，丝毫不会顾虑到你。

我在院子里，看我的拐枣今春嫩绿，那阳光下能柔柔地打动人心的嫩绿呀！

能化人心的绿，那醉人的绿。

坐着，就感觉心满意足。

所有的笔墨都难以着画，所有的文字都难以形容。

这抹的嫩绿，足以化解千愁。

看着她，绽放新芽，从一片两片到三片四片无数片，转眼她已经枝繁叶茂。

她在新生，我在树下老去。

三

假如，我任凭我的香椿老去，她会怨恨我吗？

邻居大婶已经提醒过我几次，你的香椿快摘下来炒鸡蛋吃了吧！不摘，接下来就太老了！

我笑了笑。香椿在枝头开出阳伞样的微笑。

我觉得在菜盘中的香椿，不如在树上的香椿好看。

我没有伸出手。

只是这样，香椿会不会怨恨我？

冬天的落叶，会告诉我答案吗？

四

院里的木莲已经结果，听邻居说，这可以做凉粉。

我看着她们慢慢成熟，挂在一片绿色中，我丝毫不为所动。

我想，我还没有准备好，她们也是。

那就，任凭她们挂在枝头吧。

我们一起，听凭岁月老去。

五

院中一树的红茶花，开了。

这几日，风雨飘摇，落了一地的花红。

我常感羞愧，因为喜好，常懒得在她身上停留几分钟。

但这一地的花红，惹我几千的思绪了。

怪你。

六

最近，无可救药地喜欢睡前喝上两杯。

春夜有雨，更甚。

在喝之前，先解千千结。在喝之后，再解千千怨。

若不能，再喝一杯。

我们和这个世界、和自己的融解，需要一种媒质。

话语都显得多余，那么，酒与春夜，是最好的朋友。

兼带数番愁境到梦乡。

几更。

七

在院子里，听了一天的雨。

又一天。

阶前的莲花雨接，迎了无数破碎的欣喜。我常想，雨和水，善利万物而不争，带着不同的形态生存，是不是有老去的一天？

人类，终究会老去。

我稳稳地站在青春的节点上，仿佛我没有老去。

老去的，只是时间。

我带着家乡的门牌浪迹天涯

故土情深，土地给人安静的力量。

以前人们背井离乡，都会带一把家乡的土，装在一个罐罐中，带到异国他乡。有这一罐的土壤陪伴，无论在哪儿，都会感觉到家乡就那样柔软地贴在心边。现在我们住在高楼中，离土地越来越远，离家乡越来越远。有多少人，还记挂着家乡的土地么？

年轻的时候，走得总是很潇洒，总想远走高飞。南下广东，北上北京，后又在无锡、杭州、上海工作过一段时间。那时候出门真的简单，背了一只黑色的双肩包，或是带上相机、球拍，就可以行走天下。流浪久了，漂泊总会在一定的时候停下来。回金华定居之后，离老家近了一些。家里开始收集了一些奶奶、外婆、母亲等用过的竹编制品，还有一些家里的老物件，多了一些老家的元素。身处在这些物件之中，如同以前出门带了一抔土的人们一样，我也会感觉离家乡很近很近。

最近在搬家，从城里去了乡下的一个院子。搬家之前，我常坐在地板上呆呆地想。这处我曾经住了多年的房子，在我离开的一段时间之后，将会彻底清除掉我曾住过的痕迹，仿佛我从来没有在这里生活过。在我告别的时候，除了书、家具、生活用品，我能带走什么？我又想带走什么？宽阔的世界里我们无比渺小，我们甚至没有一块真正属于自己的土地。在这处单元楼的一个房间里，我只是曾经住过。

我们都只是曾经来过这个世界，最终什么也带不走。

有一次回老家的时候，看到奶奶生前住的房子倒塌了，仅剩一个小小的门楼。我从门楼上摘下了门牌，从废墟中捡了两块砖头带回金华的家。门牌上写着——雅庄中路 82 号，我把这个门牌放在家中，仿佛我真的住在雅庄。数次的搬家，我也是将这个门牌随处携带，放在书房醒目的地方。这个蓝色铁皮门牌，见证了太多的变迁，它身上存储了太多的信息。

我带着家乡的门牌流浪天涯。

这次搬家，我将这个门牌带到小院子里，将这个门牌钉在院门上，一刹那间，仿佛重回到了老家。

这一生，总要有些物件让我们心安。就像这块小小的门牌，伴随着我；就像那上千册的书，伴随着我；就像那些家乡的老物件，伴随着我。

我们终将带不走什么，这世界天长地久不属于我们，选择那些让我们欢喜的人与事物，多陪伴一些，能多久就多久吧！

凡常生活，闲时与你立黄昏

江南冬雨，连夜绵延。在书房，花香入书，一朵蜡梅花从旁边重重地坠下，如重石入水，震荡风扬，激起千层的浪。

——如果去做，总有很多梦想可以实现的吧！

总有些梦想让人梦牵魂绕，念念不忘。这几年，生活越过简单，追求的东西越来越少。可舍的东西舍，可弃的东西弃，很少奢望些什么。

却有一个梦想一直放不下，一直梦想有个自己的院子。

这些年，我们离开家乡，越走越远，在外努力拼搏，圆儿时的梦想，圆一步一步不断膨胀的梦。到后来，繁华散尽，又想回到当初小时候的样子。小时候的原生态家乡，小时候的那小小的院子。

小时候，农村里家家户户基本上都有院子。院子很大，一般都会种各种的果树，橘树、葡萄树、枇杷树、柚子树、桃树等。这些院子，是我们小时候玩耍的乐园，也是我们四季美食的期望。

到后来，我们楼住得越来越高，离小时候的生活越来越远。

读《浮生六记》的时候，对这段印象深刻——"于此处修筑宅院，绕屋买下菜园十亩，寻来仆人、老妪，栽植瓜果蔬菜，以供日常家用。君绘画，我刺绣，换了银钱，以备诗酒之需。布衣菜饭，一生欢喜，不必作远游之计也。"

凡常生活，布衣菜饭，一生欢喜，这是何其美丽的人生。

"几时归去，做个闲人？对一张琴，一壶酒，一溪云。"走过红尘岁月，阅过人世沧桑，现在无非是想回归平静的生活，对一张琴，一壶酒，一溪云，一个院子。一个院子的梦，常入心来。可以种点水果，可以和孩子一起劳动，可以种点自己想种的花草树木，可以坐在院子里乘凉，与朋友一起喝茶，或是坐在院里看书，一切都好。

如果去做，一切都可以实现，只要自己迈得出那一步。

半年多的时间，一直在寻找合适的院子。现在，终于找到一处合适的地方，准备一个院子的美梦。我想写院子的草木生活，我想写自己改造院子的过程，我想在院里款待好友。"人有了自己的院落，精神才算有了着落。"我想梁思成说得对，院子就是一个人心的归处，精神这里有了着落，灵魂才能妥定。

有个小院，有个土灶。"向晚庭院，倚靠相背，闲话短长"，这是凡常生活的美丽。

闲时与你立黄昏，灶前笑问粥可温。

我想过一院子的生活，从今天开始。

想想一院子的美好

一个院子，就是很多人的诗和远方。

在枇杷树婆娑的树影下，我的案几是一根几十年的杉树根，坐着一条几十年的老石板，沏杯绿茶，吸口乡下新鲜的空气，一院子的美好扑面而来。

春风，院子里的春风都是甜的。

淡红的樱花，是突然地盛开的，如此迫不及待。无数的蜜蜂在枝间嗡嗡地飞来飞去，它们的颜色就隐入春日耀眼的空气中了。茶花开得含蓄而不声张，一朵一朵立在枝头，从花苞到盛开，它们已经走了很久的时间。枇杷树的果子，在慢慢生长着，不久它们就会以饱满的果子挂满了枝头。拐枣只看得见绿芽，干瘦的树枝顶向蓝色的天空。香椿，它还在睡眠中，诱人味蕾的细叶还没有绽芽。

院子中的木莲，强大得铺天盖地，先是骑了一堵墙，又以波涛之势，沿着墙面伸上了二楼的露台，嚣张的姿势，蓄力待发，随时可能进攻下一个城池。不过，现在它们停了下来，在我们进入这个院子后，它们就停下了任性生长的步伐，往后只能在我们给予的空间里自由生长。邻居告诉我，才两年哪，两年没有人住，这木莲就长得如此不可思议。两年前的木莲，还是个多年没有熬成婆婆的小媳妇，长在院子里一个角落中。那时，院子中的主力是一院子的蔬菜瓜果，其他的植物只能靠墙而立，如同那些做错了事被罚站的孩子，只能靠着自身的力量，攫取生长的力量，卑微地在这个世界的一个角落里生存。

在人类撤退后的两年里，万物就开始了丛林法则，胜者留存，逝者埋进土里，消失在空气中。房子就开始变老了，衰败了。

邻近的院子，不时传来母鸡下蛋后的咯咯声，无数的小鸟在枝头鸣唱，这是乡村特有的交响乐。

去年第一次来的时候，站在一片荒草的院子中，脑袋里浮过改造后院子的情景，马上决定在这个地方住下来。大年初七的雨天，冒着雨，将杂草等整理干净，之后开始平整土地，规划了一条青石板的小径，小径的两旁种了蓝色的绣球花，种了芍药花，沿墙撒了些花籽后铺上草皮，在树上挂了几个太阳能的碎纹灯，用一根杉木根做了茶几，两条青石板做了凳子。

半个多月，一个小小简单的院子就慢慢在呈现。

人类重新确定了这里的规则。我的喜好，不经意间改变了这里很多植物的命运。

总要有一个院子，盛放属于自己的快乐与悲伤，热闹与孤独，诗歌与远方。

有一个院子，先享受自己打造一个院子的乐趣。这样，这里的一草一木、一砖一瓦，都添加进了自己的快乐。

接下去，慢慢地在院子里再添些植物，在院子里喝茶，看书，发呆，静等万物生长。

我也在和这些万物一起生长。

走过阴晴圆缺，走过雨季晴天，走过黑夜白天，走过四季。

竹影扫阶尘不动。

轻轻的，院子中的时光。轻轻的时光就如空气一样，感觉不复存在。

笑问灶前粥可温

一

一日三餐，一年四季，寻常的日子生活才最有真意。

章凤大嫂来书院看我，对我说，退休以后人生三乐事——镜头，笔头，灶头。也就是拍拍照片"打鸟"，写字画画，忙忙厨房灶头，最近出行不便后，她人生最大的乐事就是忙忙灶头了。

灶头就是我们的一日三餐，平平常常中的三餐，连接起了一个个普通家庭的幸福。

外卖建立了新的习惯、新的秩序，方便了很多，创造了很多的就业，却也摧毁了很多我们认为传统的美好的事物。

我一直在想念以前的慢。骑车或是走路，去人间烟火的菜场买菜，回家择菜、洗菜、做菜，等着家人全部回家，聚在一起吃饭，那是多美的一件事。

要去找爱，去看看一户人家的灶头吧！看看普通人的一日三餐。

二

和朋友聊天，问，你觉得小时候你最喜欢待的房间是哪里？

朋友说，小时候啊，农村的房子很大，我们最喜欢待的房间是厨房，特别是冬天的时候。我们家的厨房啊，有土灶台，连接着餐厅，真的好温暖。

朋友有点出神了。他的心思飘回了小时候。

那时候他的老家，土灶头冒着丝丝热气，父母亲忙碌地做菜做饭，他和弟弟或是趴在餐桌上看书，或是在土灶里烤红薯，或是玩自制的玩具。空间里没有音乐，没有多余的电器。父母亲在聊着家常，他和弟弟吵吵闹闹。菜齐了，端上了餐桌，一家人围着桌子吃饭，其乐融融。

多美！

只是现在——

朋友摇了摇头。

我们已经多久没有见过升起的炊烟了？

多久没有一家人好好在一起吃饭了？

多久没有静下来去做一个菜，给心爱的人做份美食了？

好久。好久。

三

一份菜都读懂你的爱，你的心思。

心情乱的时候，心不甘情不愿的时候，入菜的滋味也就乱了。

　　有个厨师很用功地学做菜，可是一直做不好，只是一个三流的水平，在末流的酒店打着杂工。终于有一天，他恋爱了，女朋友很喜欢美食，他就琢磨着给女朋友做菜。第一顿菜上来，尝遍美食的女朋友被惊艳到了——哇，亲爱的，你烧的菜太好吃了！那一刻，厨师幸福的脸上洋溢着笑容，他立刻领悟到，做一份菜，要倾注爱，倾注喜欢这些的情感在菜肴上，用心地去做。之后的他改头换面，用这样的思维去做每道菜，最终成了一位很有名的厨师。

　　我们做什么事情都是这样，用心用爱才能极致。

　　喜欢一个人，会愿意为他做任何事情。比如，做一份菜。

　　说我不会做——那只是一个借口。

　　爱，就是愿意为他千千万万遍。

四

　　家，是一个温暖的地方。

　　一户人家的幸福温馨指数，可以看厨房。

　　温热的灶头、美味满餐桌、席间融洽的气氛，都代表了这户人家幸福的指数。而一户人家，灶台始终冷冰冰的，爱或许也是冷冰冰的。

　　闲时与你立黄昏，笑问灶前粥可温，爱有时就是就粗菜淡饭的温暖。

　　爱，有时是那句温暖的话语。

五

世上有种美食的味道，叫妈妈的味道。

我想，有种温暖是最靠近心房的。有种美食，是世界上无人可替代的。

那份味道，是植入了爱，无私的爱，满满的期待。

背井离乡的人最能体会这种感觉。母亲的爱、家乡的影子，离得很远很远。在节日的时候，学着母亲的样子，做点家乡的美食；在外就餐的时候，点一份母亲一贯做的、自己小时候喜欢吃的菜……却终究已不是那种味道。

我们给儿女们做菜，也是某种爱的传承，味道的传承。

爱，一代传了一代。

一不小心，我成了雅畈人

吃过雅畈牛肉面和肉饼的不一定是雅畈人，但没有吃过雅畈面，没有吃过雅畈肉饼，肯定就不是雅畈人。

我从这一条街，一个个面馆吃过去，从老长、金凤、曹记、英娇、花花等面馆，吃了牛肉面、黄鳝面、鸡蛋面等面，最终我成了花花面馆的常客。吃饭吃成了约定俗成，熟门熟路，似乎也标志着我脚尖生尘的步伐，也在这一碗面中，悄悄地停了下来，静谧在这乡村的鸡鸣狗吠中，陶醉在这鸟语花香的世界里。花花面馆的鲍哥知道我吃面的习惯，不给我放葱也不给我放蒜，只放香菜，他还常拿出他自己酿的好酒与我分享。我拿个塑料杯，鲍哥给我倒上一点点的老酒，酒香而洌。

时光缓慢。小小的一杯酒，我可以喝好久。在乡下，一朵云、一枝花都可以让我看很久。

乡村宁静。记得别打电话给我，我手机一直静音，我怕大振的铃声破坏了此处的宁静。如有事，留言给我吧！

常就在面馆吃完中饭晚饭，临行鲍哥还与我勾肩搭背，要给我装上一壶酒带回去喝。做酒的人，遇上真正赏识想喝酒的，也是件快乐的事，非分享不可。我就半推半就，拎了一壶酒，摇摇晃晃地往回走。这壶酒，夜深的时候，常伴着我一起思考，穿越大半个人生，大半个地球。

"来啦！"他们都这样对我说。

"又来啦！"他们都这样对我说。

我在这条街上，来来去去，走走停停，从他们眼中的陌生人，成了一个熟悉的异乡人。他们不知道我从哪里来，做什么，但他们知道，我如一只外地飞来的小鸟，在这个小镇的一个小村里，搭了一个窝，从此将住下，生活下去。

成为一个雅畈人，收件的地址在变更。

短短的时间里，我跑遍了这个小镇上的几个菜鸟驿站、百世货运等托运站。告别了丰巢的收件模式，我和很多雅畈人一样，拿着手机，戴个口罩排着队，报着手机尾号在取快递。在这样的模式里，接触着人与人面对面的真实。以前面对着丰巢，手机扫码，打开柜门，取走快递，在机械与冷漠中，便捷却带走了温情。

我常拿着手机，很有耐性地排着队等待。在这个距离城区不远的小镇上，一直流传着一种淳朴的气息，是我们小时候那熟悉的气息，让我感觉到舒适。

很多朋友的信，还寄到老地址；很多人，还以为我住在城区大黄山。很多人已经忘记我了，很多人也找不到我了。

人生往前走，我们在变更着自己，变更着我们的地址，变更着我们的手机，变更着工作单位，等等。变更得面目全非，变更得与自己都难以相认。我在雅畈的小村子里，尝试着用一种平和与自己和解，细心擦拭一点点的污痕，试图找回那个真正的自我。

常在宁静的夜里，那个乡村里的我，比城里的我更为清晰真实。

地偏心自远。

我们，或者也隔了很远很远了吧。

万物生发，惊蛰真是神奇。

节气后的第二天，院子里的第一朵樱花开了，拐枣发芽了，绣球花也开始冒芽，万物都是欣欣向荣的样子。

在樱花树下，泡上一杯茶，我新的散文集《一院子的时光》开始新的篇章。在我新的小说中，会有一个喜欢开满蓝色绣球花小径的女主人公，一个喜欢拍日出日落的男子，他们都在期待七月绣球花开满小径的时刻。我也期待。

这一天，邻居汪姐从地窖中取出去年丰收的甘蔗，还有一些小花点缀她的房子，从 2016 年起，从杭州过来的她已经在这里生活了五六年；这天，邻居周姐对我们说，她园子里的菜很多，想吃就过来剪；这天，邻居璐璐从山中挖回一棵造型秀美的老桩；这天，邻居惠惠拎着菜篮款款走过我们的门口，后面跟着欢跳的小狗妞妞；这天，邻居老何家在做糯米烧酒，酒香飘满了整个村；这天，邻居小何在做几百斤的雪菜，清香也飘到了我的院子。

这天，我写的小说步伐，时快时慢地向前。

这天，只是生命中普普通通的一天。

我喜欢的一天。

世界就这么简单，美好。

不要怀疑你真正喜欢的东西，那些才是你生命中最该珍惜的追求。

我开始在雅畈的一个小村子里生活，这里附近有雅湖、雅地等"雅"字头的村子，在这里生活，我感觉我离老家"雅庄"似乎很近，心很安。

人生以一院子为单位

一

人生越往里走，越简单，越安静。

从城市里喧嚣中走出，到雅畈镇，再到村里，一路从密密麻麻钢筋混凝土的世界里走出，看到满目的绿色，油菜花已经花稀果密，道旁树的新芽嫩绿鲜活，农家种的园艺植物五花八门……欣欣然，一切都是生机勃勃的样子。

拐到一处偏僻的小径，就到了村里。村中鸡鸣狗吠，人迹稀少，仅有几个上了岁数的老人家，坐在墙角，晒着太阳，聊着家常。

我游鲤入水，悄无声息。推开院门，往里走，就到我的小院。

往里走，遇见自然，遇见自己。

二

关上院门，坐在院中，外面的世界可以与我无关。

我问候我院中所有的植物。我每天拿着笔记本、相机，记录着院中的植物。我给它们建立一个个档案。微观的世界里，众生平等。小小的院子里竟然有几十种植物，还有很多我叫不出名字的植物。它们在自己的世界里，物竞天择，以自己的逻辑生存发展。"这个世界此刻充斥着喧嚣与慌乱，我们束手无策与草木无异，但仍可以如它们那般如常生长。"我是它们的入侵者，无意之中，我改变了它们平衡的世界。

都说人非草木，孰能无情。可是，子非草木，孰知草木无情。

我抬头看天空，看挺拔的树木，看天上的飞鸟，看飘逸的白云。

动静有常，俯仰之间，万物已为陈迹。

此刻，内心一片安静。

世界此刻，与我无关。

三

我常有种感觉，在院中待得久了，我也是株植物。

我的根须慢慢地从我的脚底向下伸展，和小草们一样伸进了土壤里，好奇地探视着黑色的世界。在这个世界里，同样有着自己的秩序与逻辑，各种蚂蚁、蚯蚓、爬虫在自己的轨迹中忙碌，自生自灭。

现在我和它们一样，仅仅是这个世界被忽略的一粒尘埃，洒落在这方院中。我和它们一样，无须多少关注的目光，仅仅只是需要一种自我，自由自在。

世界是一个大宇宙，我们需要自成一个小宇宙。

我是株植物，我扎根土里，我还要在院中伸展着自己。我努力向上攀升，和我的枇杷、芭蕉、拐枣们一起轻摇，呼吸着新鲜空气，在阳光下翩翩起舞。

有时，不说话也挺好的。佛家里的禁语，是不是我们模仿着植物的生活，和它们一样无语地与风、雨、自然的万物进行交流？

我们换种思维，换种生活方式，才能更好地感知自己，感知世界。

四

有一院子后，人生从此以一院子为单位。

无论世事如何变化，在我们内心深处，还是要有自己坚守的东西。有一院子，是万物沦陷后自己唯一的城池，不以物争，仅余欣喜。推开院门，越往里走，越简单，越安静。人生也是如此，越往里走，越是简单，越是安静。

在院子里住得久了，我也就和院子成了一个整体。

时光从此以一院子为单位，有一院子的欢喜，有一院子的惊喜，也有一院子的朋友，有一院子慢悠悠的生活。

喝茶，品手磨咖啡，看书，观花，望云，听雨。

听自然和自己的声音。

一院子的等待

没有等待的人生，肯定是有所缺失的。

生活每天都有惊喜，世界也无时无刻不演绎着精彩。

如果说，有个院子带给我们什么？静下来的时候，我也在思索着这个问题。

樱花的残败如此措手不及，几天小辰光，就已经叶绿红消，不过樱桃果实也即将到来；就在这时间，香椿叶已经悄然绽芽，我早准备好的鸡蛋即将派上用场；拐枣叶子已经萌发三叶四叶，阳光下展现着一种江南风骨的水墨画，我常想秋天霜降的时候就可以站在露台摘拐枣，那是如何的惬意；红茶花雍容富贵，一树的花儿，一边开着花，一边谢着花，从容不迫，看着它，我会想到怎么样丰盈的人生才会有如此的心态；枇杷树已经挂果，一阵风过，吹落片片的落叶，现在落下的是叶子，过段时间如果我坐在树下看书，一不小心砸中我的可能是黄色的果实；蓝色的绣球花有两种，一种开得正盛，一种正在长芽，这是一条开满绣球花的小径，我常想，从这里走过的人肯定会很幸福吧；大红的芍药花，我每天都可以看到它们长大，它们在我的身后，默默地、悄悄地拔长；那些随意撒下去的四叶草，已经坚强地扎根吐绿……

还有绿色修长的竹子，还有身材挺拔的芭蕉，还有红白两色的海棠，还有春兰、秋兰，还有木莲，还有迷迭香，还有睡莲……院内的植物每天都排着队等着我的检阅。

还有院外的风景。从矮矮的院墙往外看，那一树一树的红白玉兰花，那些不知名的红花绿树，还有鸡鸣鸭叫，狗吠马嘶，动静之间，好不热闹。

风一阵一阵地刮过院子。一院子，就是一院子的欢喜。每天都是新新鲜鲜的，每天都有新的变化、新的期待，让人目不暇接。

我坐在院子里，常看着各种植物发呆，看它们不自觉生长，每天都有变化，让人惊叹。我坐得久了，植物也把我当作了它们的一分子，在空气中传给我很多的讯息。

我点点头，它们摇了摇身子，我们仿佛都懂了。

"书当快意读易尽，客有可人期不来"，这是我院子中的对联。朋友说，这好懂，读书的时候，如果读到一本喜欢的书，最伤心的就是读着读着一下子读完了；有畅聊较欢、情投意合的朋友，等待他来却不来，此联也就是这个意思吧。朋友说完望着我。我摇了摇头，上半句的意思是差不多，在我心里"书当快意读易尽"却有不同的意思，是警示自己多写点好的文章。有很多朋友喜欢我的文字，常对我说，桑，你要坚持着写下去啊！公众号要多更新啊！——有他们的信任与期待，这也是我文学创作路一直坚持的原因之一。至于"客有可人期不来"，我对朋友说，"客人可人"有时不一定期待他来，"期不来"的意思是期待他不来也是可以的。朋友说，那你是期待我来还是不来。我说，来亦欢喜，不来，你自随意。

人生，贵适意，你且随意。

"花径不曾缘客扫，蓬门今始为君开"，我用一院子的美好，来等待。你来，我亦欢喜，你不来，且还随意。

我和朋友在院子中，说着说着没有了话题。他自看书，我自看书。天渐渐黑了，朋友告别。临别问我，院子为什么叫人间浅睡啊？我说，这是我一本新书的名字——《人间浅睡》，没有别的意思，不过是尘世如此美好，我们在人间浅睡。

朋友走后，院子的灯一盏一盏地亮起，皎洁的月亮挂在天空，我突然想背着包步行到雅畈。我踩着沥青马路，月色下拖着一条长长短短的影子，走在夜色的剪影中。

边走，我常停下，抬头看看月亮，低头看看自己的影子。

没有等待的人生，该是缺多少趣味。

如果说，有个院子带给我们什么？静下来的时候，我也在思索着这个问题。我想，对我来说，一个院子就是一种等待与期盼。

一个院子，让我重燃起对生活的热爱，对未来日子每天的期待。

一院子的时光

从庙里折回两枝蜡梅，从田庐折回一枝红梅，陋室在寒冬之中就有了生气，家里的书籍、老物件，都沐浴在香气之中。

每天回到家，梅花的香气阵阵扑面迎接我。我心满意足，惬意地坐在我的小书斋中，花香伴着书香、茶香、咖啡香，感觉万物之美好。此时，书房不知岁月，唯有梅开的时光。

它们可以陪伴我很久。这是多么宝贵的时光呀！

我把这时间理解为，这是几枝梅花的时光。

我们通常将时光分为一天、一个月、一年等。我想把我有限的时光，抛开常规的刻度，用我的桑历（桑语日历），分为几枝梅花的时光、一杯茶的时光、一本书的时光、一个院子的时光。

桑历不知岁月，草木枯荣，万物生长。我的桑历中，一炷香是一种时光，看着香灰无声地燃烧，陨石般坠落，这是炷香的一生呀；一杯茶也是一种时光，泡茶，一泡二泡三泡，茶凉茶散，这是一杯茶的生命；一本书，看书，读书，就是一本书的时光。

我在这些不同种类的时光中，过我虚度的人生。

我想将这些时光，一杯茶、一本书的时光，都收集在一个院子中。

那就成了一院子的时光。

我要打造一面从地面到顶的书架，摆满了书，有壁炉，有松软的沙发；要有露台，可以看到清风明月；有一个小院，可以种些我喜欢的花草树木。

我的时光，是一株草枯荣的时光；是院内一株枇杷树果实生长成熟的时光；是你来访我，我们坐一会儿，这是我们相聚片刻的时光……

我已经忘记钟表刻度，忘记日历翻过的声音。我的院子里，树木在生长，就是钟表声；我的茶，我的书，它们都是钟表声。

那么，是不是很幸福？

我用草木的时光，来代替了我生活的光阴刻度。

如果你来看我，恰好我在，那么，我们一起享用一院子的时光吧！

如果你来，恰好我不在，那么——

"如果你来访我，我不在，请和我门外的花坐一会儿，它们很温暖，我注视它们很多很多日子了。它们开得不茂盛，想起来什么说什么，没有话说时，尽管长着碧叶。"

我的院门上写着汪曾祺的这段话。

一只鸟迷恋种子自由

有段时间，清晨我起床，总会发现院子的露台、走道、花园里，有一些零碎的果核撒在地面。我脑海不由得浮现这一幕：夜色中，一只贪吃的老鼠，耳朵直直地竖着，尖尖的爪子紧紧地抓着不知道从哪里偷来的好吃的东西在啃，眼睛乌溜溜地东张西望。

说实话，我一点不喜欢老鼠，想到院子里有很多老鼠，我的心不由得一沉。

一颗种子，都有自己顽强的生命力。这些果核，有些粘住在大地中的一点点浮尘，雨一浇，过一段时间，竟然发芽了。

过了好多天。有个早上，我在居住的小木屋被很多飞鸟爪子抓弄的声音吵醒，起来推窗，飞鸟惊起一片，这时我看到一粒粒果核在阳光闪闪中落了下来，掉在地面。定睛看去，正是我前段时间以为是老鼠吃剩的果核。

不禁哑然失笑，这些贪吃的小鸟。

人到一定年纪的时候，总以自己的经验主义来定义很多事情，主观而武断，头撞南墙还不回头，没有商量的余地，到最后才发现不过是场满满的错误。

一颗种子也有自己的自由，小鸟、风儿给它们插上了飞翔的翅膀。

邻居璐璐家有无敌宽阔的花园，草地青翠无边，荷塘莲叶田田，高大的树木，自造的沙地等。有一个朋友略懂点风水，去璐璐家花园参观的时候，看到门前左侧的花椒树，随口说，庭前种花椒可比较少啊！

出了院门，他又对我说，花椒是中国自产的香料，种植已久。因为带刺，人们认为会影响家人和睦，带有眼疾；因为有暗香，会影响睡眠；因为果艳，招虫，国人多寓为不吉利。他又想到了什么，问我，你院子里设计的时候，请人看过风水吗？我摇摇头。我院子里设计的时候，秉承的无非是自然、因地制宜、舒服几个原则，没有请人看过风水，也没有研究过这些。

朋友抬头看看天，沉默了一会儿，没有说什么。

我对朋友说，其实这棵花椒树，倒是有个故事呢！

什么故事？你说说看。

我们村这片土地上基本不产花椒，村民也很少种。这棵花椒树啊，是某天一只小鸟带来的种子，落在院子中自己长起来的。璐璐的房东叫东哥，见其长得好，挺拔有型，理解为天意，就留下来了，到现在已经长了近十年，每年春天开花、夏天挂果、秋天丰收，非常好呢！

这是一个月明星稀的晚上，我和璐璐、东哥几个人在一起喝小酒的时候，璐璐和东哥对我说的。我惊为神奇。璐璐喝了口酒说，其实在我们身边，还有很多这样神奇的事情，我们不注意罢了。

他们都很爱惜这棵小鸟带来的花椒树。某种角度而言，是天意，是吉兆呀！

我想，这是我们村里最帅的一棵花椒树。冬天，璐璐在庭院里支起一桌的火锅，顺手从树上摘几粒花椒洗了洗，扔进锅中，香气四溢，众人纷纷动筷，大快朵颐。

乡村的花椒树下，色香味俱美。

朋友不响了。

我也抬头看看天，想到那只给东哥给璐璐带来花椒树种子的小鸟，它肯定时常回来看这棵小树的成长。它会停在枝头，听着风声，和花椒细语，讲它旅途的故事，讲花椒妈妈的故事。末了，它啄起一颗花椒的种子，振翅飞往另一个地方，在新的地方又播种一个新的希望。

那真是一只迷恋着给种子找自由的调皮小鸟呢，给这个世界带来无数的惊喜。

有个院子，让你更热爱这个世界

"风停留在窗前，嘱咐你要热爱这个世界。"

终于有了一个院子。

院子很普通，但这是一个不一样的院子。

在清理掉杂草杂树之后，院子里就留下了一株土枇杷、一株茶花、一棵樱桃、一棵拐枣，几根香椿，还有一墙的木莲。

心满意足。

有朋友说，这也未免太清淡了吧，你的院子看起来空空荡荡。我说，已经是"五菜一汤"了呀，五种树如五种菜，一墙的木莲像一碗汤，挺好挺好。而且，我觉得我这个院子种的不只是这几种植物，还有很多很多东西呢！

院子开始整理的时候，前面那幢房子的邻居拿着专业的园林工具过来帮我整理树枝，将杂树砍了清理掉，留下的几株树也帮我进行整枝修剪，在他的熟练操作下，原来满是杂乱的园子一下子清爽起来。他们一家还热心地帮忙收拾一些废弃的东西，让我们减少了不少工作量。

邻居古建专家何总夫妇，在选地、设计和签合同等方面，也是一趟一趟不厌其烦地陪我们四处看，直至找到合适的地方。

邻居璐璐是一个能干的女孩子，早在我们之前就租了一个无敌美景的院子，让我们很是艳羡。我们院子在装修，每次过来，都邀请我们过去她那里坐坐喝茶、喝咖啡，提供一些资源给我们，很是热心。在设计装修上，她还经常给我们一些有效的参谋和建议，等等。

说到她有这么好的院子，她说，院子好不如人好，她的运气是遇到了那么好的房东。

那天就遇到了她的房东——惠姐和东哥。

我们要做个架子、书桌，需要点木材。璐璐马上提到了在她们的院子里，东哥还有一些原来施工留下的木材，是不是可以问他买一点，我们说这当然好。东哥接到电话不久就过来了。

院子里堆了一堆老木材，这还是东哥当年花了大成本从江西一些拆下的老宅子运回来的，整整运了几卡车。他将老木头重建了一个老房子，还留下一堆木料。我们从中挑了一些有用的木材，问东哥价格。东哥连连摆手，说，你们拿去就好了，没关系，钱啊什么的都不算。我说这怎么行。东哥说，如果我不喜欢给，我就直接说不给了，愿意给那真的就是愿意给，你拿去就好了，你们来到我们村上我们也很欢迎，大家都是邻居，没关系的。

拿回来的木材就这样做了几个物件，院子也慢慢丰盈起来。

植树专家蒋工，那日来到院中，看着满院的杂草杂树，不管是长着叶子还是不长叶子，都能熟练地讲出学名、俗名、功效等，让我从心里佩服。他还从他的基地里给我挖了芭蕉和竹子，让我"五菜一汤"的园子，又增添了点风味。记得他在院子里，看着芭蕉摇头晃脑，脱口吟出归有光的"庭有枇杷树，吾妻死之年所手植也，今已亭亭如盖矣"的句子，甚有古风。

在城里，我们住在楼房中，人与人物理的距离越来越近，心却越来越远了，邻居的概念已经很是淡薄。院子在村里，房子与房子的距离很远，心与心的距离却是很近——这总让我想到小时候，那时候的生活也是如此的。

我们怀念与追求的某些东西，就是那久久萦绕在心中的执念吧。

所以，我回到农村，回到我院子里。

风停留在我的窗前，春天院子的茶花已经开了，墙上的木莲挂了星星点点的果实，枇杷树已经结了满树的果子，房间内传来木头的香味、书香与茶香。

我的院子很美好，因为有很多爱与温暖。我的院子，让我更热爱这个世界。

院有繁花向日倾

一

这几日，院子里的兰花开得正好。

墙内花开，墙外香。邻居说，从我的院门外经过都可以闻到，那淡淡的花香。

吱呀一声，推门而进，花香更盛，香而不妖，甜而不腻。兰花的花香，浅浅的，若有若无。仿佛抓得住，又什么都握不住。

院中的二十多盘兰花，仿佛商量好似的，一盘盘在春天里轮流开放，眼看着最后四盘兰花的花期也将尽，此时，院子的春天也接近尾声。

春已暮，青绿深。

亲爱的，你再不来，我院子里的兰花就要谢了。

二

院子里的花儿，依旧在进行着接力赛的游戏。

花儿不断开放，院子的春天就仿佛还在延续。

每种花儿都有自己的位置，都有属于自己的岁月。院中一径蓝色的绣球花开得正好，东边白色的木绣球迎风淡雅微笑，南边围墙的红色芍药花半遮半掩，北边野草莓并着白色的花儿，香水玫瑰也已经迫不及待……

只是，我一直诧异，木莲它是不断开花、不断结果吗？有些果实，已经熟透了掉了一地，那绿叶中不知何时又结了一个个小小的果子。我天天相守，但我没有见过那木莲花开的时候。

是我不曾留意吗？一片惆怅。

待到这些木莲成熟，我想笨拙地学着做一桶凉粉。

你恰好来，那么，在繁花中来一碗桑氏凉粉如何？

三

一院子，常有一院子的惊喜。

那匍匐在东边矮矮院墙一角的藤蔓，一年常绿。我刚开始以为只是些攀爬的野藤，殊不料，有一天，这些藤蔓中，细细地结了很多很多白色的花蕾。那天，康仔细地看了，惊呼，天哪，这是一墙风车茉莉呀！这是有多幸运。

这世界，越感恩，越幸运。院子常有惊喜，这真是老天爷给予的馈赠，它慷慨地赠了我一墙的风车茉莉。

人向花中寻真意，花儿未尝不向人。

我搬个小凳子，坐在一墙的风车茉莉前，待了一下午。

等着它开花。

这是一墙的繁花呀！这是一墙的惊喜。

四

花开的时候，总要做点什么。

古人烧红烛照花颜，我在自己人间浅睡的书院里浅睡，一日看一回又一回。

有时我拿相机，有时我真想拿起画笔。

更多的时候，我什么也不做。

我们相对无言，有鸟儿惊异地看着我们相互发呆，啾啾地鸣个不停。它们在说，看，这奇怪的人，奇怪的花。

鸟儿们的志向在蓝天。它们在院子的树上偶一停留，呼的一声，就飞去了远方。

我已经缩紧我飞翔的羽毛。

我和我花儿的志向，只有一方小院。

五

所有的花儿，在我的院中，都有自己独特的花语。有希望，有热爱，有温情，有生机，有活力。

花开的时候，就是我院子的节日。

所有的美好，繁花一样地在院子里，向着阳光灿烂伸展。

在春天，梅花的告别有一万种方式

再漫长的花期，花终究会谢。

花儿在这个人世间的舞台，发芽、含苞、绽放、花谢，她们终会在某一时刻谢幕。在这个冬春之间，第一次认真注意到了一株红梅的花期竟然如此漫长。梅花的种类又很多，开得此起彼伏，在某种程度上延续着整个红梅的花期。

花期，从冬天漫到了春天。

从冬到春，梅花在春天还如此贪恋红尘，真是种过错。不过，樱花、杏花、油菜花等花儿竞相绽放的时候，再烂漫的红梅也悄悄地隐退了。在春天，梅花的告别，有自然凋落碾化泥，有折插入瓶，有千万种告别方式，我们没有注意。

不过，又有谁会注意呢！春天，不是梅花的季节。纵然梅花开得再好，她最终还是消隐在众花之后了。

每朵花都有自己的季节，都有自己的世界。

该落幕就要落幕，该离开就离开。

想要看疏影横陈的意境，想要院子里种株梅花，去澧浦花木市场看了几回，最终却了步。太小的梅花，养在院子里感觉不搭，太大株的老桩梅花，我在价格面前怯下阵来，最终还是放弃。放弃的另一个原因，是感觉到我们身边的红梅、蜡梅突然无处不在了，路边的景观红梅，公园里的红梅，无处不在。

物以稀为贵，从来都有真诚的含义。梅花无处不在，银杏无处不在——太多了，反而让我失去了种植的趣味。

我的院子，从此与梅花告别。

人的生命中，不断有人走进、有人走出，真的能在生命中停留永驻的寥寥几人。我的院子也是，在有限的空间里，仅有几棵树而已，仅能几棵树，就已经足够。

梅花不属于春天，我们有时不属于某个世界。

越来越不喜欢热闹，不喜欢人群中的高谈阔论，喜欢安静，喜欢宅，喜欢一个人去一个远方。如果遇到某些人多的场合，我往往就是沉默着，没有话语。

"怅然的告别，带着沉重。"这个诗句，写在十八岁的一本诗歌本子上。那时候，青涩的少年何尝懂得真正的告别是如此惨烈，如此残心，不过是为赋新词强说愁罢了。那时的他，真不知道在他接下去的人生中，要迎来多少的、无数次的告别。

我们都在告别之中成长，也在无数次的告别之中老去。

年轻时候的告别，是为了走向远方，走向更远的远方。到了岁月渐长，见惯了生离死别之后，渐渐地看淡了很多很多。

我们哀悼梅花，看到春天中的梅花，看到梅花的告别有一万种的方式，看到的是人群中不合时宜的自己。

是哀悼自己。

迎向一处属于自己的院子，就要告别大黄山已经住了多年的老房子。这些日子，总有些淡淡的愁绪，想要露台的花草作个别，和日出日落作个别，和邻居作个别……不过，谁会在意呢！梅花的盛开很多人注意，它们的离去有一万种的方式，有谁在意呢。

春天，梅花的告别有一万种方式。我们的人生，要迎来送往多少次的告别，才算是丰盈的人生呢！

我以蚂蚁搬家的速度从大黄山向雅畈搬运我的物件，一处慢慢萧瑟，一处慢慢生机。我在这个冬天和春天，萧瑟与生机之间摆渡，理解了梅花的一万种告别。我的人生不过仅仅只是在普通的生存中，找到点快乐愉悦着自己。

故园空去。新的院子，静下来，我听到草在生长，花儿在开放，枇杷在结果，万物在生长。

告别一切，是为了迎接某些更多、更美好的事情。

我呆呆地想，梅花肯定也是迎接一万种更美丽的风景去了。

在江南，每一寸土地都是大地的奇迹

一

在江南，每一寸土地都是大地的奇迹。

六山，一水，三分田。古老的鱼鳞图册上，田地狭窄地缩在山岗与溪水之间，局促得伸不开手脚，这兰溪浩荡土地上耕地面积仅有十分之三的现状，足以让农耕时代的人们悲伤。还有，这一江的兰江河水啊，着实让人欢喜又让人忧。

兰江在博识的香溪先生眼中，也是条捉摸不定的江河。有时她汹涌澎湃，有时她缓缓平静。他常在兰香飘十里的河畔边走边感叹。每年，不羁的兰江，总要从草丛堤坝上悄然而来，爬到很高很高的山腰，热情地亲吻着这片土地。南宋绍兴年间，朱熹就曾两次从兰江上岸来访他，可惜寻隐者不遇。

后来，兰江见证了香溪先生范浚突然离世，朱熹亲临凭吊，留下千古佳话。

江水，见证过太多的故事，悲欢离合。记忆，都随江流去。一层一层珍贵的历史浮尘，轻飘飘在这片土地落下，一寸一寸地积累，永恒地留下。

自然造化，人类的珍惜，有了此地的万亩良田。

河流奔流不止，江水轻揉山腰，现在，它温顺地从万亩良田之畔流过。

稻田，如一把香溪先生的骨扇，平展，一望无垠。农人耕种，牛羊戏水，汇聚着无以言表的美。

让我想到小时候那空气清新自由，有炊烟和小狗的田野。那时夏日双抢的晚上，我躺在冰凉的小竹椅上，空气中有丰收的味道、青苗的气息，可以让我沉醉一个夏节。

在万亩良田，熟悉的气息，就让一个农民的儿子与土地互认了身份。

这土地太辽阔了，风从这里走过，都要流浪很久。

夕阳西下，我坐在田埂上，端起一杯紫罗兰色的杨梅酒，清香醉人。远处田埂路上几个晚归的农妇，笑着回家，成了剪影。兰江长在稻田的边上，从容不迫地流向远方。这些年，我和这江水一样，一直在流浪。

田园是我们乡村的屏障，叙说着永远的善良。

她是我们回家，不能推辞的理由。

二

太阳在这片土地上挥洒着黄金般的光芒，铺满了这万亩良田。

大地伸开双臂，拥抱了阳光和雨露。青苗在倾吐着绿意，蜂蝶在追逐着花朵，远山在倾吐着蓝天和云朵，香溪在奔流着岁月。

土地在倾吐着丰收的喜悦。

机械化农作工具，在数字化的指挥下，悠然精确。群山在后，兰江在前。这辽阔，让人自在。

放下锄头，伸出手，我感觉我触碰到了天空的穹庐。土地，这是人类永恒家园的根基。

初春，满地的紫云英，金黄的油菜花，再后来，青色铺满了田野，风一阵雨一阵，谷子就熟了。谷粒与谷粒，叶子磨梭着叶子，发出悦耳的声音。

山间，传来一串串山歌——

山歌好比春江水，
八方歌手喜心怀。
山歌好比春江水，
歌随碧波滚滚来。

三

那些年，香溪先生一直在做梦。

又一夜，月光明亮，兰江入梦，汹涌的江水拍打着岸边，浪花卷着浑浊的泥土。朱子乘着一叶扁舟，拎着一壶杨梅酒，前来寻他。黎明的时候，鸡鸣犬吠，吵醒香溪先生的一场好梦。

他们最终还是错过了。

摇晃的江面上，锦鳞游泳，波光潋滟，是香溪先生的千古乡愁。他梦想的一切，关于安居乐业，关于兰江锁澜，关于万亩良田，都从蓝图走进了现实。

兰花的香味扑鼻而来。在村居的江畔，十里兰花，暗香浮动。就像打开的那瓶杨梅酒，弥散在这片土地上——那些生长的庄稼，都在屏息凝神，深深地嗅着花香酒洌，在心满意足中，悄悄生长。

潮水正在慢慢后退，土壤倦怠地留了下来。

曾经，人类对大自然的抵抗，都是徒劳。现在，曾经沧海的桑田，万亩的浩大让江南的婉约，有了塞北的豪迈。这田野上盛开的花朵与稻谷，都有了独特的气息。

依然有追梦的人，在这片土地上找寻着他们的梦。

土地再次发出喜悦的声响。它们开始重新生长。

美，从来都是这样。对于一片土地来说，最好的尊重方式，就是让它们盛产庄稼粮食。

在乡下，风车茉莉不过是丛野花

那日，康发现静静潜伏在东北墙垣上的一丛绿色的爬藤竟然是风车茉莉。那时花还没有开，只是满满的绿色。待到长出花苞，绽放了一朵朵小风车，着实给我带来好多的欢喜。

小院就是这样，四处都充满着无数惊喜，像风车茉莉一样在等着我们去发现。

问房东是什么时候种的。

房东扭了扭头，野生的，自己长的！

我纳闷了一下，这么好看的花竟然是野生的？它们已经生长了很多个春秋了吧。

白色的，淡淡的香，真像风车啊。一朵朵的风车，开满了一面墙。

它们都不是孤立地存在的，在村里各个角落里，遥相呼应。这里的风车茉莉爬了一面墙，那里的爬满了一棵树，还有一些嚣张地爬满了一个屋顶，它们是神奇的蜘蛛侠，守望着这个世界。

我拿着相机，四处拍。

"我家的院子里也有呢!"

看到我在拍风车茉莉，璐璐在她的院子里，轻声地说。她家的风车茉莉，缘着一棵很大很大的树，爬得老高老高，仿佛在张望着什么。

是在张望着它们的同伴吧! 它们如此顽强，在村里，在村外，都开出一墙墙、一树树的灿烂来。

春天，村口禹皇庙最美，那里的风车茉莉开满了一个屋顶。

我拿着相机，在村口拍那一屋顶的风车茉莉。无数白色的小花，它们紧紧地、密密麻麻地、一层一层地铺满了整个屋顶。美得让人窒息，让人惊叹。这一刻的美，就可以让我们放下所有。

风车茉花的花语是万德吉祥。寓意为品德高远，定会幸福吉祥。这样的花，开在庙里，真的很好。

见我拿着相机，一个骑电动车的男子，停住了车，怕挡住了我的镜头。看我放下镜头，再缓缓通过。

我笑了笑，谢谢。

他也抬头看看花，说道:"真美，以前我怎么没有发现。"

美，在这个世间都是共同的。不分男女，不分职业，不分老少。

又有一个女子骑电动车经过，看我拍了好久。"没有找好角度?"

"嗯，太美了，想多拍几张。"

她又看了看，对我说，那就好好多拍几张哦。

村口站着一个阿姨，挂着拐杖，土布衣裳，用金华话对我说，这花好看，村里好多地方都有呢！

我笑着点头，是呀是呀，哪儿哪儿都有。我看到她，花白的头发，精致地编着两条辫子，一丝不乱地垂在脑后。

邻居周姐说，风车茉莉，也叫络石，又叫石龙藤，在《神农本草经》中就有了记载，它的根、茎、叶、果实等都可药用。花仙子一样的周姐，自己种了很多的花花草草，每天跑步都会发现一些花花草草，发到群里，给我们科普。

在乡下，风车茉莉不过是丛野花，还没有接受人类的圈养，原生态地长着自己的模样。

它们想长在哪儿，就长在哪儿。

乡下的风车茉莉，带给我一些温柔的梦。

我突然想起，那个开心对我说，看，这一屋顶的风车茉莉！那个女子，现在在哪里？

此时，夜幕降临，雨声滴答而下。

在有限中，实现一丝丝可能

立在现实的无奈之上，我们抬头和低头之间，总是有自己一些小小的梦想，抚慰自己的内心，安放自己的灵魂，给自己的人生以希望。

你有过想做一个木工的理想吗？有过其他一些朴素的不切合实际的梦想吗？那些琐碎得不好意思和别人说起的梦想。

我有。身边好多朋友都有。有朋友梦想退休之后就做一个木工；有朋友现在就准备了全套的木工家具，有空就宅在自己工作坊，做点小玩意。

可以熟练地运用各种工具，制造出各种家具与小玩意，那简直不要太帅。即使没有做一个木工的理想，我们很多人都有一种期盼，做个简单的手艺人。

想选择这样生活的，大抵是因为心里有一种梦想。也有些许的疲惫，想选择这样的生活过简单的日子。

想象一下，即便白天大汗淋漓地干活，到了晚上可以从容地坐着和家人喝点小酒，侃侃家常，不是很好吗？而我们很多人，白天上班，晚上加班，有时睡觉都要想着工作，想想累不累？我们习惯了看到别人好的一面，忽略了其他。比如，普通手艺人也有他们的苦恼，只是我们不知道罢了。

如果自己想做一个物品，能用各种工具把想法实现，那真的让人很是艳羡。当我们电脑遇到问题的时候，我们看到那些能熟练地运用各种指令控制电脑的理工男，也让我们羡慕。

我们羡慕我们所没有的，别人也羡慕他们所没有的。

我们人生走过的轨迹，现在走的路，太多的身不由己，太多的阴差阳错，太多的巧合与意外。说是无意，却又隐藏着太多的必然，组成了我们的人生。

小时候我们有很多的梦想，做个科学家，做个解放军战士，做个……如果翻开小学时候写的作文《我的理想》，会看到什么？

我基本已经记不得小时候的理想了。那时候有梦想吗？也不记得了。只记得那时候，父母亲告诉我，要走出这个村子啊，只有读书一条出路，要考上大学。考上大学后做什么？那时候没有想过。

父母含辛茹苦地抚养我们长大，让我们念书，想我们出人头地。却不意我们最终的梦想，只不过是他们当初最不想我们从事的简单工作。

我们在城市久了，厌倦了，想回农村。

我们从事脑力的工作久了，疲惫了，想回归做一份简单的工作。

我们经常踏在一个回不去的曾经。

回归，只是一个不可逆的梦想。年轻的时候，手握大把的光阴，拥有无限的自信。人到中年，手握着有限的时光，未来只是变成有限的可能。

此时才懂得真正珍惜，此时方懂得时光的可贵，此时方懂得时间不够用。

要做的事情这么多，却时间不够、精力也不济了。

都说百无一用是书生。

我不是书生，却也百无一用。

螺丝刀都用得不熟练，有些常规电路知识都不会，安装一个复杂一点的架子都要好久……细细地想起来，真是百无一用，啥也不会。

最近在改造自己的院子，学着去做很多事情，学着使用电动工具，学着尝试很多以前没有做过的事，体验着自己劳动的快乐，也体会着自己的一个个劳动成果——所谓的接地气，所谓的生活，也就是这样吧！

其实，做个木工也挺好，做个园丁也挺好。

人生就在有限中，实现一丝丝可能。

最美的花园

这世界表达爱，有很多种方式。有人习惯大声地去表白，有人习惯含蓄地表达，还有人习惯不温不火、平平淡淡地爱。

说到底，都是爱，只是爱的方式不同，表达不同。

真正的爱，无关土壤，都是种在心里，开出花。

说到花，这种大自然最美丽的话语，大家都喜欢，喜欢花的方式也大不相同。

有朋友是花痴的那种。家里、工作室里，院子里、桌子上，哪里哪里都是花。只要是美的，都喜欢。逛花店，插花是日常；逛市场，买花种花也是日常。一天的生活里，需要生活在花中才感觉到适然。真不敢想象，没有花的世界会怎么样。她去看朋友，最寻常的就是带束花。朋友来看她，自然而然也是带束花，或是带盆花。

有邻居周姐，是花仙子的那种。可以识各种花，感觉她可以听懂各种花语，感觉她可以与各种花交朋友。她总是大方地问我，家里有没有地方需要摆花的，到我这里拿去摆就好了，我这里的花多的是。如果我们有不懂的花问她，那她肯定是无所不知的。太神奇了！

我总是喜欢多肉和兰花，又养不好。有朋友叶子、陶、亮，总是说到我这里拿就好了。他们的多肉和兰花养得可真好！我拿过一两次，这些花儿最终都没有挺过我阁楼酷热的夏天，最终我都不敢再问他们要花了。

这世界，有人有大大的院子、花园，可以种自己喜欢的各种花；也有人只有一方小小的阳台，也能种自己喜欢的花，自得其乐；也有人爱花，却不敢养花，乐在大自然中看各种花。

终究，我们爱花和爱一个人一样，都有自己不同的方式。

我见过一个开重型工程车的师傅，他一年三百多天无休，每天都在车上。在他的车上有限的空间里，却摆着十来盆各种各样的花，绿叶红花和黄色的工程车形成了鲜明的对比。他的车随着工作，四处流浪，他的花也跟着他四处流浪。

——这是我见过最好的花园。

你是那一树一树的花开

风中传来淡淡的香。暮春时节，泡桐花横空出现。

人间四月芳菲尽，这是百花即将谢幕的时节。淡紫色、淡白色的泡桐花密密麻麻地挂满了树梢，一树一树地开放。这是让世界无法拒绝的一种存在，你走在路上，开车在路上，抬望眼之间，那山坡上、山岗上，随处可见一株株高大的泡桐树，骄傲地伸展着它们的身姿，满树繁花，入你眼而来。

美好让人无法抗拒，你不由得一声惊叹——真美啊！

有些树，只是在开花的时候出现。平时，它们湮没在一大片的绿丛之中，谁也注意不到它们。在花开的时候，它们并不费力地推开层层的绿波，傲然挺立在乡间，山间。"桃李竞随春脚去，仅留遗爱在桐花"，泡桐花开在四月，江南春之即逝，夏之将来，满眼都是绿色的时候。

谁也不能忽略它们了。

平时，它们就是野树，就是野草，就是普通的存在。

不管再怎么平凡，到一定的时候，你可以绽放你的光彩。

　　小时候，农村孩子的我很平凡。那个年代，要走出乡村无非就是读书、接班和参军。父亲总是说，不管你再怎么平凡，你好好努力，总有一天，你会如美丽的泡桐花一样绽放。

　　泡桐树，在乡下是无用之树，它的处境和臭椿差不多，被遗忘在一个看不见的角落。稍不留神，就可以被乡人挥刀抡斧清理干净。

　　它们能生存，大概率都是自己努力的结果。在大自然物竞天择面前，它们选择了努力生长。它们成长的速度是惊人的，几年就可以长成一棵参天大树。

　　老家宅子的边上，就有几株泡桐树。父亲常指着泡桐对我讲，花和树不一样，要美可以像泡桐花一样美，可是做人呢，不能学泡桐，要脚踏实地，最起码要做一棵实心的松树。

　　"泡"，轻飘飘的，是指泡桐树长得太快了，生长期太快的，质地就不够细致。在物资贫乏的年代，有个邻居姐姐，她的嫁妆就是用泡桐木打了几样家具。在桐花飘香的晚上，泥土墙不隔音，常常传来她轻声的啜泣。那时候，年限不长的泡桐木一般只是用来做家具的隔板、抽屉的底板，家具主用材最差也是松木或是樟木。等我长大后才知道，泡桐木也并非无用之木，它们也可以用来做古琴，做很好的家具，只不过，性急的人们没有等到泡桐树木真正细致成熟的时候。泡桐的空心，也可以说是虚心，一点一点地吸收着大自然的能量，一年一年地充实着自己。

　　它们有相当的耐心，我们没有。

　　需要岁月证明的一切，我们已经没有耐心等待。

桐，古代指的"桐木"，却是一个广泛的概念，有梧桐（青桐）、泡桐（白桐）和油桐三类。从植物分类学的角度来看，这三种"桐"大不相同，就是泡桐属也有很多种，如南方泡桐、楸木泡桐、兰考泡桐、川泡桐、白花泡桐、台湾泡桐和毛泡桐等。在江南，最常见的是白花泡桐和毛泡桐。

唐代的诗人白居易和元稹，以"微月照桐花，月微花漠漠"和"月下何所有，一树紫桐花"互寄友情，留下了千古佳话。林徽因笔下一树一树的花开，我总觉得可以形容是泡桐花。先花后叶的泡桐，开花时，高大的树木上满树繁花，在和煦春光里，亮眼耀丽；它的花朵很大，像极尽慵懒的绸缎，喇叭状像孩童聚拢了双手在呐喊；紫色或白色，柔软的花瓣内侧有深紫色斑点，犹如美女胭脂痕。

我常觉得，是我们不懂它，它常暗自落了泪。

盛开的花朵也是我们小时候喜爱的美味。背个书包，在回家的路上，捡拾起一朵新鲜的花，轻轻闻闻花香，摘掉毛茸茸的花托，将花朵放进嘴里轻轻吸食，清香与甜蜜就在嘴里散，延伸到了全身。母亲如果见了，肯定就会急急地喊道："这花莫多吃，你想吃，我给你煲了汤吃。"我常笑笑就跑开，没有理母亲。好看的泡桐花可蒸食、煲汤，还可以入药。

"季春之月，桐始华。"最美人间四月天，桐花盛开。在江南的乡间，抬望一树一树的紫白花竞相绽放。在树下静立片刻，闻着花香，偶尔一朵一朵的花，从树上飘落，重重地摔落在地上，惊醒了神思飘散的自己。

我想到那个有美丽名字的作家——桐华。桐花开的时节啊，真是一个美妙的时节啊。

这时节，春夏开始交替，自然的时序在悄悄展开。

这一树一树的花开，让我看了欢喜，也常让我遥望，沉思。

烟火

大自然对人类的浅薄，一直保持沉默。

大自然对人类的浅薄，保持沉默

大自然对人类的浅薄，一直保持着沉默。

静静不语。

院子里的拐枣，长得正旺。从一楼往上长，探出了很长很长的树枝到二楼的露台。刚开始，它只是试探一般，见我不干涉，略带欢迎，它就识趣地在露台开始疯长，强悍地霸占了露台的一个角落。

翼然，它在露台上，如一只绿色的翅膀。我得以近距离看着它，日日观望。

在几周之前，拐枣刚刚生长出一个个小拳头一样的花苞的时候，我天天拍着照片，在朋友圈里晒着我人生第一次看到的拐枣花。

我自顾自地晒着自己的喜悦。

自从到了这个院子，我经历了很多人生的第一次。不说自己动手的劳作改造的花园，就是在植物方面，它们给我上了一课又一课。拐枣在我们家乡并不稀奇，是常见的一种树，常见的一种水果，我们俗名叫作金钩梨。"金钩"意是它的形状，"梨"是说它的味道，经霜后的拐枣，味鲜如梨。小时候乡下物资贫乏，小小的金钩梨是我们初冬美味的欢喜。

但我从来没有这样近距离，静静地看它发芽、开花。同样没有这么静静地看过一株枇杷的结果与成熟的过程，没有见过蔓马缨丹的花开与花落，没有见过南天竹的花开得也是那么好看……

乡下院子里长着很多我不认识的植物，每株植物都是我自然的老师。

它们生长，也带着我一起成长。

摇曳的清香，唤醒了久远的梦境。

这日，久雨初晴。我从小木屋钻出来，跑到露台深深地吸了口气——乡下的空气真的新鲜啊！我的露台，往东一望，都是绿色的果树、田园等，无际无涯。

被一阵阵嗡嗡的声音吸引过去，只见原来一只只小拳头的拐枣花苞，现在已经绽放开了无数淡白色的花，吸引了众多蜜蜂前来采蜜。

——这才是拐枣花啊！

我轻轻敲了一下自己的脑袋——老桑，你这个自以为是的家伙！之前的花苞，我竟然以为已经是拐枣的花了。

拐枣举着一个个"小拳头"，一根小枝上，从一朵，到两朵，到四五朵，到十几朵，举了很久很久。这是要有多大耐心，在等着所有的兄弟姐妹都到齐后，才争相开放。在它的世界里，它肯定走得比一粒沙子还要缓慢，还要有耐心，等着迎接最美时候的到来。

百花落尽，江南梅雨，只见拐枣洋溢着白色的花香，开得如此淡雅，优美，毫不声张。它们渺小谨慎，却习惯了挺直腰杆，被无视与忽略。

蜜蜂们已经等待太久，它们捷足先登，第一朵花开就已经闻着花香前来。现在，它们已经成群结队，在花枝上舞蹈翩跹。

语言多余。开心跃上枝头，飞过丛林，顺着花香就能到达那个少年的故乡。

拐枣树下站着老父亲，他挥动着竹竿在摘金钩梨，初冬的寒风吹起了他满头的白发。

父亲说，落过风霜的金钩梨才是成熟。

我在异地他乡，守着一株酷似小时候的金钩梨果树，守着一个小小院子，代替了思乡。

在露台待久了，江南的雨，不知什么时候随意自然地飘落，梅雨的脚步已经悄然到来。

我一笑。笑自己不懂装懂，自以为是。笑，这一树美丽的花儿。

笑，待到秋深霜降，我要如何对待这满满一树的拐枣呀！

酿酒吧，酿一缸缸的拐枣酒，藏个五年。

那么，就可以酿很多很多的拐枣酒了吧。

等你来喝。

此刻，我只想撑把伞，守着我盛开的拐枣花。

伞沿的雨，滴落在拐枣花上，它轻轻地摇了摇身子。

大自然貌似沉静，深藏不露，她已经忘了自己的年轮。她对我的浅薄、无知，静静不语。

或许，她已经见惯了人类的浅薄。

嗨，你愿意跟我回家吗？

缘分的相吸，是我们人生交会的那一刹那，总会有那一种若有若无的气息，沁人心脾，似曾经熟悉，让人禁不住停下脚步，回头一望。

嗨，你在这里吗？

那一晚，玉兰花香飘满了书院，袭中了我。

第一次这么近距离看玉兰花，在我书院的案桌上。在柔和的灯光下，两朵白色的玉兰花，纯白如雪莲，羞答答地张开着巨大的花瓣，似开未开。在房里，坐在不远处，或是偶尔经过，那种若有若无的香气，总让人精神一振，不禁都要回头或是抬头向它看上一眼。

在房中的白玉兰花，有如一位王者，它旁若无人，自带着光环。

我感觉我是个大自然的窃贼，看着它的美丽，我就矮下几分。

它居高临下地看着我。

我没有问过它，你愿意跟我回家吗，我就带着它回了家。

你也在这儿吗？

若是那天，我停住伸出的手，你会恨我吗？会不会感谢我？

在村里，出门散步的时候，常会折些枝条或是摘些野花，拿回来，插在花瓶里。这些放在各个角落里的花花草草，给我的书院增添了很多景致。

这两朵玉兰花就开在村口路边，在密密匝匝的绿叶之中，努力地伸展出来，绽放着自己。那天晚上，我开车回村里，灯光刚好扫到这两朵花，感觉如看到夜空中的星辰，禁不住停了下来。花刚好在我触手可及的位置，我就下车摘了带回家，放在了书桌上。

焚香，煮茶，读书。

这一夜，我浇灌它这些雨露。

在梦里，书香，花香，很多人与事，共进一种杂乱而干净的意境。

我拥抱你，如同拥抱久别重逢的一个女子。

梦总会醒的。

仅在一天后，我发现桌上的玉兰花已经迅速枯黄萎谢。在它一旁的一些鲜花野草，还在葱绿地鲜艳着。

每朵花、每棵草都有自己的性格与命运。我伸出的手，就轻易地改变了一朵花的命运。

我们每个人也是。

玉兰花开在树上，可以开很多的时日，而在我的院子里，它只开了一天。

我怅然好久。

后来，当我看到某个喜欢的物件，在花鸟市场看到喜欢的花草，当我散步看到可爱的花花草草的时候，总会先停住，我想我应该先问问，嗨，亲爱的，你愿意跟我回家吗？

换个地方，看人间烟火

行走可以没有意义。

可以说走就走，只是换个地方，看看人间烟火。

一

"你多久没有出门远行了？"

这个问题，对于很多人来说，已经接近于灵魂拷问。

好在，曙光已经浮现。

诗和远方，已经在召唤着我们。

有时候，我们只是想出去走走，想出门透个气。

只是想去一个陌生的地方，待一会儿。

想去一个陌生的地方，看看人间烟火。

二

说走就走。傍晚时分，到了梅城，入住望山梅·院子。

　　我换了一个院子，看人间烟火。

　　我喜欢梅城这个名字，也喜欢严州这个名字，喜欢这个地方自然而然的本色，以及这里处处洋溢着生活气息的烟火。

　　这个院子，庭院深深，廊檐曲折。院中的凌霄花和绣球花开得正旺，院门正对是一墙的绿色爬藤。我坐在院子里，听隔壁茶室的小哥，深情地唱歌，在游人稀少的季节里，歌声有些落寞。

　　街路上空空荡荡，小商小贩们略显空闲。来去的基本上都是本地的居民，他们在饭后出来散步，一路结伴，对面打招呼，谈笑风生。

　　看着他们，我突然有种很想融入人群的感觉，融入这人流之中，消失在夜色里。

　　世间有美食慰人心。我在江边晃荡了一阵，回来在马路边吃了个烧饼加花甲粉，烙饼的小哥有点耳疾，在我想要一只空碗的时候，他小心地用开水泡了泡，再递给了我。在路边，我吃了碗臭豆腐，和老板说微辣，老板就给我加了一大把的辣椒。想吃几个麻糍，老板娘一边做，一边先递给我吃了一个，说送的，不要钱。在我吃得肚子滚圆的时候，对面店面的老板娘问我，糖葫芦要不要吃？免费。我一脸诧异间，她已经递给我几串冰糖葫芦，有草莓味的，有蓝莓味的，有山楂的，待我吃完后，她还问我要不要。后来，她和我解释，最近生意不好，夏天做这个生意太费电，她准备先回家，生意歇一段时间，等冬天再回来做，所以今天，她要将今天所有新鲜的糖葫芦都送出去。

　　我成了一个幸运儿。这个晚上，我吃了今生最多一次的糖葫芦。

这个晚上，在望山梅的院子里，我睡得很香，梦见很多甜蜜的事情。

三

格式化的游记，惹人生厌。向着历史的建筑和人物朝圣，用语焉不详的文笔，走了一条千篇一律的路子，了然无趣。格式化的旅行，也让人无聊。拍照，到此一游，晒朋友圈，这样的程序，是很多人喜欢的模式。

我的行走，随意去一个地方，随意待一段时间，随意地走走。

想在哪里待会儿，那就坐着喝会茶或咖啡；想在哪坐会儿，就在街边的石板路上坐会儿；想发会儿呆，那就坐在陌生的地方，发会儿呆。

真的想到达一个地方的深处，需要静下来，去这个地方市井深处，听一听那久远的乡音。

清晨。起来走走。我想看看这个小镇的清晨。

路上，上班的、卖菜的、买菜的、早锻炼的，车水马龙，几座牌坊在隐约的晨光中。

路边打白铁的师傅起得很早，他叮叮当当地敲着铁锤，问我，专业的还是业余的？我提了提相机，说业余的。他老练地说，拍拍照片也是蛮好的。

几个阿叔正坐在河边聊着家常。我经过的时候，举起相机，他们对我举了举大拇指。我回来的时候，他们还在，仿佛时光没有改变过一样。

我想，这个小镇的历史，需要他们日复一日乡音的讲述，这个小镇才有灵魂和记忆。如果，哪一天，这些声音都消失了，这个地方将失去了魂与魄。

我们都要珍惜。

四

已经费了好大的劲，回想了一下今年上半年的行程，记忆模糊——今年的轨迹一直就是在城区这么小的范围转圈转圈，甚至没有出过大市。

时光就这么稀里糊涂地过去了，岁月蹉跎。

想起车行出金华，打开车窗的时候，深深地透了口气，舒了口气。"久在樊笼里，复得返自然。"大概就是这种感觉吧。

我没有访碑问古，我只是换个地方，换个院子，换个心情，看看世间普通的烟火。

已经足够。

有时出门，我们只是想这样深深地吸口新鲜的空气。

只是想，换个地方，看看人间的烟火。

人间烟火，如镜亦如幻。

我们最终，还需回去，归去。

离别的笙箫

一

有些物件，见证过我们来过。

春夏之交的露台，曾经是我最为魂牵梦绕的地方。若干年前，我种了几株蔷薇，一株三角梅，两棵桂花树。每年的四五月，粉色的蔷薇花如柳条一样，从七楼垂到六楼，如同窗帘一般。我站在露台可以欣赏到花儿，坐在六楼也可以欣赏花儿。后来，三角梅也开了，三角梅的"花期"更久，它们可以陪我度过漫长酷夏。

曾说，如果你有空，可以路过我楼下，抬头看看我露台上的花儿。

不知你有没有见过。

今年露台的花开得格外灿烂。它们的根系已经在黑色的土壤里深扎了若干年，它们已经花开花落几春秋，陪伴我走过一段漫长的岁月。

只是，悄悄，是离别的笙箫。现在，花还在，我却要走了。

二

世间很多的离别，悄然而无奈。

似乎想要挽留。今年露台的花儿开得格外灿烂。

它们也懂得离别。

我花了整整一天的时间，坐着与它们对望，与它们告别，和它们说不舍的话语。话音无声，蝉翼般轻轻地在空中传递，电波在嘀嗒着某种讯息。

它们，默然不语，却是要萎谢了。

不久之后，我的踪迹、我的气味将在这里消失无形。这里，将彻底没有我的影子。我们或早或迟，都将被历史湮没。只是不知，过了若干年，它们还在不在。

如果你路过我曾经的家楼下，抬头也许可以看到花儿。

我已经不在。

三

今年，一直在搬，在迁徙。搬工作室，搬家。搬工作室的时候，舍弃了很多可用可不用的东西，唯独将所有的绿植通通带走了，包括一些已经奄奄一息的植物。到了新的环境，给它们浇浇水，施点肥，所有的植物都重新鲜活起来，焕发了新的生命。

朋友问，那为什么不将家里的蔷薇和三角梅搬走？

我说，它们的根已经植进了这个世界，我不忍心让它们连根拔起，到新的环境里生活。经过这么多年，它们已经适应了这里的环境，夏天我几天没有浇水也没有关系，冬天我不帮它们御寒也没有关系，它们已经能独立生活。

况且，我也想留点美好给这个我曾经居住过的小区，我曾经生活了这么多年的家。

朋友又问，为什么工作室的绿植要都带走呢？

我说，它们都是种在盆里的呀！是的，它们如同我一样，无根一样四处飘荡。

所以，就带走吧！

四

不忍回头。

诚子："慈悲对世人，为何独伤我？"

李叔同无言，默默无语。

诚子又问："什么是爱？"

李叔同答："爱就是慈悲！"

说完，李叔同转身离去，从此再无相见。世上从此再无李叔同，只有弘一。

弘一法师，背对着诚子，或许，是不忍回头。

我走的时候，没有回头。

心里挥了挥衣袖。

每一次落雨，都似一种警示

我不知道，落在院子里的雨，什么时候能停下来。

雨，瞧它，好像没有停下来的意思。

每一次落雨，都似一种警示。

雨，雨期或长或短，雨量或多或少，下的时辰都不同，风声雷声的伴奏都不同。每次，它们都想告诉我们些什么，传达着神的谕旨。

雨落的时候，天穹低垂，我们离天空很近很近。雨与光，都是大自然的奇迹。

我们人类，平凡无奇。

有人，缄默不语。

空气中都是潮湿的味道，用手在空中抓把空气，似乎都能拧出水的感觉。

雨，温润丝绵，在丝丝的雨线中，江南就成了婉约的烟雨江南。有时，雷鸣雨骤，天空不断地在泼着水，有一刹那间，我们觉得天是不是漏了。室内的除湿机一直不停地在工作，水倒了一盆又一盆，湿度却还一直保留在94RH。在江南，我们都已经适应了这样的雨季，湿答答的，软糯糯的。你很烦，很躁，却有什么用呢？正如一拳，打到了雨棉里。雨丝，丝丝还不断。

梅子黄时雨还没有来，这个雨却已经持续了很久，很漫长。每一次遇到漫长的雨季，让我感觉是今生遇过的最漫长的雨季了。可是纪录总是会被打破，下一次的雨季，还是那么漫长。

我们太过于擅长遗忘，忘记了之前的那个雨季，很多年前的那个雨季。

雨，裹住了脚步，挡住了外面的世界，在人间浅睡书院，我自成一个世界。

夜里，听雨，是场音乐会，各种乐器鼓手轮番而上。

雨季是一个宅家的节日。我忘记时间。

雨落，石出。

有人对我说，桑花翁，雨天我总想哭，却发不出声音。

我说，想哭就哭。真的哭不出声，那就静静地待着。雨，代替你发出了声音。

近处的雨水，远处的河流。

我们不能紧握着悲伤，走完一生。

有些雨滴，一生没有见过海。梦中的潮湿，醒来就擦了吧。

雨声，是伴奏，是鼓点。

年轻时候的雨季，是浇灌生长的雨。岁数渐增，雨季的脚步一徘徊，滋生出回忆的陈旧气息。

有人说，桑花翁，都看不见你了，在雨天你就消失了一样。

雨天，花翁，桑花翁，正在自己的书院里，放下书和笔，

不时走动着，在小小方寸之地踱着步。我一停下来，那一朵朵
淡白的雨季的花朵，就会爬满我的身体，给我贴上易腐的标签。
它们在我的书院里，已经毫不留情地爬上很多潮湿物件的表面。

　　雨季，带了陈年往事的雨滴，记忆着曾经的故人与往事。
我常在这样漫长的雨季中，就想到了那个写《雨季不再来》的
女子。我喜欢看这本书的时候，还是中学的时候，那时候年轻
的花翁，忧郁如同雨季旷日持久的雨。我也常会想到年轻时候
做的傻事，那个笨笨的桑，做了多少愚蠢的事情。往事不堪回
首，可惜时光不能倒流。唯有对文字、对运动的坚持，让我对
自己心存感激。

　　雨滴，莲花状的导雨链雨水如注，雨水从四处涌来，溢出
水缸，流到草地，复消失不见。那些让人感动的人和事，也在
雨中突然而至，迷漫起眼角的雾气。不错，这样的雨天，人生
中总有一些情义让人感恩。纵然人世苍茫，我们可以遗忘仇恨，
遗忘伤害，却不能忘记那些动人的闪光。

　　爱，一直如雨水一样滋润着我们，帮我们走过艰辛的岁月，
让我们的人生变得辽阔。

　　风一程，雨一程。院子里的枇杷将近，已经接近尾声。
　　"叽叽叽，花翁家的枇杷熟透了。快去吃吧！"飞鸟界最近
都在流传着这个消息。
　　"喳喳喳，花翁家的枇杷树没有网罩保护，枇杷没有用过
药，原生态，可甜了，快去吃吧！"爬虫界最近都在流传着这个
消息。
　　"呜呜呜，花翁家的枇杷都没有人摘，掉得满地都是。真是

便宜那些小蚂蚁！"

"哇哇哇，花翁家的枇杷带着花香，那种花香是，绣球花的香，是风车茉莉的香，是……"

"叽叽喳喳，叽叽喳喳。"它们都在交口传言。

树枝微微颤动，鸟儿成群结队前来。小点的鸟停留在树上，悠闲地吃着枇杷。有些体形大点的鸟，它们直接叼了一颗，就飞走了。

我看着枇杷从春日开始日渐丰腴，现在日渐消瘦。果实将尽，它却日渐挺拔了身姿。

我轻轻地一拉，想摘颗高处的枇杷，枇杷的树枝却是断了。看起来那么高大而坚强的枇杷树，它也有脆弱的一面。

雨，从枇杷树上滴下。

我们腻烦了平淡的相守。

雨季一长，深情也有些腻味。

在雨中，我尝试着很多方式，将雨储存保鲜，我想记下每次雨落的警示。

雨落，每一次的雨落，都是一种警示。

明天会更好，现在要保持微笑

谷雨，是个鼓，细雨就是敲打季节和生命的鼓点，咚咚敲响催起，它告诉我们，一个季节即将过去，新的季节正悄然来临。

谁也无法改变。

我们都无法改变什么。在这个叫白杜龙的小村子里，我已经待了多久？我伸出手指算了算。时间真是矛盾纠结的家伙，很慢很快，又很长，又很短。想了想，我在这里已经快一周了。

关于明天，我还在等。

平静之下难掩焦虑不堪，很难静下来做点什么，比如看本书，写点字，等等。一天中，唯一的出门，是去做核酸。做核酸回来后，就是宅着。在焦虑之中，刷手机是最多的，手神经质地刷着微信、小红书，看到这样那样的消息，又增加了自己的焦虑。

焦虑中的自己，心浮气躁，面目模糊，可憎。

每一天，我们都需要遇到一个更好的自己。我不能让自己颓废，也不能让自己消沉下去。虽然居家办公，我每天穿戴整齐，给自己定了计划表，关于学习、写作和写字等。在有限的物资中，我认真给自己做每一份的餐点，给自己泡下午茶或咖啡。开始每天走走路，徒手锻炼。

草木每天都在长，花儿每天都在开，鸟儿每天都在鸣唱。什么都做不了的时候，不妨放下手机，看点什么，思考点什么。我每天看我的绣球花，白色的中华木绣球还在坚持着它最后的坚强，我用相机记录着它最后的凋零；香水玫瑰寂寞地开放着，只面对着我一个赏客，未免有些孤独，我想晚间，我该写首十四行诗，念给她听；枇杷树硕果累累，我常在想，等果实成熟了，你来了吗……

静下来，我终于看到了拐枣的花苞，小小的，如幼儿的拳头一样紧紧地握着，在细绿的叶子中一点也不起眼。坐在窗前，我甚至听到了芭蕉叶生长、竹节拔高的声音。无数的鸟儿在我的院子里做客，它们来了又去，去了又来。一只可爱的松鼠，我只有幸见过它一次。在这个院子里，还有无数的生灵，隐藏在我看不见的角落里，我们一起在一方小天地里生活。

静下来，我看到夜色一层一层地笼起，看到一盏一盏的灯在寒夜中温暖地点亮。在灯下，前尘往事、故友知交在摊开的书页中，纷至沓来。

偶有雨，时而日出日落。微寒，独坐露台，看月朗星稀，乡间的夜空格外的无垠，没有了高大建筑物的阻隔，星空可以延伸到无限去。

在我小院的不远处，有个马场，得空的时候，我也过去看看那些马儿，马场里的马驹。一匹漂亮的枣红马刚刚生了匹小马，一样的枣红色，还有几匹黑色的骏马。我给马儿拍照，和养马的老姜聊几句。后来，有一次走在路上遇到了骑着三轮电动车的老姜，他老远就热情地向我打招呼："小桑！"待到车到我跟前，他说他现在正去种西瓜，等西瓜成熟了叫我。他没有微信，在本子上认真地记下了我的手机号。他说，到时打电话给我。

生命中让人感动的事与人，总有很多。童心说给我拿点她自己种的菜，有包菜、马兰头等；周姐自己摘野菜，菜地里还有生菜，总是叫我过去拿；邻居家给我拿来几根春笋，让我整整吃了两天。那天去做核酸，走在村口，看到一个阿姨臂弯里挽着一只篮子，正从田间回来，篮底里是刚摘的桑葚。来来，吃点，阿姨叫我。我探过头，伸出手，捡了两颗。太少了太少了，阿姨用力地抓了一大把给我。我伸出一只手接，放不下，只好两只手接着。阿姨说，只是还不大熟，有点酸，你尝尝。说完就走远了。我目送她慢慢走向隔壁村子。

乡间真是神奇的世界。若干年前，我从乡间拔出了根，辗转到广州、北京、无锡等地无根地漂泊，若干年后，我回到乡村，当年拔出的根须，现在正慢慢地重新扎进土里。

人生有味无非是清欢。我感谢生命中的一方小院，有个空间让自己憩息，让自己思考，让自己疗伤。

生活很美好，明天会更好，现在要保持微笑，对着生活、对着人生努力微笑。

谷雨时节，雨润百谷，万物生长，生活应当蒸蒸日上。

你来，我给你留足了位置

在知识面前，人类应该屈尊让个席。

我们都应该给书籍，给知识足够的尊重。

"昨天跟朋友路过一些摩天大楼，举头看那远离地面百米以上的钢筋水泥怪物，巨大的压迫感让我迅速逃离，看来自己真是不思进取，虽然所谓房价每平方米十几万以上，但我依然喜欢自己的小院，它的丑与美都那么清新自然。"郑红岗对我说。

转眼，那个和我一起在教工路工商大学老体育馆可以羽毛球单打连续打十局的郑红岗也老了。那一年，老体育馆的球场，地面打滑，我们连打了十局，不分胜负，握手言和。这些年，我们都还在坚持着运动，坚持着打羽毛球。还有，在不同的城市，我们都住在一个小小的院子里。

我们都很知足。

我也是一个不思进取的人。

当别人和我谈起，他们住在什么顶级豪华别墅，什么高级公寓，有多少套房子，问我住哪里的时候，我淡淡地说，我住在一间小木屋里。

而且，是租的。

我的小木屋，纯木搭建，几平方米，三扇小小的窗，屋里只有榻榻米。雨天的时候，可以听见雨倾盆而下，如鼓点一般，声声震耳；冬天的时候，风会从小木屋的缝隙中无孔不入，让我瑟瑟卷紧被子；夏天的时候，小木屋就是"桑拿房"，完全被太阳所烤熟，顺带"烤"了胖老桑；清晨的时候，有无数不知名的小鸟停在我的屋顶，它们用爪子抓着屋顶，吵吵闹闹地叫醒我。

小木屋掩映在一片绿色之中，四周都是绿色的植物，木莲爬满了两面墙，又从小木屋的缝隙里伸进屋内，似是和我交谈。屋内可以清晰地听到邻居家公鸡打鸣，狗狗的吠叫声，以及邻居们唠家常的声音。

很是充盈。我很是知足。

我们在这个世界，不过是一个小小的寄居者，一间小小的木屋就已经足够。

我屋里其他的地方，就留给我的书籍吧！

我给它们用香樟木打造了一排排二层楼高的书架，一层一层塞满了书。各个角落里都因地制宜做了一些小书架，也都放满了书。

这样的房子，我自己美其名曰——人间浅睡书院。

尘世美好，我们在人间浅睡。书院美好，我也常常舍不得睡。

我在人间浅睡的书院里浅睡。

之前住在一个叫青青家园的小小区里，我住在顶楼，除了一个小小房间睡觉，其他的房间、客厅都留着放书了。

小时候农村普遍条件不好，因为母亲喜欢看书的缘故，还有几本书。父母亲也是尽他们所能，给我买书。在我的房间，有两个书架，是当时农村的奢侈品。再长大，书越看越多，越买越多，越来越多。

我携着我的书，在世间漂泊。

无论家里的空间如何，我们都要给书籍留个位置。

那是给我的心，给我们的灵魂留个位置。

我们可以在书香的环境里长大，也可以在书香里渐渐老去。

"人生的善意，是给别人留个位置。"这是某个知名大学的校长，在给学校毕业生毕业演讲时说的话。因为疫情，学校毕业典礼的时候折叠椅不够用，需要一部分人站着。这个睿智的校长说的这句话，不只是说给学生毕业典礼上用的，更是说给他们漫漫人生听的。

我只有一间小木屋。但在我的书院，我给我的书，留个位置。

留足了位置。

它们值得我们足够善意的尊重。

你我暮年，坐在自己年轻时候种的树下喝茶

时光删繁去简，我们似乎已经失去了足够的耐心，那一抹心头的宁静在悄然之中已经不知道留给了谁。

木绣球花似乎是一下子成了小红书的网红。随便一刷，小红书里都是一大树一大树白色的木绣球。那层层叠叠，千朵万朵积攒在一起美丽，一下子打动了很多人。康就是那一刹那间被木绣球花打动，被木绣球花种了草。她狠狠地想，我肯定要买一株大大的木绣球花，肯定要拥有一株大大的木绣球花。套用《爱情神话》里经典的台词——一个女人，如果一生没有拥有过一株美丽的木绣球花，那人生是不完整的。

生活的美好就是有很多美，可以直击人心。在美面前，我们会失去原则，但这是我们可以原谅的。

谁叫美，真的那么美呢！

有很多美，我们都忽略了。只是在蓦然回首的时候，发现她这么美，值得一生去找寻，去珍惜。

她马上去花木之窗找木绣球花，到澧浦花木城找木绣球花，在网站上找木绣球花，找各种木绣球花的资料。一圈找下来，一阵的失落：看中的木绣球花太贵了，动辄几万，能买得起的木绣球花呢，太小个了，只有那么那么点小。她抬头看看那么大棵的木绣球，又低头看看几百元的木绣球，满是惆怅。

种一棵树最好是十年前，其次是现在。她突然悟到了什么，在自己经济能承受的范围内买了一株，冒着雨运回院子。小院片刻之间，满满增辉。她想，我可以陪着我的木绣球花一起生长啊，过十年，它肯定是很大很大了，过二十年，它应该是更大了，到我九十岁的时候，那么，这株绣球花该有多大了呀！

你我暮年，坐在自己年轻时候种的树下喝茶，聊聊旧时光，绣球花开满了树，欢乐挂满了树梢。

好美！

我们边走边遗忘。在不经意之间，就忘记了我们儿时和年轻时候的梦想，曾经洒在路上的希望。走着走着，我们的人生日渐模糊，在迷失之中走上了随波逐流的路。

木绣球的花语是希望。我们都要找到我们心中的那株木绣球花。

要用足够的耐心，静待一棵树一朵花的成长。

枇杷在我的院子里是朵花

"你家的枇杷这么熟了，怎么还不摘?"邻居大姐问，挺为我着急。我家熟透的枇杷，落在她们的院子里，落了一地。

"你家这一大树的枇杷呀，少说也有上千斤。"偶尔过来串门的朋友说，"你也真懒，怎么不摘?"

我微笑着摇摇头，不摘不摘，我不摘。就是偶尔，坐在枇杷树下的石板的时候，聊聊天，喝喝茶，随便摘几颗枇杷吃一吃。

"你家的枇杷小归小，真甜!"

"你家的枇杷，可是白枇杷呢!"

树上常有各种小鸟躲着，自由自在地品尝，还有松鼠偶尔光顾，枇杷是我们大家的美食。

风一吹，雨一落，枇杷如花儿一样落了一地。

枇杷落地的声音，重重的，似乎是它们落地时候的脚步，咚咚地敲醒着大地。

土地上传送着丰收的气息。

有朋友问，你家的柿子树怎么不弄张网挡着，这可要被鸟儿都吃光光了呀！

我说，挺好的呀！

记得老家房子旁，就有三株柿子树，年年柿子成熟的时候，果挂满枝，母亲也不摘，任柿子在树上经霜成熟，任鸟儿随意啄食，任路过的人摘走几个。

"晒成柿子干，多好吃啊！"路过的人常说。

母亲不为所动。在老家，我想，它们也是母亲眼中的一朵花吧！可以盛开好几个季节的树。

我的枇杷树现在也是这样。

我看着鸟儿在吃的时候，比自己吃还要愉悦。

我看着枇杷的果实如花一样盛放，眼睛眯着，真像母亲别着手看着柿子树时候的样子。

这是株土枇杷树，土得掉渣。

当时的成长估计都是偶然，后来它自立自强，成长为一棵高大的树。在乡下，这样的树会有很多。土枇杷果子很小，也不怎么甜，乡人们就任它们随意地长，随意地活着。树长得好也行，真的长不好，那也就随它们去吧。

它们在自己的世界里物竞天择，硬生生地斩出一条血路。

前几年，朋友们在院子里吃了枇杷，有些籽就随意地扔在一旁。有些籽第二年就长成了小苗，只不过，这些小苗不久就被我拔掉，扔在了一旁。

现在专业种的白枇杷味道更好，人们早就忘了这土枇杷的滋味。

所有的树都会开花，草儿也是。

春天的时候，枇杷枝繁叶茂。我没有仔细看过它们开花的样子，这委实让我感觉到惭愧。

树长得太高了，花可能就是隐约地藏在叶子中间吧！我想。

明年我可以仔细地看看它们开花吧，我想。

我记录着它们结果，从春天到初夏，它们慢慢地长大，成熟。

在我的心中，我的枇杷树长的果，不是果，而是花。满枝丫的果实，沉沉甸甸地挂在树梢，在春末夏初的雨季里，悄悄地在温暖着我的心田。这段时日，江南时晴时雨。我只要瞧上一眼，心就会被阳光所照耀。

这枇杷果的花，真像老家柿子果的花。

在我的院子里，所有的树，所有的草，都是花儿。我一直执着地相信，所有的树和草都会开花，只不过，我们不一定见过。

枇杷是株果树，但在我的院子里，它屈尊为一株花儿。开花的时候，它是花儿；结果的时候，它还是花儿；没花没果的时候，它还是花儿。

我院子里所有的树儿、草儿都是。

花开是我院子的节日。枇杷用果实开出金黄的花儿，增添了院子里初夏节日的气氛。

枇杷在我的院子里生长成一朵花儿。

有朋友在春天的时候说，桑，当你院子里的枇杷熟的时候我来看你！和你一起在院子里喝茶，喝酒，摘枇杷。

　　初夏的风轻轻地吹来，雨落一层，枇杷就瘦了一圈。它们，一个个重重地砸在我院子的土地上。我端个茶杯，默默地在庭院久坐。好多枇杷就砸在了我的头上，身上。

　　它们都记得我们曾经相约的日子。

　　枇杷果都落了一地，你还没有来。

　　枇杷成熟枇杷节。每棵枇杷都是朵花，都在找寻着属于它们的归宿。

　　它们一生唯一的离家出走，就是走向了大地。

让香椿活得像棵树

我们费尽心思和努力，有时，只是想回到儿时的样子。

我们都站在我们回不去的现在，徒劳无功地去做着穿越的努力，一景一物地收藏着过去的物件，经营成曾经的样子。

我现在的院子，低矮的黄泥围墙，高大的枇杷树，开满的鲜花，宽阔的露台，水缸里盛开的荷花，依稀是我儿时的院子模样。

母亲说，就是那香椿，都站在院子同样的位置。

只是，母亲顿了顿又说，这香椿长得真好看。瞧，像伞，如盖，伸展出夏天的浓荫。

母亲说话的时候，五月江南的雨，淅沥地飘洒在香椿树上，绿油色的香椿叶子细细长长，紧紧挨挨，在母亲上空顶起了一片天。

雨滴阶前。一片叶子都是个生命，伸展着妙不可言的翅膀。那些蓬勃青翠的背后，是自由生长的欣喜。

母亲说，我们老家也有香椿树呀，只是我真没有认真看过香椿长得这么好看。

我轻轻地说，妈，我知道。

母亲又问，你现在不喜欢吃香椿炒蛋啦？

喜欢。只是我现在，更喜欢香椿长成树的样子。你看，你看，香椿长得多好看。

你啊，在你眼中，什么样都是美的，好的！

我们母子俩，站在树底下，都抬头看这棵香椿树。

雨，不知道什么时候停了。

小时候，母亲知道我喜欢吃香椿炒蛋。每次香椿树刚刚探出芽，母亲就轻轻地拉弯了香椿树的枝条，采摘下新芽，给我做香椿炒蛋。母亲说，香椿啊，在我们家就是一棵菜，你喜欢吃的菜，每次采下来，摘下来，树上还会不停地冒，我们就不停地采。

香椿，的确在很多人眼里就是道菜。时间久了，有些香椿树都以为自己不过是棵站得很高的菜。

妈，我喜欢吃这个菜，但是现在，我更喜欢它长成一棵树的样子，你看你看，现在它是不是很漂亮？

母亲点了点头。以前农村物资贫乏，那是没有办法。现在，我也喜欢它长得树的样子。就像你这样。母亲看了看我。虽然人家都说你混得不好，没有车，没有房，但我还是喜欢你过得你自己喜欢的样子，你喜欢的样子就是自己最好的样子。

以前，母亲总说，好啊，随你。

以前，母亲总说，好啊，你自己喜欢就好。

现在的母亲，小心翼翼的，从不问我我不喜欢的问题。

父亲话不多，勤劳，踏实做事，母亲喜欢看书，他们没有多少高深的教育理论，只不过以他们身体力行的教育来影响我。母亲从小很少拒绝我的请求。我要看书，她就任我看书，不用干农活；中学的时候，我任性地想背个牛仔包一个人去安徽玩，她也就随我。包括后来的上大学填专业、就业的城市，等等，母亲总是说，你自己喜欢就好，随你呀。

母亲说，我们没有什么文化，说不出大道理，以前我总说你喜欢就好，就如这棵香椿树，总要自由地长成自己喜欢的样子。

我点了点头。我在乡村里，如一根微小的草芥一样长大，经历过坎坷波折，经历起起伏伏，所幸还是长成我自己喜欢的样子，如眼前的这棵香椿树。父母亲，给我了生长的自由，给了我成长的尊严，给了我实现自己梦想的天马行空。

竹露清风蕉叶雨，茶香琴韵读书声。

在我的院子里，所有的植物都有自己的尊严，都理应活成它们喜欢的样子。我们应该遵循的，是大自然的规律。

人间的悲欢并不相通

一

下午，民宿没有客人。民宿老板阿巧在楼上茶室听了听歌，自个儿喝了点茶，一个人发呆，独自惆怅。后来，有人喊她，她就跑下了楼。第二天总记挂着忘了什么事，上了茶室看了看。茶室里的音响小度却已经是开了一晚上。

她懊悔了好久。为小度开着，浪费了一天一晚的电。要知道，民宿不开张已经很久很久了。

这两年，她一直坚持着。只是，她自己也不知道，自己守着这个梦想的民宿，还能守多久。

当时投入民宿，倾注了她一生的热情，投入了她所有的积蓄。

在她的不远处，很多场所，灯光璀璨，热闹喧天。

我没有说什么。这时候，已经是晚上十点多了，我隔壁邻居，两个孩子的妈妈，正在声嘶力吼地辅导孩子的作业。

我，默默地送了个拥抱的表情给阿巧。

我还有一些做民宿的朋友，已经把梦想贩卖，转为卖茶。还有一些老板，默默咬牙，脸上却云淡风轻。

我们都假装没什么。

二

打了个滴滴拼车。

天很热，前座的大姐说，开个空调吧，我吹不得风，车快了一吹风我就容易感冒。

司机大哥有点无奈，极不情愿地关了窗，开了空调。

他嘟哝着说，现在的油价，要九块多，车啊，越来越开不起了。别人以为我们开滴滴很体面，其实，我们啊就是开着车，做个"讨饭"的活，送个外卖都比我们强多了。

我不响。默默地望了望窗外。

窗外很热，建筑工地上有很多人在干活。

回程又打了个滴滴拼车。

那个穿黑衣戴着口罩的外地男子，到中心医院看望亲人，出来的时候他违章停泊的车已经被拖走，他正着急地打车去取车。

一路问我们，拖车费要多少？停车费要多少？罚款要多少？

他很是着急。他却是打错了车。原本去北苑那边取的车，他却打到了江南，又多花了很多冤枉钱。

他狠狠地打了自己两巴掌。瞧我这个笨脑袋！瞧我这个傻瓜！

我和司机想劝。望了望。发不出声。

他在烈日炎炎之中下了车。重新打车去江北。

三

我们一生总是要错过很多人，走过很多的冤枉路。

阿赛是我失踪的一个好朋友。他曾经满腔热情地去做企业，做企业文化，开发产品，参加各种展览。有一天，他感觉坚持不下去了，悄悄地走了。

我再也没有见过他，也没有联系到他。

世界一成不变地向前。他美丽的妻子已经开始新的生活。

有人提到他，笑了笑。他成了一个笑料。

我总会想起，我和他曾经喝过的茶，徒过的步，一起去过的城市。

这世界很多人意气风生。很多人苦苦挣扎。

四

这世界，一半沉沦，一半奋发。

阿珠说，婆婆阿尔茨海默病又中风住院，两个娃一个小学一个初中，老公出门工作不着家，她还要管小管老。

阿华越来越沉迷于小视频。人在中年，前途无望，未来已成定局，无数的琐事杂事在身，不如刷刷手机，换取浅薄一笑。

勇哥每天很励志。跑步，工作，读书。每天很充实，很健康，很阳光。

我身边还有很多人，历尽艰难，却还相信理想，相信梦想，相信未来。

五

　　"楼下一个男人病得要死，那间壁的一家唱着留声机；对面是弄孩子。楼上有两人狂笑；还有打牌声。河中的船上有女人哭着她死去的母亲。人类的悲欢并不相通，我只觉得他们吵闹。"

　　人类的悲欢并不相通，人间亦是。

　　没有几个人能读懂你的叹息，你的沉默，你的悲伤。

　　很多人，只觉得我们吵闹。

时光，你且慢点

江南一雨春深，一晴夏至。

雨调皮地下下停停，停停下下，大自然在随意切换着属于它们的节奏。

添衣减衣，我们有太多的身不由己。现实的生活也是。我们无能为力改变外界，只有改变自己。

人间四月芳菲尽。这个时节，绿意在窗外，淡淡浓浓，深深浅浅，组合成浩荡磅礴，山野正从嫩黄走向重绿，走向深蓝。花儿还在不断地开放，只不过在绿色的海洋中，它们开得更为含蓄。白色的女贞花洁白饱满，紫色的鸢尾亭亭玉立，金银花金白相间枝头开得正欢，很多无名的小花开放在乡间。

绿意，将一切吞没了。

我常停下来，低头，看一朵花在风中伸展。我常停下来，抬头，看几只灰头麦鸡啾鸣着在天空盘旋。

在乡间的院子，一卷书一壶茶。我常停下来，牵衣拉住快步疾走的时光，掩耳盗铃地以为就此，调慢了时光的脚步。

在乡间，望窗外，如在绿海里，观之如画。

我欲横渡而去。

人生，有时停下来看看，都是风景。

春夏交接，天空、清风、明月，所有的一切在这个季节，都是淡淡的，轻软的，大家都在默默积蓄着力量，等酷暑的到来。

树木每天都在新生。雨落一层，它们就新生一次；和星夜月夜对话一次，它们就成长一次；我停下来，与它们交流一次，它们就成长一次。

静下来，发现树木的新芽也很美，它以花的姿态呈现着自己。

我们都在时光这条看不见的大河中，以自己的方式随波逐流。树木在新生，我们人类的很多人，已经停止成长，只是日复一日，重复着等待最终的衰亡。

在乡间院子，白天的云雀鸣叫频频，夜晚的蛙声有些聒噪。春雨，在岑静的世界中，略显寂寥。

待雨放晴，忽而，夏天已至。

院子的时光很慢，我还想调慢时光的发条。那种叫无尽夏的绣球花已经开得很好，院子的枇杷已经成熟，硕果压枝，种下去的丝瓜已经落根攀缘。

夏季，已经开始了。

风清茅檐雨，篷窗灯暗半塌书。

这个时候，总想说一声，又说一声：

"时光，你且慢点。"

松风夜转潺流水

友有心事，从城里到偏僻的乡间小村，探我。

入得院来，在茶室坐下。我默默沏茶，他默默地端茶饮茶。室内小灯轻柔，窗外秋虫鸣叫，小村里有狗吠声。

良久，我们均无语。

经历世事半生，沧桑与磨难已经让我们失语。懂得的都懂得，劝说安慰都积攒不起气力。

友想了很久。尴尬地提起一个话题，打破沉寂。你这里什么都好，只是感觉缺了点什么。

缺什么？我眉都没抬，手轻拨了下茶叶。

朋友仰望吊灯，眼神迷离——少了点水吧！少了一条清溪，少了一条大河，或是一处湖泊？如果这个时候，有清风明月，就着茗茶，还有音乐，该是有多美的意境。

朋友边说边兴奋地站了起来，血液流动加速。对，就是少了水。要不，我们去武义江走走，到江边看看月色？

我摇了摇头。轻问，到了村里，下得车来，你看到了什么，听到了什么？

朋友思考片刻。黑，一团黑，有狗吠声。

我转过头，看窗外。窗外一团黑，有北风呼啸着在小院子里左冲右突。

风中，我们不响，时光感觉停滞。

我站了起来。走，我们出去走走。

尘世步履匆忙，乡间远离尘世，一切从慢。

小村夜半安静，路上有稀疏的路灯。几条狗听到我熟悉的脚步声，没有狂吠，缓慢地站了起来，立在黑色的阴影中，警惕地望着我们。

路上，我们还是沉默。沉默配得上这个夜色，配得上此时的村子。

我们来到朋友停车的地方。车停在一片高大的松树之下。松树林中，筑有一高台，松针铺满了阶面。

我率先抬脚上了小高台，一屁股在台阶上坐下。朋友随后上来，亦坐。

我说，现在什么都不要说，闭上眼睛，听。

指挥棒一起，松风刹那间就如潮水般涌了过来，绵绵的，密密的，在树林之中一阵接着一阵。如鼓点，又如细雨轻轻点过水面；如拂柳，又如琴声箫声呜咽。

时光不知过了多久，我张开眼睛。朋友还闭着眼睛，我看他的眉眼间舒展了很多，如痴如醉。

我没有吵他，静静地坐着。秋露沾衣，松风依旧。

终于，朋友慢慢张开眼睛。他说，真好，我从来没有这么认真听过松涛声！原来，你这里不缺水。松风松涛都是水声，真的很治愈。

我没有解释。站起来，往下走。朋友站了起来，拍了拍，也往下走。

走，我们再走走这条路。

从停车位到我院子，几百米路。这次，朋友走了很久，左看右看。看路灯下的花草，看月色下的屋檐。时不时，停下来，听秋虫的叫声。他甚至想伸出手，和路边的小狗握个手。

到院门，朋友拱手与我作别。他轻松一笑，转过身，脚步沉稳而又坚定。

我看他的身影消失，轻轻掩上院门。

院内月华如水。我闭上眼睛，不远处的松间，松风夜转，水流潺潺。

天地万物各自忙

安妮·埃尔诺说："我们的生活几乎是无法摆脱的困境。它使人发笑。"

霜降的这天，读到《悠悠岁月》里的一句话，让我放下书，望着秋风，想了很久。秋风起兮凉意生，我又想起了太宰治的一句话。

他说，生而为人，我很抱歉。

我也是很抱歉，人生落魄，活成一段让人发笑的笑话。

困境与痛苦无处不在。有人说，人生还不是千般苟且？光鲜的人，只不过是左右逢源，人生坦途，苟且成功。失败的人，只不过运气欠佳，苟且失败。

总结起来，大家都还不是苟且？程度不同，结果不同而已。

自古以来，苦中作乐的说法无处不在。我们要在平平常常、普普通通的日子中找到属于自己的快乐，应该在工作、运动、学习、家庭等各方面找到幸福与快乐。

——这才是我们来世上一遭的最终目的。

——这，似乎又过于冠冕，教条，说教。

在人间，我们四处忙，四处苟且。

为工作，为生活，为孩子，为家人……各种奔波，各种身不由己。

这世间，天地万物各自忙，各自有自己的心境，处境。

民歌中说"天上太阳赶月亮，月亮忙着洒露珠。田里老倌驾老牛，老牛坡上寻青草。青草夜夜恋露珠，露珠颗颗望月亮。月亮转身赶太阳，天地万物各自忙"。

天地万物各自忙，一个个轮回，一个个因果罢了。

太忙了，我们都各自在忙。

朋友好久不见。

朋友圈的朋友很近，现实中的朋友好远。

朋友们淡淡地晒着自己的状态。

汤斌斌今天刻了几方印，感觉今日时光不虚度。

雷淼余读了半本书，练了字，写了几幅作品，感觉今日人生充实。

之玉和格格带着孩子等一起去郊外野餐。

有朋友在生意场上奔波；有朋友在照顾孩子学习生活；有朋友在医院；有朋友在旅行……

人间的悲欢并不相通。朋友圈的悲欢并不是真的悲欢，内心真正的快乐与伤悲，只有月光与星星才能阅读。

太忙了，好久没有回老家。

我经常会有这样的感觉——感觉，好久好久没有回老家了；

感觉，好久没有出远门了；感觉，很多朋友好久未见了。

有时感觉，就是现实。

我们阻止不了时间逝去，年华老去。就连我们生命中一天天的时光，都无法真正握在自己的手中。

在一天即将结束的时候，总会是长叹一声——一天，又一天就这样过去了吗？这个时候，也常会问自己，今天做了什么，收获了什么？

我们一天天忙碌，陀螺一般，在生命终点前都一直忙碌，转个不停。

我们忙得没有时间思考。

人生的意义在于什么？我们一直在追问。很多人一生都找不到答案。

天地万物都在忙。

我们，都身处一个紊乱而不安的世界

一

　　乡村的夜，黑色连绵无际。

　　狗吠声，清脆响亮。这里的月亮和星星，仿佛都更为寂寞一些。在广袤的夜空中，灵魂在深夜清醒着，清亮地照亮什么，它们在思索着更为远大的世界。星星或许也有自己的语言，它们是用星语交谈着什么。我们不过只是寄居它们身上的蝼蚁，我们鼠目寸光，胸无大志，自以为是。

　　我们不懂。

　　我们已经连自己都不懂了。健忘容易产生幸福，我们人类的记忆已经被资讯与垃圾塞满。不如选择麻木，不如逃避，不如选择陪伴手机。

　　越来越多的人往城市走，也越来越多地往乡村、往山里走。

　　我们擦肩而过，相向，越走越远。

　　乡村的夜，黑色连绵无际，比乡村更远的山林里，我想那里的星星和月亮，也是不同吧！

　　我所在的乡村，公鸡在凌晨打鸣，它们早就忘记了祖先传

135

承的时辰。闻鸡起舞的人们，将累倒在故事传说里。

别笑它们。我们，都身处一个紊乱而不安的世界。

二

多少人擦肩而过。

这世间，要用多少的幸运，才能换得一个良人相守一生的好缘分。

花香，流云，雨飘落的声音。520，节日的真正意义，只是生活过于平常，我们需要些欢庆的气氛。

就像花儿开得那么美，我们都热切地接近。

只是，现在的节日，你过了吗？过得好吗？

在一个私密的小群，送出了三个问题。

——大家送出了什么礼物？

——收到什么礼物？

——灵魂拷问，有没有送老公、老婆之外的其他人？

收到一个朋友的回复。

——中午准备买花回家，请老婆吃个午饭，无奈。

——目前没有收到任何礼物，苦逼。

——没有送其他任何人礼物，各个群的红包发了 4 个，耗费 800 元，心累。

这是一个中年成功男人，一个极具魅力完美男人的——无奈、苦逼与心累。

只有他自己明白。无人能懂。

节日赢得商家真正的尊重。多少类似 520 的节日，演绎着多少真真假假、虚虚实实的传说。

三

对大地感觉厌倦，这也很自然。

若你死了这么久，你很可能连天堂也会厌倦。

你在一个地方能做什么，你做了便是，

而一段时间后，那地方耗竭了，

于是你渴望解救。

有人说，诗人将"喜新厌旧"都写得这么有诗意，都写得这么合理化。

不知道，你现在厌倦什么，希望解救什么。

不知道，你明白不明白自己想要什么，想要追求着什么。

我们都有厌倦的时候，都有需要解救的时候。

有人说，唯有爱才能解救一切。

四

小满的节气真招人喜欢。

"花未全开月未圆，半山微醉尽余欢。何须多虑盈亏事，终归小满胜万全。"

无限人生求小满，难得恰到好处的周全。

我们在中庸的世界里左右摇摆，在欲望无极限的追求中，今日，我们贪恋小满。佛说，人生八苦之一就有求不得。因为求不得，做不到，我们才求，才思，才念。

小满过后，极具健忘的人们继续追逐无尽的欲望。

我们之间不曾有条汪洋的河

门开得久了，总是要关上的。

就如同关得久了，总是要打开。

自由和锁链总是一起共舞，它们之间不曾有条汪洋的河。

住在乡村有点时间了，刚开始的不安，硕大的欣喜，如今也慢慢地安静下来。我开始融入这个鸟鸣、犬吠、鸡叫的世界。这里的人声是浅浅的，清晨与傍晚会有人声，其他的时间里，安静在这个世界里悠游。

这里，是我的人间浅睡。

我还不知道我周边邻居的名字，我们只是点头微笑致意。

我们在古意的世界里，拱手为礼。

我关上了门。两扇木板门吱呀着关上，插上了门闩。

世界就此，更加安静，时间已经是多余的第三者。

我的人间浅睡，贮存书籍、音乐、小物件、花朵，有茶、有咖啡，这已经足够。我启动一键的模式，与我自己真实相见，文字潜入乡间，呼吸运行笔尖，我将我自己的面具摘下。

我裹在这深夜安静无边的怀抱，这里的温柔能听到蛙声，能听到飞鸟在黑夜里飞过的声音。清晨，在薄雾中伸开的手掌，可以听到露珠的问候。

这里，梦想收起流离失所的翅膀，自由快乐地向我致意。

人生蓄满了一池复杂的情绪，最终没有形成一条汪洋的河流，我咀嚼一些人生经历推敲而成的青涩词语，此刻我只想填词歌唱。美好的歌声像丝带，可以永远将快乐捆绑在空气里。

空气中油烟、菜香，田野里施的粪肥的味道使劲地挤进我的院子，蜜蜂在空中画着灵动的足迹，繁忙的东风奔走在热烘烘劳作的田野里。

知道自己堕落是什么时候开始？

那日复一日的庸庸碌碌，那言不由衷的无奈，那捧着手机刷去了宝贵的时间……我在想，经过的一天，我留下了点什么？

我需要留下点什么。逝者已逝，来者可追。我不需要多少的轰轰烈烈。我生活着的每一天，不过都是在安慰着我的灵魂，让他不要焦虑，让他得到和解与恩宠，让他自由自在。

我和我的灵魂之间，不曾有条汪洋的河。

在这里，我的人间浅睡，我终日宅着，有无数的理由可以不出门。

雨天，雨夜，温润地挽留着我在自己的书院里游荡。我对自己说，如果不想写文字，那么就看书；不想看书，那就去写字；不想写字，那么就去陪陪花花草草；什么都不想做的情况下，那么就发发呆。

生命飘忽，我在一院子里与自己，与世界和解。

老桑，我们开门见山地，做一次倾心的交谈。

我和一切过往之间，不曾有条汪洋的河。

你？我在你的生命中也已经很遥远了吧！

朋友，我已经如空气一样消失在一个你陌生的村庄里，消失在你的世界里。这世间，有爱恨情仇，有生离死别。在时间的叹息中，一切微不足道。

我们还拥有现在。

你想我了，来我的人间浅睡看我，我们之间不该有跨不过去的汪洋的河。

我打开门。

不为了期待谁。也许，也是在等你。我使劲地拉开门，让我世界的花花草草透点气。

乡村特有的移动叫卖声，一次次驶过我的门口；小狗小猫在门口，怯怯生生地张望。

常有邻居的阿姨、老奶奶此刻就拿着篮子、盘子跨进了我的院门，她们拿着陈年的霉干菜，自己晒的萝卜干，地里刚拔下来的青菜，山中刚挖出来新鲜的笋，院子母鸡刚下的蛋……在这里，我们以这样朴素的方式相互问好。

此时，宅得太久的我，总语无伦次地表达着我的谢意。

我是一个异乡人，现在生活在属于她们的村庄。

我们之间不曾有条汪洋的河。

一个小院，陪我们走过完整的四季

时光在这里凝固了一般，很静，很静，很慢，很慢。

村庄曾经如同饱满的谷穗，充满生机与幸福，而今又被掏空。在曾经繁忙的大路上，现在每天仅仅是几个老奶奶坐在路旁的小石板，花白人鬓发，守着曾经欢腾的岁月。

有时候，她们聊些家常。大部分的时间里，她们只是安静地坐着，什么也不说。

她们，静待着时光。

村里的植物都正常在生长，一年一年增长着年轮。村中的老房子，却以迅雷不及掩耳的姿态衰老。

老人家们的记忆，快记不住那些曾经的故事了。

故事里的村庄也早已经老去。

我又回到村庄。

村庄给我一个院子的诱惑。在异地他乡漂泊久了，家乡的院子成了我的追求与牵挂。离开城市，到乡下去，也成了我梦想的追求。

一院子的时光

没有回熟悉的故乡，我选择在一个偏僻的小村里，开始了院子的生活。

曾经在一些城市工作生活。在越大的城市，越感觉到自己的渺小。目光所及之处，视线基本被高楼所遮挡。植物被修剪整齐定点圈养，车水马龙的世界，在喧嚣中，失去了方向。生命如同微尘，蝼蚁一般地生活。

在高楼，在地铁，在钢筋混凝土的世界里，那是没有四季的。

走过四季的一年，才是真的一年。

走过这样一年又一年的，才是真的人生。

在这个村庄，院子和我，都是相互的成全。

院子里曾经写满的故事，在我来到之前，已经被茅草所侵袭。房屋里堆满了各种杂物。正月十六，雨甚，我在这一日，挥动了小院改造的第一锄头，清去了院子的杂草。

前院后园，前后都有院子，之后开始了院子的改造。院子的改造，有点随心所欲。没有设计图，心之所向、心之所往就是自己的设计图。

种上了喜欢的竹子、芭蕉，种了绣球花，铺上了草皮，院子就慢慢有点像样了。村中的老奶奶见了，都夸，这么好看！

朋友也纷纷惊叹！

——美，在任何时间都是相通的，无关年龄，无关性别，无关身份。

美，是平等的。

没有认真看过樱桃、枇杷、木莲、绣球的发芽、开花、结果、落叶，怎么能算真正地爱过生活；没有看过一次次日出日落，怎么能算真正地理解过生活；没有慢时光中品茶，磨咖啡，听细雨，怎么能说真正享受过生活……

有人说，现在环境这么好，公园里到处都是花呀，为什么还要自己种？

我笑笑。一院子，承载的不只是花花草草，而是这里一切的植物都与你有关。它们的生、长、哀，都和你休戚相关。

它们与你朝夕相处，共同生活在一个院子里，它们其实也是院子里的一分子，和我们一样平等。

我们相互陪伴，走过完整的四季。

总要无憾地来过这个世界，走过完整的四季。

生活给了我一院子的诱惑，我留了一树的樱桃、枇杷在枝头，诱惑吸引了成群结队的小鸟前来看我。我远远地架了照相机，看着它们。

你们，且随意。

我曾经将相机与若干的镜头，尘封多年。

相机越举越少，是生活中的惊喜与尖叫，原本不多。墨守成规的构图与技巧，后期僵硬的修饰与装扮，都不如淡淡的朴素，留在文字里，留在记忆中。

有段时间，我都不记得我有相机。

经历支离破碎，经历过内心坍陷，经历过失魂落魄……我们的人生总是在经历。不说大起大落，开开合合，后来也渐渐明白，小小的一个相机和普通的文字一样，应该记录的是我们普通生活中的火花，在平凡中盛开的花儿——这才更有意义。

即使普通的生活，也能拧出快乐；即使普通的日子，也能拍出喜悦的美感。再将这些，传递给更多的人，去分享。

四季的院子，四季的快乐与悲伤。

我在过一院子的时光，我在写一院子的时光。

有了院子，有美好的心情，也会有一些细碎的悲伤。

草地里，过了段时间就会有杂草；枇杷树不知长了什么毛病，出现了掉皮；蓝色的绣球花，给太阳晒伤；荷花池里，有很多的蚊虫……

有了院子。每天就会忙个不停，有做不完的活儿。

生活其实也就是这样，快乐与忧伤总是并行着，纠缠着向前。

有个院子，方才感觉可以走过完整的四季。

有个院子，有喜、有悲，有快乐、有忧愁，这些不同的心情，组合成了我们真正的人生。

一个院子，陪我们走过完整的四季——人生，这才算是精彩与完整吧。

用碎片的时间，做件完整的事情

时间都是完整的，是我们贪心的剪刀，把它们剪成了无数的碎片。

我们生活在一个碎片化的时代。

我们用碎片供奉了生命。

对于时间和生命而言，没有悲歌，也没有颂歌。光明与黑夜每天都在交替，离开与新生每天都在发生。

一天之中，无数次打开手机，看看朋友圈、抖音、小红书、微博……时间就这样，被我们打开手机这个姿势，剪成了无数的碎片。

灵魂深处，我们都知道时间的宝贵，现实之中，我们却用无数自毁的方式，说明生命丝毫不重要，时间毫不珍贵。

我们的内心是多么孱弱。屈服于物质，屈服于各种诱惑，屈服于幻觉，屈服于惰性。

我们抵御不了内心的孤独与脆弱，一步一步在放弃着我们钟爱的人生。

时光，就这样匆匆地溜走了。

很多时候我们想，如果有一天完整的时间交给我自己，或是有几天的时间交给我自己，那可以去哪里哪里，可以做多少多少事情，那是多开心的一件事。

可是真的有那么一天，有完整的一整天或是几天时间交给我们，可以不上班、自由支配的时候，我们发现自己并不是真的很能驾驭时间。或是很晚起床，或是一天的时间东摸摸西摸摸，这里待一下那里晃一下，不自觉一天就这样过去了。

碎片化的时代，碎片化的阅读并不代表着完整的学习，很多人依然感觉到满足。就在鸡汤与搞笑的视频中，将时间轻轻地划走了。

时间就在我们轻轻地划一下手机、划一下手机中和我们永别。

当我们坚定地前行，诱惑就在不停地溃败。

感觉到自己颓废，是无所事事地过了一天，没有任何收获。是自己的精神消沉，没有认真看书，没有运动，也没有好好思考一些问题。

人的一生，不一定要丰功伟绩，但总要做件自己认为有意义的完整事情。

完整，并不是无缺，是生命一以贯之的坚持，以及尽力之后坦然接受结果的无憾。

我们喜迎碎片化的时代，那就在碎片化中利用好时间，安排好计划，做一件件完整的事情。要用碎片化的时间，做件完整的事情。去亲近自然，去和人群交流，去运动，去捧本书阅读。

在碎片化的时代，我常给自己关上一些窗，点亮一盏灯。

有些花儿，你都不知道它开过

那些年端午后的夏天，我们村子西郊的大坟山上，每年总会多几堆小小的新土包。

在每家每户平均都有三四个小孩的年代，这些小土包引起的悲伤并没有持续很久，那些夜晚一个母亲的哭声，在夜色中晃荡不了多久，就会随风飘散。也用不了多久，荒草就会爬上那些小小的土堆，人们就咂巴着农事，咀嚼着生活的黄泥汤，慢慢地遗忘了这件事，这个人。

邻居家一个小男孩，比我小两岁的小玩伴，在一个晚上也悄悄地走了。那个晚上，他的父母在空地上燃起一堆的柴火，父亲抱着他在火堆上轻轻地烤着，不停地烤着，母亲坐在旁边哭泣，三个姐姐陪着流泪。孩子那时还有点气息，喃喃地叫着妈妈。这个偏方，最终没有救得了这个小男孩。他还是走了。

我坐在不远处的门槛上目睹整个过程。也是那一个晚上，才明白死亡离我们是这么近。

农村里，没有成年的孩子走了，盛放的是一个小小的石质棺材，没有墓碑，墓地上没有名字。

父母亲号啕的哭声，会被生活的重力，以及眼前另几个嗷嗷待哺的孩子所转移。再加上，那个年代，好像意外真的很多，见惯而不怪吧。人们，也就渐渐忘了。

有的孩子，去水塘边玩耍，落水溺亡。乡人常说，那是水塘里有水鬼，小家角（小孩）孤身走过的时候，水鬼就会伸出长长的手臂，唰地将他们拉下水。我也有一次在水塘边，不知怎么的落水，呛了好多水，还好有大人经过，将我一把拉了上来。整个过程，事后想起来，也是莫名其妙，不可思议。之后的父母就禁止我到池塘、溪河里洗澡。于是江南出身的我，竟然不会游泳，这让我在外工作时，被很多同事所笑话。

水鬼长得什么样，活在乡人绘声绘色，唾沫横飞中。

我们都没有见过。

村中有两口比较深的池塘，乡人称之为上深塘和下深塘，意思是塘水很深。有一年夏天，一个刚刚考上中专的小伙子，开开心心到上深塘洗澡，结果是被捞上来的。那个年代，能跳出农门，那是极为荣耀的一件事。这个小伙子，在风华正茂的年纪，而且是金榜题名的时候走了，停灵在村外的晒谷场上，让人触目惊心。全村笼罩着浓浓的悲伤。

所有的父母都告诫子女，不要去那个池塘玩水，那个池塘里有水鬼。很不幸，我家的田地基本上都是围绕着上深塘远远近近地分布。我不得不经常路过。我每次走过这口池塘，都会心惊肉跳。村里的大坟山，祖祖辈辈的坟地，密密的松林黑黝深沉，松果在无声地掉落，松毛厚厚地落了一层又一层。大坟山，就在不远的高处，面对着这口深塘，中间隔着我家的责任田和自留地。

深塘水深浩渺，大坟山林深茂密，它们都不声不响。

我在小小年纪，就体会到了灰色的孤独与悲伤，生与死哲学的辩证与思考。

我就从这样的小道，一路走向了远方。

那时候的意外真的很多。有到井边打水，或是玩耍，掉进井里的；有不小心失足，从树上或是家里楼梯上摔下来的……还有一些，是因为各种病症，一不小心，就夺走了一个小家角的生命。

在意外和疾病到来的时候，生命是如此卑微，人类是如此无能为力。

我有一个堂哥，年少的时候落下个病根，读书并不是太好，很多人都不和他玩耍。他最好的玩伴就是我了。我读中学的时候，未成年的他已经出门做了油漆工学徒，跟着师傅在全国各地流浪。他常写简短的信给我，和我说一些在外的趣事和近况。但是，有一年的夏天，我很久很久没有收到过他的信。后来，听叔伯说，他在外地，因为意外走了。

我伤心了好久。后来，记得他的人就很少很少了，我也就偶尔想起他。

之后的很多年，我们惯看生死离别，送走了很多亲人朋友。后来，我们都是偶尔想起，偶尔记得，偶尔去触及一些往事。

毕竟，相比较生死，现实世界更重要很多。

　　我们也都明白，我们所有人的归宿都是一样的。

　　过不了多久，我们终将无名，如空气一样，在这个世界上虚空地证明来过。

　　人间浅睡的院子里有很多花，也有很多草，它们都会开花。我用一本档案，细细地记下一种种植物的名字，它们的习性，它们的开花与结果。但我还是会漏了，在这么小小的院子里，有些花儿和草儿，我都不知道它存在过，它们开过花，我甚至不知道它的名字。

　　我惆怅。叹了口气。这世界，有些人，我们都不知道他来过。

　　有些花儿，我都不知道它开过。

宇宙纯粹，万物并没有界线

自然并没有界线，有界线的是人心。

院子南边的老何家的凌霄花爬上了我院子的围墙，它们正时刻准备含苞待放；东哥家的女贞，纯白一大束一大枝，在我院子的东边怒放；不久之前开满一墙的白色风车茉莉，我们都不清楚，这风车茉莉属于谁家，只知道这花开满了一墙，属于你，也属于我；我家的枇杷，伸出粗壮的手臂，果实成熟了，落在自家的院子里，也落了东哥家、老何家院子一地……

站在院子里看，浅黄色的土墙，盖着陈年的瓦片，挡住了我的视线。我的院子，在墙和篱笆划分下，组成了一个所有格的分界。

你的，我的，我们从小就确定的界线。

我们以此逻辑，走完我们的一生。

抬头看，除了天空，都是绿色。

绿色在一望无际地漫延，新绿、翠绿、碧绿都紧紧地融合在一起。树木与树木并没有边界。在空中，各种树木，它们紧紧地、密密麻麻地挨在一起。花开的时候，花香弥漫，没有界线。在地底下，它们的根错综复杂，顺势而为，没有界线。即便是经常在树上停留的鸟儿、松鼠，这时在这家的树，那时又在那家的树，它们也没有边界。天上的云朵、雨水、阳光，它们也没有界线，慷慨无私地爱着苍生。

我们的视线越过我们头顶的高度，在大自然里，绿色并没有边界。绿色的尽头，是蓝色的海洋吧，蓝色也一望无际，没有边界。

边界是人为的。

人类忘乎所以。

在它们的脚下，我们筑起围墙，修起篱笆，区分了彼此。人心，也是。围墙和篱笆，是我们人心在世间的投射。我们布置起虚假的舞台背景，十分投入地演了一生的戏。

万物自由壮阔。我们，吃了一剂贪婪的药剂，只够卑微地匍匐在地面，一直忙碌着，所谓生活着。

一碗茶水中，都倒映着大千世界。

如果我们化身为小鸟，我们化身为白云，我们才会发现关于自由、博大、哲理，那些大自然里深深蕴藏着的生命的诗意。

这些诗意，永远没有界线。

宇宙间的纯粹，是万物并无边界。

院子里的樱桃熟了

急匆匆地来，急匆匆地走。

有些果实从开花到结果，用了几个季节。有些果实从开花到结果，只是短暂的一季。我一直想用一个词来形容院子里的樱桃。是匆匆、突然，还是仓促，还是猝不及防？我每天打量着我院子的樱桃树，想用贫瘠的词汇去形容它的美好。

早春那天端着一杯瑞幸咖啡到小院，咖啡杯上是樱花的图案。春日阳光淡淡地洒下，坐在石板上一抬头，就看到了几朵樱桃花开在了树梢，欣喜就如樱花片片落下，洒在春天的土壤上。

生活无非在找寻着一些平常的快乐。花开啦！樱桃花开啦！在寂寥的早春，一朵花开，就让人喜悦无比。

樱桃花的花季又相当短，几番春雨之后，就谢了。之后，一颗颗小小的果实就挂满了枝头。看着亭亭如盖的樱桃树，正想今年可实现樱桃自由，有邻居就说，要准备挂网啦！什么，要挂网，多难看。不挂网，你家的樱桃，可都给鸟儿吃啦，你自己都吃不到。吃不到就吃不到吧，想到要在樱桃树上挂网，我就觉得麻烦，不好看。

　　我想让我的樱桃树自由着。自由地生长，自由地与鸟儿交流，自由地自己想长成什么样就什么样。老家的柿子树，母亲就是这样对待的。家旁边有几株柿子树，母亲从来没有想过摘下来做柿子饼之类的。母亲说，就挂在树上给鸟吃吧，不是挺好？挂在树上，红彤彤的，看看不是挺好！我人生的成长与漂泊，母亲也是这样的态度与淡然。她总是说，你自己喜欢就好，想去哪儿，想做什么，自己喜欢最重要。

　　我就在母亲的宽容下，四处漂泊，长得任性而自由。

　　从某种角度上来说，我一直认为鸟儿比我们更应该有吃樱桃的权利。我们人类可以吃的东西太多了，我们现在想吃某种食物，更多的是贪婪。而鸟儿，它们时不时地停留在树梢，每天数次来拜访樱桃，与樱桃叽叽喳喳，它们之间是不是有某种可以交流的语言，我不知道。我们没有鸟儿的殷勤，却只想着丰收的成果。

　　细雨庭前风袅袅，碧油千片漏红珠。最终，樱桃成熟了。鸟儿比我们人类最先知道哪颗樱桃快成熟了，它们早就捷足先登，我们更像是在"捡漏"。在绿叶丛中，我们找寻着一颗颗饱满的红色樱桃，最后摘下来几十颗，便也心满意足。

　　丰收的小仪式，胜过了吃樱桃的本身。

　　在院中，花开是节日，果实成熟是节日，每日都有小惊喜，也是节日。

　　小时候一直认为樱桃是我们当地春天最早成熟的水果了。那时候还不叫樱桃，我们叫杏珠。

　　为什么叫杏珠？我没有认真考证过。那时，外公家门口的池塘边种了一株，于是年年春天就成了我们的渴望。这株杏珠树也不甚高大，家里的人口又多，真正吃到的，也没有几颗。这几颗，如同今日在自己院中摘下的几十颗一样，便感知足。

　　樱桃花开短暂，成熟迅速，果实甘甜，它们肯定是植物王国的急性子。我常端着一杯清水，站在树下思索与徘徊，樱桃更多让我想到了人生。

在这里，我爱过一个院子

在这里，我爱过一个院子，和院子里的花花草草，以及在这个院子里消磨的岁月。这一切的记忆，我都将会用文字刻录下来，记下来，写在一本《一院子的时光》的书里。

破碎、不堪的光阴已经过去。一阵风雨过后，我在自己的院子里，拥有一个宁静的黄昏和满屋的书香，还有很多的花花草草相伴。陈骥老师说，有部电影叫《秋翁遇仙记》，过了若干年，我就是一个花翁。

我笑。想象自己须发花白，在院中侍弄花花草草的样子。

我想，花翁，这个名字真好，现在就用吧！

花翁在新的院子中，是一个最容易交上"狗屎运"的人。

院子已经废弃太久了，各种动物都在这里划分了自己的势力范围。在模糊的疆线里，它们进行了旷日持久的拉锯战。植物与植物在大打出手，在地底下黑色的世界里，根系在殊死较量；在空中，它们伸展开无数的手臂，争夺着有限的空间。在我们看不见的地方，各种昆虫生灵，蜗牛、蚂蚁、甲虫、蜈蚣等，都有自己的势力范围，都有自己的轨迹与疆域。猫儿、狗儿，也争相将这里当作是它们的游乐场。

胜利者踩着失败者的躯体，鲜活滋润地生长着。

猫儿们，从破旧的窗户里灵巧地出出入入，它们活动在破旧的家具之中，时不进喵喵叫上两声；狗儿们的活动范围，是屋子前面的庭院，它们每天用排泄物来巩固着自己的势力范围。

还有一些我们看不见的洞穴里、屋角里，深藏着一个深邃广阔的世界，它们自成一个体系，自成一个王国。

直到我的进入，这个久已无主的院子成了花翁的院子，院子取了名叫人间浅睡。

在叮叮咚咚之中，院子、屋子都发生了翻天覆地的变化。一个叫桑洛的花翁就改变了很多昆虫和植物的前途。

狗狗们站在我圈成的篱笆前，摇头摆尾高声吠叫。它们出奇地愤怒。它们原来留有很多记忆的水泥地，已经被我找人敲碎，铺上了黑色的石子。篱笆和围墙又挡住了它们进来的脚步。在住进来好久的一段时间，我每天开门，踏出院门的时候，我都要小心翼翼地看着脚下的路。一不小心，我就可能交上"狗屎运"。狗狗们已经将它们的愤怒，转为排泄，将原来在前庭院的范围，转为在我的院门。

我笑。拿把扫帚，扫去这些"愤怒"。将这些"愤怒"埋在院门右侧的凌霄花上。

嗨，这些花可长得越茂盛了。

猫儿有时也不甘地盘被侵占，只要我偶尔将房门打开，它就会悄无声息地钻进它曾经的领地里。拜托，这个领地它现在太陌生了，于是它在慌乱之中，就会产生乒乒乓乓的动静。可把我吓了一跳——谁，谁踏进了花翁的领地了?!

猫儿在我的脚步声中，就慌张逃窝，从我的脚下嗖地出门了。

我们各自吓个半死。

不甘心的还有些昆虫。它们在我不在家，或是熄灯之后就开始了《博物馆之夜》的行动。演的一出什么戏，我看不见。我只见到每天早上起来的时候，蜗牛在茶几上爬过的痕迹，一些昆虫造成花园某处的变化。

这些还是温和的，更愤怒的是有些甲虫。

那天，我随手拿起一片蓝色的抹布，结果，食指就被什么东西叮了一口，刺心地痛，我甩了一下手，只见一条十几厘米长的黑色甲壳蜈蚣掉在地上，迅速钻进了墙角不见。我赶紧用扎带扎紧手指通往手臂的位置，用力挤伤口的血。再百度了一下，被蜈蚣咬伤怎么办? 找到了一个用肥皂水洗伤口的偏方，赶紧实施，一阵手忙脚乱。

手麻、疼，食指肿得像胡萝卜。

两天之后，红肿方消。

弘一法师每次坐竹椅子，都要摇晃一下，方才入座，唯恐入座会伤害了寄居椅子的生物；东坡居士，"为鼠常留饭，怜蛾不点灯"——这些，都是大慈悲。

我现在回人间浅睡，吱呀的门声很响，灯光亮起，我的脚步声很重。我也告诉那些和我一样在这个院子里的生物们，我回来了，我不想伤害你们，我们在这个院子的世界里，要互不干扰，各自安好。

只是，院子里的花儿们，花翁更爱你们一些。

在这个世界，我曾拥有一个院子，如童年世界般的院子，我和每朵美丽的花儿相爱。

世间万事万物，都是纯粹的恋人。各自有各自的生活，各自有各自的幸福。

在这里，我爱过一个院子，如爱一个深爱的女人一样爱过一个院子。

听风

不能被摧残的，仍然是璀璨于内心的希望。

七夕，爱的礼物

节日举着爱的名义，绑架了无数人。

节日，被一群商家烘托出浓烈的气氛。一个女人郑重地对先生说，今天是情人节呢，为什么我没有礼物？

女人很无辜。嫁给了这个男人后，就没有正经过过节日。

先生无所谓地说，我们是老夫老妻呢，要什么礼物？况且，你是我老婆呢，又不是情人。

女人刹那间无语，眼神别向窗外。窗外有很远很远的山，很高很高的云，起起伏伏。

在爱的表达上，男人与女人不尽相同。

在爱的天平两端，也许也并不对等。

大多数的女人心安理得地等着收礼物，等着男人带她去餐厅吃大餐，去看电影大片，而很少有人，相互给对方买礼物。在爱的"游戏"规则中，似乎谁投入多，谁真心，就轮到谁节日去买礼物，去付出。

　　爱情也有软肋，生命驱使着我们去找寻喜欢的气息，让彼此成为相互的堡垒。

　　男孩与女孩情意相投，认识后很快就在一起了。在一起后，男孩却开始给女孩送花了，每周都送，重要的节日都送。女孩的同事纷纷起哄，哇，他在追你呢，追得这么勤！

　　女孩羞涩不语。在快餐式爱情的时代，遇到慢火煲粥的爱情已是难得。难得的还有，爱情有光，照亮一生。女孩问，你都已经追到我了，怎么还要送花？男孩说，花代表着美好，给人带来美丽的心情，我希望你开心快乐，而且，现在只能我送你花了啊！

　　女孩不语，脸上洋溢着幸福。

　　生活需要美好来点缀，礼物是爱情的调味品。只不过，现在的礼物被变成了赤裸裸的金钱数字、鲜花、高档奢侈品。

　　我突然想问，你是多久没有好好地拥抱过你的爱人？

　　有多久没有两个人都放下手机，拉着对方的手，一起走走。或是，只是坐坐也好。

　　节日是大众的狂欢，爱与婚姻却是自己两个人过的。

　　节日的仪式，是朋友圈里给别人看的。爱的礼物并不要随波逐流，不一定是要满大街的鲜花。爱的礼物，可以是一句话，可以是一个拥抱，可以是一封信，合适不合适自己知道。

　　爱打着节日的名义，表演一些山盟海誓的传说。这些相同的山盟海誓，会转眼就换了对象，换个地点重新进行郑重的表演。似乎每次的节日，都是彩排，都是演出。爱的男女主人公，需要衣着光鲜地上场，他们撑起了节日的人气，和商家配合默契，天衣无缝。

真的爱，却是流水无声，真水无香。

上文提到的那个无所谓先生，停下车，买了两只两块钱的雪糕，带着女人到了南山安地水库的大坝上，吹着凉爽的风，他轻轻抱过女人的肩膀。

山间的风很轻，他们都没有说话。

女人偎着男人宽阔壮实的肩，想到他们俩谈恋爱的时候，常常也是在这大坝上聊天，谈人生谈理想。现在人生半百，儿女成年，他们的日子不淡不咸地往前走。

她握紧男人的手，眼眶不由得湿了。

这是七夕节，情人节。在这个城市的中心，酒吧、咖啡厅、会所、商场，今日都在进行着狂欢。在这个城市的北山，各个高端的民宿房间早就一定而空。

在这个夜晚，某个小视频在悄悄流行。一个女人偷偷解锁老公的手机，想给自己手机转个吉利的红包——情人节爱的礼物。她先输入了数字5200，余额不足；她再输了数字520，余额不足；再输数字52，余额还是不足。她不甘心，试了一下 5.20 元，终于成功了。

这是爱都需要用数字来加强确认的时代。

很多人看了都在笑。

我看着，却心酸地掉了泪。我想到了《麦琪的礼物》。主人公吉姆和德拉生活贫穷，但各自拥有一样极珍贵的宝物：吉姆有祖传的一块金表，德拉有一头美丽的瀑布般的秀发。为了能在圣诞节的时候送给对方礼物，吉姆狠心卖掉了金表为德拉买了一套"纯玳瑁做的，边上镶着珠宝"的梳子；而德拉卖掉了自己引以为自豪的长发为吉姆买了一条白金表链。最终，他们都为对方舍弃了自己最宝贵的东西，而换来的礼物却再无作用。

没有什么云淡风轻，爱的甜蜜与生活的心酸总是掺杂在一起，形成了生活的酸甜苦辣。

这世界的爱情已经稀缺到很少人去相信，大家都还在兴致勃勃地过着情人节。

即使这样，我们还是要相信爱情。

相信，爱永远不会枯朽变质，如天上永恒的星星。

不能被摧残的，仍然是璀璨于内心的渴望

不能被摧残的，仍然是璀璨于内心的渴望。

小院西侧有个小花圃，每年春天都会迎接来路不明的"恶意"。

春日鲜艳，它们要面对"险恶"。竹笋刚长出来，就被折了"头"；月季刚发芽，就被"掐"了嫩枝；凌霄花也难逃这样的宿命。心里一直很纳闷：是不是哪个邻居家的孩子顽皮，"手轻"，来捉弄我家的花草？一直找不到答案。偶然有一次回家的时候，看到一个邻居家老奶奶，一只手拄着拐杖，一只手正在颤颤悠悠地"摧残"我家的花花草草——原来是她呀！真相大白。

好声好语和她沟通。老奶奶一个劲地说，这个树有刺不好，那个树尖尖的不好！

没有效果。

邻居们说，你别说了，说也没有用，这个奶奶脑子有点糊涂，和她讲不清楚了。

我束手无策。目光扫及这些花花草草的时候，总是有些不忍——我竟然连保护它们的能力都没有。我总不能冲过去，和一个讲不清楚的老人家发飙吧。

要相信总会有奇迹。我平静下来，一如既往浇花，施肥。

那株树形很美的月季花，就这样发了芽被折，发了芽被折，最后就香消玉殒了。佛肚竹的命运也是如此，刚刚有点新芽出来，就被折断了。

面对同样的困难，不是所有的植物都一样。翠竹、南天竹、凌霄花的命运就不同，它们有些被无情地折掉了，更多的顽强地生存下来，生机勃勃。

它们有不屈不挠的生命力，它们内心有璀璨的渴望。

竹子，折掉了一根，再冒出了很多根；南天竹长得茁壮，生机勃勃；凌霄花则一个劲地向上爬，一骑绝尘，逃出生天，撒欢而去。

如此，老奶奶只能望而兴叹了。

渐渐地，小花圃的花草们枝繁叶茂，凌霄花在高远的屋檐挂下一朵朵美丽的花朵，橄榄树、桑树绿意盎然。

花儿，草儿，树儿。每天进出院子，小小的花圃，总能带给我欢喜。

生命总会遇到各种各样的困难与波折，自我拯救总是第一选择。如果我们能更强壮，更坚强一些，没有什么能追得上我们的步伐。

我们都见过苦难，也曾天真地将苦难示与众人。到头来，有些苦难，包裹着，缝在细细麻麻的针脚里。

"唯一不能被摧残的是，仍然璀璨于内心的渴望"，一次次落败，经过短暂的沉默，又站立起来。

生存，要自己足够顽强。不能被摧残的，仍然是璀璨于内心的渴望，是种力量！

秋天，访一杯乡村手磨的咖啡

有人天生带着某种神奇的光环，她们负责一项神奇的使命。
她们注定要活成很多人羡慕的样子。

一

有一处属于自己院子，是多少人的梦想。

按自己的意愿打理这个院子，是一件多么让人愉悦的事情。

有多少人心动过，可——有多少人真正行动过？

村里有个姑娘叫璐璐。

她有个院子，我们暂且叫璐璐的院子。

璐璐的院子疆域太大。我们都建议璐璐在她无敌的院子里骑个马，扬个鞭，以便每天巡视她无敌的领土，最不济也可以养个驴什么的，倒骑着驴在院子里溜达，末了还可以让驴磨个豆腐，也很好。这个院子有草地，有荷塘，有蜿蜒的水系，有沙地，有很多的水果树，还有一座结合了古今特色、处处透着历史气息的二层楼建筑……

总之，这里一切都符合现代人归隐的田园梦。

在院子里，生活比想象之中更丰富，更细腻，更有趣。她习惯了做一些与实际生活毫不相干的事情，日子过得烦琐而有耐性。

平时，她在院子里种树种菜，折腾各种农活。晒自己做的霉干菜，田里多得吃不完的豇豆；她做饺子，包馄饨，等等。璐璐擅长做咖啡，各种糕点。傍晚的时候，村里的月亮更亮更近。璐璐把小茶桌端到荷塘边，有清泉烧茶。或是搬一张长长的桌子，在星空与月色下，与一班朋友在院子中畅饮。

乡村常年飘着炊烟的味道，偶尔有酒香、茶香。自从璐璐来到这里，这片土地上就多了一种咖啡的香味，闻过咖啡的草木，都更有了青春的激情，澎湃着梦想的力量。

这个神奇的姑娘，身上有无穷的能量，简直无所不能。

二

这个神奇的姑娘，神奇地来到这个村子。

璐璐常说，让农村不像农村，让生活更像生活。

生活要有茶、酒，有书香，有烟火味，还要有咖啡。

在院子里适合什么也不做，什么也不想。安安静静地独坐，发呆，阅读，喝茶，等等。但在这些背后，是拿着锄头、砍刀、榔头干着各种农杂活。她家的木柴门、竹篱笆、后院的小木屋，都是她和先生一起亲手打造，还有热情的房东小惠与东哥的帮忙，她的姨娘硕妈的倾力相助。

有个小院，会有忙不完的事情。常有人去她小院的时候，见她穿着劳动工作服，满裤脚的泥浆，忙这忙那。

常有人问为什么？

为什么喜欢一个小院？为什么要花这么多时间打造一个院子？为什么要住到乡下农村里去？

好傻的问题。

应该走进院子，看看她过着一种什么生活。

一个院子，一年四季，种树栽花，温酒喝茶。每天都有自然的回声，是她对生活的热爱。

院子是个无穷的世界。日子温婉，人间浪漫。

三

事了拂衣去，深藏功与名。

这个神奇的姑娘，我们成了邻居。

这个姑娘很江南，娇小的身子，清秀的面容。她二十多岁就活成很多人想要的样子，名声、财富、光环，等等。因为我们在这个村子，有很多全国各地的朋友来到这里看我们，我们会在一起喝酒聊天。有一天，他们跟我说起这个叫璐璐的姑娘，大学刚毕业，顺应网络和实体经济，在一个省会城市成了"网红"——"糕点皇后"，下面管着几十号人。后来，她又去了沿海最发达最有活力的城市发展。

那时，她叫"璐总""璐头"。

事隔很多年，江湖上还有她的传说，她做的美食糕点还是人们味蕾上的余梦。

后来，她来到这里。

对于这些，我们丝毫不感觉奇怪。经历巅峰，经历繁华，我们才会知道自己真正想要什么。

现在，她有自己的院子，一对儿女，淡然自安地在这个院子里生活，干农活，做咖啡，又活成了很多人的标杆，很多人想要的样子。

有人天生带着某种神奇的光环，她们负责一项神奇的使命。

她们领先一步，引领时尚，注定要活成很多人羡慕的样子。

我们很少会问起邻居的过往，以及院子背后的故事。在这里，我们院子里，都是一群热爱生活的人。

小院通往灵魂，通往烟尘，也通往幸福。

我们都是不戴面具、在院子里独舞的人。

在乡间的清晨，你可以看到一条叫泡泡的小狗和一个叫璐璐的姑娘在乡郊跑步；看到她戴着草帽，在田里干各种农活；看到她开着"骚气"粉色的越野车，在乡间公路穿梭；看着她熟悉地磨咖啡豆，拉出各种咖啡花型……

我想到了篱笆墙、女人，和一条叫泡泡的狗与咖啡的新故事。

山野更空，苍山更远。

漫步乡野，你访茶访酒都容易。听说，在这个秋天，访一处叫璐璐的院子，访一杯璐璐手磨的乡村咖啡，又成了一桩江湖神奇的传说，是这个季节的新时尚。

东篱有株土枇杷

在乡下，土枇杷是株卑微的树。

树本没有高低贵贱之分，但一个"土"字，就将这树和"土狗""土菜""土货"等相提并论。乡人嘴里轻轻吐出的"土"音，没有轻谑，尾音里却带有小小的亲昵。枇杷成熟的时候，他们的眼神，透过树梢，看着这金黄色或是白色的小小个子的水果，星星点点地挂在树上，也不拿只篮子来采摘，只是一时兴起，随手摘了几颗尝尝鲜，嘴里吧嗒着——土货，还是有土货的味道。偶有小孩、路人想摘点尝尝，他们也不恼，也不可惜，相当大度大量——想吃就摘嘛，土的，没事！

离土枇杷几米之遥的樱桃、水蜜桃、梨子等就金贵很多，在生长、开花和挂果的过程中，施肥、治虫等，乡人往往一丝不苟，临到水果快熟了，还用细网罩了上去，唯恐被贪吃的鸟儿捷足先登，叼走了去。

土枇杷也不恼，自顾自地生长。

它们的眼神，看得更远。

土枇杷是株野树，甚至只是棵野草。

一院子的时光

儿时吃土枇杷，吃完后将果核往旁边的草丛随便一扔，丝毫不在意，待到第二年春天的时候，才发现已经生根发芽，冒出了绿苗。如果任其生长，它就会茁壮地向上，不出几年就成为一株小树，然后就开花结果了。

乡居的日子，院内东篱一株几十年的枇杷树，每年夏天的时候能结千把斤的硕果。我也听任其生长，不驱赶小鸟，只是偶尔随手采摘几颗，尝一尝。后来，大部分的果实就自然掉落在地上，到了春天，这些果核都已经在地上长成了小苗。经历酷暑、严冬，它们的根深深地扎进了土，到了春天生长出了绿叶。

枇杷树在乡人眼里，并不仅仅是株果树，还是种药。它的叶子和花都可以入药，煎了治咳嗽。可以说，土枇杷之所以能够成活，靠的就是它们坚强的生存毅力，还有它们全身都可以入药的功效。

在乡间，随处可见倚在墙角被"罚站"的土枇杷，屋前屋后野蛮生长的土枇杷，它们经历了多少九死一生，才活出一棵树的尊严。

风吹土枇杷，它们不声不响，淡淡一笑。

说到"土"，我是一个农村土生土长的"土孩子"。那时候的农村生活，脸朝黄土背朝天，物资也很贫乏。那时候老家的院子里，也有棵枇杷树，年年五月结的硕果是全家的最爱。父亲总爱指着它，对我说，枇杷为什么这么甜好吃，又有药用的功效，就是因为它们的花酝酿在深秋，绽放在三冬严寒，经历了凛冽天气，吸收了天地之间的精华能量，才有了它的价值。小时候对这些话，似懂非懂。到后来，人生慢下来以后，才真正明白。

东篱有枇杷，亭亭如盖。人到中年，租了一个院子，与一株枇杷树朝夕相处，与它度过一个个春夏秋冬之后，我才真正明白父亲当时的话。

我常在树下饮茶，看书，看它生长、开花、结果，也摘过它的叶子煎过汤。我常在树下一个人踱步，从枇杷树中咀嚼出很多人生的况味。

拐枣在等一场秋天的白霜

我们曾朝夕相处，让人生的相逢充满了意义。

一处小小的露台，坐在这里看书，从春天到夏天，到秋天。我一直在翻看着一本汪曾祺的《人间草木》。翻到拐枣树发芽、开花、结果，翻到拐枣上那颗圆圆铃铛一样的果实，从绿色到秋黄，拐枣也染上了金色的沧桑。

我站起了身。

夜晚的秋风，一阵紧过一阵，它们催赶着白霜的脚步，从遥远的西伯利亚，长途跋涉来到我们白杜龙。

到这里，它们倦了，累了，长长地叹口气。

人间从此露白霜浓。

拐枣站成了我院中的思念。

它一直向上探寻。在我露台的椅子边轻轻地垂下身来。让我想起，我以前养过的下司犬，白色的黔钱，在我看书的时候，总会轻轻地趴在我的脚边。

它们的呼吸牵动着我的记忆。

"莫急啊，这时候的金钩梨还苦呢，等秋天的霜。"父亲那时候非常健硕，摸着我的脑袋，笑嘻嘻地说。儿时的乡下，俗名叫金钩梨的拐枣，纯属野生，是我们小时候对果实的牵挂。

坐在露台，我和拐枣心平气和地对视。我喜欢星空辽阔的晚上，细雨绵绵的日子，和它轻轻地说几句，写几篇儿时的文字。

现今，每天我们都站在今天的文字中，手中的笔总忍不住回头去看以前的日子。

儿时那些淳朴得掉渣的记忆，天真中的纯净让我们的回头都充满笑意。

站在拐枣树下，抬头，需要仰视，天空是它的背景。

南蛮玉在树下，看书喝茶，桌上精细地摆着今秋的柿子、佛手、葡萄。

江涛兄在树下说，小时候村里有几棵金钩梨，我们会早早惦记上了。有些人说，金钩梨的成熟要等秋霜，其实啊，看看它的叶子就好了，叶子掉得差不多，果实就甜啦。

有喜兄在树下说，小时候摘金钩梨，只要抢起一把扫帚，往树梢一甩，果实就簌簌落下，小伙伴们就会疯抢。有喜兄边说，边做了一个甩扫帚的姿势。

中华兄在露台说，金钩梨可以解酒，泡酒也可好了！晓燕反问，既然是解酒，那泡酒岂不是把酒都解了，为什么要泡酒？中华急智，把酒都解了，我们就可以多喝点酒啦。

张乎在树下，默默捡起一颗被风吹落的拐枣，放在嘴中，尝了尝，有点涩，却是可以入口了。

诗人的酒量总是奇好。我们在拐枣树下，喝十年陈的莲子烧，谈有烟火味的文字，让拐枣融进丝丝的诗意。

我想，再过段时间，我就可以烧金钩梨的酒。再过几年，我们就可以喝上几年陈的金钩梨酒了。

拐枣站成我院中的一种等待。

春天，我盼着它发芽、开花；夏天，我盼着它挂果；秋天，我盼着它成熟。

冬天呢？

我一天一天在树下扫着落叶。我看着它一天天丰盈，又一天天瘦去。我把树叶烧成灰，又将草木灰，培进树脚下的泥土里。

周而复始的循环，有似曾相识的乐趣。

拐枣在等一场秋天的霜。秋天，是思念的颜色。

有人说，秋天适合想念。

有人说，秋天适合见面。

我想说，适合想念的季节，就适合见面。

人生这么短，有多少你想吃的美食，有几个你想见的人，有几处你想去的地方？

有一天，我们都会离去。风和雨会擦掉我们的名字，你和我的相逢，是我最后的记忆。

秋天，丰收是没有边界的

秋天，丰收是没有边界的。

清晨，樱花大道旁的一道田埂上，一个陈姓的师傅在那里看着他那一亩多的金黄色稻田，一脸的幸福和喜悦，那种丰收在即的满足感，让他的内心充盈，踏实，充满了憧憬。

稻田旁有几株橘子树，皮薄汁甜，是早熟品种；稻田旁的一小块空地，种了一些青菜，现在也已经是绿油油一片；田埂上还留着一棵高大的苦麻菜，已经结果，他盘算着，这个叫苦苣菜的种子，明年可以分享给邻居，种下一大片。

这是稻田和毛芋隔年轮种的土地。这里的毛芋可是鼎鼎有名的舜芋呀，这里的稻子也带着这片土地神圣的光辉。

在这片土地上，收获的还有很多。我走在大陈的乡间，传统的晒秋正在进行着，有晒稻谷的，番薯片的，玉米的，辣椒的，萝卜钱的，等等。好客的女主人正端着一碗粥站在门前吃早饭，她非常热情地叫我："食过没，来我家吃碗红薯粥，非常好吃的！"

——这是丰收的土地，淳朴的人们。

秋天，丰收是没有边界的。

这片土地，以前和现在都盛产着农产品，现在却增加了很多新鲜的内容。

秋露微湿，稻黄熟透。我坐在大陈村孙孙的饭隐·松林咖啡屋里喝咖啡。一篱隔出两个世界，那边是金黄色的稻田，丰满的稻穗低垂，等待收割；这边就是绿茵草地，一张张"原始人"天幕如神鹰飞抵，收拢着长翼，停泊在这片草地上，接纳着四方的宾友；不远处的松林里，飘出咖啡和烧烤等诱人香味；在大陈村里，还有一些独特风格的民宿、酒吧、扎染、图书馆等艺术乡建。不同的形态，和谐地结合在一起。

——这就是乡村新的格调，新的生活方式。

孙孙他们是新时代农村的垦荒着，他们边耕耘边收获。秋天，他们收获着全国各地来客的赞誉，收获着他们来到这里的美好心情。这片土地的丰收，没有边界。

土地还是那片土地，生活已经翻天覆地。孙孙他们在这片土地上植下艺术和文化的种子，收获着不一样的"作物"，让越来越多的人喜欢这样的生活方式。

——这就是我想要的生活！

亲近自然，以文化和艺术的名义；走近乡村，以文化和艺术的形式；融入田野，以文化和艺术的方式。

从土地来说，没有产出都是空谈的；从一座座建筑物来说，没有内容都是荒芜的；从文化艺术的角度来说，没有意义都只是停留在口号的。

孙孙他们是理想主义的实干家。

认识大陈很多年了，认识孙孙也很多年了。我看着她在乡村种植着理想，收获一个个民宿、咖啡吧、书吧，又通"过互联网+"的新思路，将农产品与这些完美地结合在一起，推向越来越广的人群。

她常说，这就是我想要的生活！她将自己理想中的世界，真实地展示在这片土地，给予这片土地不一样的生命。

很多人来到这里，惊喜地说，这也是我想要的生活呀！

人类的悲伤并不相通，美好的事物却少长皆宜。

秋天，丰收是没有边界的。越走越宽的艺术乡建，颠覆着乡村人的认知，改变着这片土地。

父辈们的时代渐行渐远，我们同样热爱着这片土地，但我们对土地已经有不一样的认识。孙孙他们在这片土地上进行不一样的耕种、劳作，收获着理想，收获着诗和远方。

在孙孙艺术乡建世界里，她和那个陈姓师傅看着那片黄色稻田的幸福和喜悦，那种得到认同的满足感，是一样的。

我们的世界不可能没有土地。我们在这片土地上播种着不一样的东西，收获着不一样的事物。

"大陈的风，吹来久违的你。"我常想，是当年无数行吟诗人在此留下的美丽诗句，落了根，长出了现在乡村理想主义的样子。

这是未来乡村的样子。

秋天的院子，缺棵柿子树

生活中总有些缺憾，让我们思之再三，欲罢不能，念念不忘。

一

邻居璐璐向我们念叨一棵柿子树很久了，从春天到夏天到秋天。

春寒未尽，壁炉火暖，我们坐在璐璐家宽阔的大厅里喝咖啡，透过她家的窗户可以看到后院绿茵茵的草坪，有棵高大沧桑的拐枣树立在院子里，不远处还有棵挺拔入云的黄连木，她的院子里还有桂花树、香樟树，还有很多果树。院子过于宽大，这么多树看起来就稀稀散散立在院子中。她的眼神看着院子，定在院子的某个地方，常喃喃地说，在那里有棵柿子树就好了，秋天了，柿子成熟的时候，那可多好看啊！

我们随着她的目光看着院子，刹那间，那里仿佛突然长出一棵柿子树，我们随着她的语意飘到了秋天。

我们在春天的时候想念秋天的柿子树。

我们说，我们的院子也少了棵呢，真想种一棵。

春天有太多春天的事情要忙碌。

夏天也是。

在春天的时候说柿子树，秋天过于遥远。事实上，我们以为很遥远的秋天，常常，却是一转眼就到了。

秋天说来，就来了。

秋天的院子，落叶自然飘零，拐枣孤寒飘香。但是，没有柿子树的院子，秋天是不完整的，总缺少点什么。

江南没有柿子树的村子，也是不完整的。村子里本来有两棵柿子树的，璐璐对我们说，真是漂亮，只可惜被卖掉了，卖掉前我一点也不知道，如果早点知道就好了。说到这事，她总是痛心。

两棵柿子树挖走后，留下两个大坑。这个村子里，没有了柿子树。

一棵柿子树被挂念得耳朵发烧，从春天到夏天，又到了秋天。璐璐思念的柿子树还是没有来。

我们的柿子树也没有来。

秋天却已经快要过去了。

二

一棵树与人，需要一种缘分。

女人念叨太久的事物，让她停止祥林嫂般的念叨，只有满足她。

一院子的时光

这一年，其实璐璐并没有闲着。她在四处探访着柿子树。只是可惜，要不树形不对，要不品种不对。总之，没有合适的缘分。她探访柿子树的经历，我们开玩笑说，可以写成《璐璐寻事（柿）记》。

柿子树是她的一种情结。在她大学毕业去岭南工作，每到秋冬，她都会思念家乡"青瓦黄墙红灯笼"的景色。最后她放弃了各种机会，回到老家找了一个院子生活，这其中儿时的情结也是有很大的因素。

她小时候家里倒没有柿子树，但是在乡间，有很多叫兰溪柿子树的，果实圆圆的、红红的，外皮薄薄的可以轻轻撕下来，如蝉翼一般，打开了里面是一瓣一瓣的，像橘子一般，一口咬下去，肉脆脆的，中间夹着一粒籽，靠近籽边上的那一层肉，特别甜，特别好吃。

乡村里，青瓦黄墙，小小的柿子如红灯笼。到了深秋，野鸟相呼柿子红，一些小鸟不时来寻食，把那个柿子啄的只剩一个外壳，那幕场景也是非常美好。

儿时的景象，如烙印一样刻在她的心里，久久不去。

我们的院子柿子树也没有来。我们是没有下定决心。

老家有几棵柿子树，年年长成我秋天的牵挂。每年柿子成熟的时候，我都会回一趟老家。折些果枝回来，插在书房里，柿子很顽强，能陪伴我一个冬天。

和母亲开过玩笑，我真喜欢柿子树，要不，把柿子树挖到我院子里？

母亲对于儿子的要求总是满足。她总是呵呵地说，好的好的，你想怎么做，那就怎么做。

184

我没有行动。我携带家乡的门牌背井离乡，家乡的柿子树需要留在老家，它和母亲在一起，是我对家乡的牵挂。

三

秋到江南草未凋。

在亚热带气候常绿阔叶林的江南，绿意在秋天一直很是顽强。在青瓦黄墙中的一盏盏红灯笼，是江南一抹亮色的诗意。文人讲清供，雅赏；俗人寻个吉利，事事如意，事事顺利，事事平安等。

天地有四季。秋天的院子，怎么能没有柿子树？诗意的江南小村子，怎么能没有柿子树？

那日，和老同学伊娌说了柿子树的事情。她说："常会想起你写的文章中，你老家的柿子树，你母亲也不摘，让它们红彤彤地挂在树上，任小鸟们啄食——这一幕的情景，真是有趣而有诗意。"她说，她帮我物色两棵。

老同学懂我这些无用之思。她去山间，爬坡越岭，寻了两棵符合我院子气质的柿子树。

心中一颗悬了很久的石头终于落地，落在院子中原本应有柿子树的位置。那个地方，我的眼光已经扫描了很久很久。

两棵柿子树，我们院子一棵，璐璐院子一棵。它们在村子中，遥相呼应。

来年数株红柿压疏篱，将是我们小院的诗意。

生命之中，一些苦苦追寻的执念，总会有一定的方式让我们梦圆。

那是久别重逢。

一切都那么美好，那是命运与朋友的善意。

秋天通往冬天，也通往春天

秋天是一条深邃的通道。

枯黄的叶片纷飞，一张一张贴满地面，在地上铺出一条斑斓无边的通道，将人们引向遥远的时光。一层层的落叶，软软的、绵绵的，轻轻地踩上去，细碎的声音，震荡着时空，这短暂又美好的时光，又让人惆怅。

王安忆说，美是凛然的东西，有拒绝的意思，还有打击的意思；好看却是温和的，厚道的，还有一点善解的。秋天的美，介于凛然与温和之间，存在于拒绝与厚道之间，在打击和善意之间。它又是清纯直爽的，不带有点点拖泥带水。

面对美景，我们依依不舍，却无法拒绝北风伸过来双手，轻轻将秋天拉到了冬天。

秋天正以不可抗拒的力量通往冬天。

我们无法改变。

江南的冬天，寒冷得让人精神陡峭，那是一面漆黑而寒冷的石壁，沉重得日复一日，让人望而生畏。

秋天，正一步步地走向冬天。

我们无法改变。

生命一边走向衰亡，一边不断地重生。

我看着院子里有些树木，在一阵一阵秋风中掉叶，直至掉完最后一片叶子，凋零后光秃秃地站在那里，在冬天未至的寒冷中，树木都进入了睡眠期。

不过，这只是植物的表象。

我看到院子里的很多植物，在经历过酷热的夏天之后，在秋风之中一叶一叶正在绽放新芽。丁香、兰花、菊花、蓝雪花、芙蓉都在绽放花朵，木绣球已经蕴含花苞，竹子和枇杷等都在发芽……我觉得，这是植物一年之中的第二个春天。

它们在秋季中迎来了自己的春天。

生与死，有时没有界限。树木和人都是一样，还不是一边死亡，一边新生？

万物一直没有放弃过生长的欲望，它们都是不断地生长。夏天和冬天，它们面对着酷热和严寒，只是暂时静默，等待机会成长。

在这个生长的季节，秋天是通往了春天，万物在秋天中迎来了一年中第二次的生长机会。

马德说："在薄情的世界里，你得学会绝情地活着。"雪小禅说："在薄情的世界里，要深情地活着。"

两种活法，其实都是殊途同归。

绝情是无以言表的深情，深情是用力到底的绝情。

秋天是条细窄的通道。无论是通往冬天还是春天，秋天都在走向生命的下一程。

我们的人生也是，有时静默，更多时候是不断地生长。在这个过程中，有我们生命的夏天、冬天，也有生命的春天和秋天。

万物自有自己的道理。

万物都在不断生长，前进。

我们都没有停止我们前进的脚步。

让灯光陪你走远一点

秋夜的清风，清凉的软柔。思维在等待的时间里格外散漫，眼光触摸到车辆、行人、星星、月亮、一株树、一朵花都会折射出很多旧时光与故人的身影，情节纠缠着情节，最终成了泛滥的情绪。

下了晚课，在双龙南街上打了车。照例要等好久。最近打车，等候的时间是越来越长了。

等。等。等。提醒自己深呼吸，要等。总要回家的，还是等吧。

不管等再久，车还是会来的。默默打开门，上车，取下双肩包，重重地靠着车椅，身体很多器官都发出松软的叹息。

有段时间，我去兰溪行知学院都是打顺风车，接触到了很多顺风车司机，听了很多有趣的故事，还兴致勃勃地想写一些顺风车的故事；有段时间，我上车，只想安静地坐着，什么都不想说，什么都不想听。

和陌生人聊点什么，是件蛮轻松的事情，很多话题，甩下了就甩下了，不用管那么多。

不说点什么也正常。说话是件很累的事情，不用找话题，有一句没有一句。

安静，各自自在。

这段时间，我就属于上了车什么话也不想说的时期。

安静。我只想沉默不语。

——不好意思啊，路上太堵了，耽误了点时间。咦，我好像上次开车送过你，也是同一个地方。

话说一半，司机回头了一下。语气中有深深的歉意。浓烈的热情。久别重逢的感觉。

——好巧，真巧。

我淡淡地说。佩服他开了这么久的滴滴，还有这么炽暖的热情。

——上次你打车也是这个时间，同一地方出发到同一地点。我记得上次接你的时候，你拿着一本书。

——嗯，我生活的轨迹也就两点一线，这么简单啊。

——一看你就是读书人。简单的生活，其实也挺好的。不过，你住的村子好偏僻啊！晚上那么黑，整条路都那么黑。

——嗯。

我突然用沉默结束了一段聊天。一天，太累了，我只想靠着休息一会儿。

司机从后视镜看了我一眼。接下来他也没有说话，眼神默默地注视着前方。

穿过城市的地缘，经过并不繁华的乡镇，到了我居住的小村子。车缓缓地停了下来，电动车的声音在黑暗中可以忽略不计，只有汽车的两缕光，扫在无边的黑色中，软绵绵的，像是扫在了黑色的绵上。

我打开车门，背着双肩包，下了车。准备一个人面对一长段黑色的路面。

背后的汽车往前冲了一下，再倒了一把方向，灯光打在我前面的水泥路面上。车好长时间没有动，我踩着自己的影子往前走，我的前面，有一盏很高的路灯，投下一片白色的灯光在等着我。

我在一群狗狗的吠叫声中踩进了路灯的光圈。刚刚送我来的那辆车，开始往后动了动，掉头往回开了。

我突然想到了些什么。

我想到了小时候，乡村没有路灯。父母亲晚上送我出门，总是要拿着个手电站在门口，让手电一直照着我前行的路，一直到看不见我的影子，他们才会收起手电回家去。

我扭回头看了看，那辆汽车已经没有了影子。

司机说上次他曾经送过我，我突然想起来了——记得有一次的确也是他送的。送到这里，他也是把车倒了一把，将车灯对着我脚下黑漆的路面。上次，他还摇下窗户对我说，晚上慢点，这么黑的路面，怕有蛇。那时，是夏天。那时，他的灯光也是一直照到我在光明的路灯下为止。

那时候，我还以为他的车有点什么问题，或是在回手机信息，所以车停在那里。

此刻，我恍然大悟——他是想让我看清脚下的路，让灯光陪我走得远一点。

生活中的善意无处不在。那些小小的善意，如灯光一样割破了我眼前黑暗的世界，温暖了我。

天空中有另一个世界

遇见你，遇见美好的事物，俱是人生欢喜。

世间大部分美好的事物都是可遇而不可求的。

我们却是要学会，耐心等待。

再耐心一些。

我们都要相信，美好的事物，我们总会相逢。

若有缘，会再逢。

天空就静静地待在那里，风吹动着云朵，每天以不同的表情，轻柔或是粗暴地打开它。天空中有另一个世界，我常感觉我是看到了一个深邃的黑洞，或是一面平静的镜子，或是，一只蓝色瞳孔的眼睛。

为了安抚凡尘，天空每天都会释放一些活跃的鸟类、云彩，编织一些绚丽的色彩，抚慰你。月亮和星星，是通往美妙绝伦世界的指引。

我们在星空下赶路，月亮和星辰在天空中赶路。

我们在宇宙中，并肩前行。

天空，闪着神圣的色彩，万般高贵。

与天空对视久了，心会和她一样辽阔。

我们需要恰如其分地领略。

我出门背着双肩包，放着相机、笔和纸，随时记录点遇见的美好，天空释放的信息。在浩瀚无垠的天空，我相遇过最美的朝霞、日落、飞鸟、夜空……我却还一直在找寻与等待。

我等待一次非同寻常的重逢，或是再次遇见。

等待可能是失望。

酝酿已久的一次观看日出，遇了阴雨天气，欢喜支离破碎。等待很久的流星雨，却是因为设备问题，记录不下来。遇到美景，有满怀的欣喜，环顾世界，可能找不到分享的人。

天空中美好的事物，稍纵即逝。世间，也是。

在黎明破晓的时候，风飒飒地从这个世界吹过。我举起相机，却无力留下什么。

我们都要学会等待，学会收获失望。

在失望燃烧成灰烬的土地上，去播种伸展到天空的希望。

常一个人待在屋顶。拍日出日落。

我是在酝酿一些文字，比如《在屋顶》的文字，我却不急于动笔。我还在一天一天地观察下去。

对于文字，对于缘分，我相信努力耕耘，相信水到渠成，相信顺其自然。

我相信天空中有另一个世界。

我们共赴美好，偶然失之交臂，却最终相逢

美好是相通的，无关年龄。

我们共赴美好，偶然失之交臂，却最终相逢。

从雅畈到白杜龙的路边，有一幢漂亮的房子，吸引我好久了。这个小洋房，面对着一口很大的池塘，屋前有草坪，屋侧屋后有各种花草，东边还有一个很大的花圃，种了各种盆景。院子没有门，有一株凹了好看造型的凌霄花形成了自然的门楣。

美好的风景，总是养眼，治愈人心。无数次从这个房子路过，终于有一天，淡红色凌霄花开的季节，我停了下来，轻手轻脚，小心翼翼地走进院门。

有一对老爷爷老奶奶正在草坪浇水，碧绿的草坪精心养护着，没有一根杂草。

我轻轻声地说，你家真美啊，我进来拍几张照片。

老人家点点头。

围绕着房子的都是花花草草。草地旁有假山亭台楼阁，星罗点缀；面前的池塘上有白鹭在起起落落，风光无限；西侧的

花园，有高大的中华木绣球，有挺拔的银杏树；一条石板和鹅卵石铺成的小道弯曲在房子周围，道旁有很多多肉、花花草草盆景……

世间有种美好，是种让人忍不住欢喜，又有屏息去欣赏的美丽，唯恐刹那呼吸稍大声，都会吵到了这片安静。

——爷爷，你这里的花花草草种得真好啊！

我不禁想到自己杂草丛生的后院。

——还好还好。

老人家，淡淡的。

我回头再看了几眼，抽身离开。

适度的欣赏就好，过度的停留，怕是打扰。

言有次来院子看我。

她说，以前经常来这里。我诧异。她说，她经常来看一对老爷爷老奶奶，他们有一个很漂亮的院子。我说，是不是马路边那一家。她说，是呀！以前经常来。这几年，因为疫情，来得少。前段时间，她又去看了老爷爷老奶奶，他们可开心了。

问及认识的过程，言说，她经常金华、武义两地跑，偶尔有一次路过的时候，看到这么漂亮的院子，她忍不住停下了车，进去看院子里的花花草草，看看老爷爷做的精美的盆景。后来，就慢慢熟了，成了忘年的朋友。偶有一段时间没有去，相互都会牵挂。

言说，老爷爷老厉害的，五十多岁的时候才开始做盆景，就做得这么好！她又说，她常在想，一个人这个年纪才开始做一件事情，都可以做得这么好，那我们年轻人有什么不可能的呢？我说，是啊，人生真的要去做件事情，什么时候开始都不晚。

美好就这么神奇，让人忍不住停下脚步。美好也就这么神奇，让我们在同一个地方相遇相同的人。

偶然我们失之交臂，却最终相逢。

我总怕打扰到老爷爷老奶奶，后来就很少进到院子。这么美丽的院子，我每次路过，都会放慢脚步，停下来，多看看。

暮春的一天，老爷爷老奶奶的院子木绣球开得正旺，在院门口遇到拎着一只篮子的童心。

——去哪儿呢，童心？

——去这户老奶奶家。

童心努了努嘴。

——怎么了？

——去给老奶奶理发呢！

童心一脸阳光，眉眼坦荡。她现在是一流的婺州窑非遗传人，在一个午后，拎起年轻时候谋生的理发工具，上门为老奶奶理个发。

——真好！

我脱口而出，向童心竖起大拇指。

在我们乡间，院子和乡情都可以如此美好。

美好无关年龄，美好的邻里，美好的院子，美好的人们，偶然失之交臂，却最终会在这里相逢。

我伸手接过一汪倾泻的月光

我伸手接过一汪倾泻的月光。

万里之外，有种冰凉。

月华如水，千百年来，一直静静地流淌在山间，幽幽地照在每个人的心上。

山川明月，一片澄净，月光从没有改变过。

一

明月有约。

我们习惯了，从月亮的圆缺变化，读出自己的心思，并在月亮之上，种植自己的幻想，长成吴刚砍不断的桂花树，盖起无比孤单的广寒宫，住上一个美丽的姑娘——嫦娥。

从此，几千年来，阴晴圆缺，明月有约。

月亮长成我们的想象。

月亮亘古不变。我们穿行在时间狭小隧道中，成为命运的奴隶。

小时候，大人总爱给孩子哼"月亮婆婆，点灯敲锣……"的童谣；稍大一些，月亮跑，我也跑；青春期的时候，在月下，为赋新词强说愁；经历岁月后，思考月亮与六便士的关系。

月亮。月华。如水。如愁。月亮像一块小小的魔法石，能量很大，反复擦洗着宇宙，给我们隐喻，也轻轻地安抚着我们。

我们心照不宣。

有月的晚上，适合披衣而起，看一个朋友，适合小酌。二十四桥明月夜，适合徘徊，适合独坐。适合写几句诗句，适合诵读千古名篇。

二

明月有信。

日升日落，月出月归，都有其特定的规律。我常在蓝色白天，看弯弯的月亮，看下弦月，上弦月。月出并不一定是晚上，也可能是白天；月落并非都是早上，也可能是半夜。

在日出和日落的时候，我们也常常可以看到日月同辉的现象。月亮，太阳，人类，我们在相互凝望。

在宇宙之中，只有明亮的灵魂，才配得上月亮的孤独。

月亮沉默，它从来没有留下只言片语。

有时我觉得弯弯的月亮是个埙，等着不同的人吹响它，不同的声音；有时，我觉得圆圆的月亮是张空阔无比的白纸，等着挥毫泼墨的文人。

一个真诚的人，面对着如此洁白的世界，谎言无处藏身。

那一夜，白露如霜，旷野空阔，月亮无比接近我们，人类滔天的情感铺天倒海，泛滥成无比慎重的节日。

年年中秋，露从今夜白，月是故乡明。

游子今夜思乡。

儿时中秋夜，母亲会在庭院里摆好一长条案，上面摆满月饼、糕点、石榴、文旦等食物。香气在这个晚上飘得很高，很远。

世间的爱、虔诚有无比的威力。广寒宫的嫦娥听得到母亲的喃喃细语。

李白动不动，就是举杯邀明月，对影成三人，我歌月徘徊，我舞影零乱。他其实不过是想请嫦娥喝杯酒，想想那个长发及腰女孩的故事。苏子动不动，明月几时有，把酒问青天。他端起酒杯的时候，凝视着广袤的云汉，心里是否想着那个千里共婵娟的女孩。

每个人的心中，都住了一个人。此刻，你在哪里？

我问月亮。月亮不语，它悄悄拨动了我心里的记忆。

诗章在空中曼舞，每一缕的月亮都被诗词赞颂过，每一缕月光都曾见证过一段山盟海誓。

孤单的不是月亮。放光明的不是月亮。月亮没有表情，荒凉与温暖，取决于我们的内心。

能说的话，都写在空中；不能说的话，也说给月亮听。月亮又延发了我们的思维，此时宇宙浩大，人类渺小，月亮无话可说。

沧海月，边塞月，湖心月，山间月，窗斜月……月亮该是要有多宽阔怀抱，才能容纳百川千河的人类情感。

月亮行空，瘦瘦胖胖。人行月下，胖胖瘦瘦。

岁月渐增，我渐渐喜欢简单的、原始的、古朴的事物，不喜欢应酬，不喜欢做违心的事情。这个时候，我也常想，月亮她只是月亮，她也只是想做自己。

人类虚加的修饰，与她没有任何关系。

游子今夜思乡。我们在世间流浪半生，我们都不过是想回归，回到自己最初的样子。

三

明月如镜。

月夜，是无垠的留白，在苍茫宇宙中留点光亮。

照亮。

云层之上，自由张开束缚已久的翅膀，飞向远方。

我已乘风归去。

一滴滴清泪，掉落在浊酒中，荡漾成一首首千古的名篇。桂花在广寒宫前一年一年落下，人类一年一年老去。

很多时候，我也想请嫦娥喝杯酒，和她说说，我小舟载不动的忧伤。

我伸手接过一汪倾泻的月光。时光如漏，歪歪扭扭筛下一缕魏晋，几丝唐宋，若干风骨，几许清雅，在如霜的地面，翩跹起舞，弄人间。

明月如镜。

刹那的觉醒，领悟，参透，在月夜让我如痴如狂。心胸奔涌，想轻啸，想呐喊。

最终，泪流过沧桑。

嫦娥，在天空中行走；我们，在尘世中行走。

月亮，是宇宙黑夜的眼睛，真诚明亮。

她读懂，人类所有的悲欢。

我与花楼基隔着一首诗的距离

要学会在院子里仰望星空，俯视生活。

修竹滴翠的清响，在乡间，很多院子醒了，我们拖着诗情走进了村子，筚路蓝缕开拓了一个个新的院子。生活，除了城市和工作，以及灯红酒绿，还要搭配一个叫院子的东西，人生才叫完美。

在白杜龙，有很多像我人间浅睡一样的院子。我们误入院子深处，让生活踩着自己的心跳，静下来，静下来。这不是归隐，这是另一种热爱生活。

那天，我来白杜龙，把脚伸进这里的黑土地，从此在这里定居。

那天，娜姐来看我，对我说，在花楼基也有一个很好的院子，离你很近。

朋友陈丽媛也对我说，桑，你要去花楼基看看，那里有个叫应畅的女孩子，她们一家的院子很不错。

一种不期而遇的惊喜。我说，知道了。

我们生而孤独，在寂寥的大地上，却始终有相同的类似的邻居。

我们都在做着同样的事情。

嗯，我在，你也在。

我与花楼基，隔着一首诗的距离。

步履，在花楼基走得格外闲远。武义江，蜿蜒曲折，驮着一片夏日的清寒，谱满了婺州窑的音符，在指尖弹唱。

我们将清风挂在院子，顾盼生姿，承载着万物，思绪如山脉纵横绵延，古老的太阳、月亮、星辰，在院子里空荡浩大，无边无际。

收拾起腐朽的旧物，清理时光的杂树，扶正一堵正要倒塌的墙，我们努力铺开着院子的锦缎，陈列出素雅的色彩，所有的季节都开始努力生长。

嗨，你也在吗？

我在白杜龙，你在花楼基。

我轻轻地问一句，我就能听到你的回响，我们在空中痛快地握手，又挥手而别。

我们都在我们的院子。

从白杜龙，有很多秘密的通道到花楼基。

武义江，江水浩荡，我伐竹为筏，踏着雪白夜色，溯流而上；山林茂密，我可以沿着乡间的小径，轻舞向前；在看不见的密林深处，还藏着无数的通道，我们心思一动，就可以直达。

心念一动，我们就见了一次，对饮了一壶浊酒。

你在你的院子，我在我的院子。

我们都在我们幸福的院子。

不是所有的人，都能跨出这一步。我们都注定有一个自己的院子，院子被与生俱来的宿命锁定。

白杜龙、花楼基，两个小村子，现在都长着一个叫院子的东西。一个叫应畅的女孩子在花楼基，我的人间浅睡在白杜龙。

我与花楼基，隔着一首诗的距离，中间长着一个我们都喜欢的院子，一个无比辽阔的美丽院子。

我们说句话，诗情就扬上院子的树梢，无数鸟儿都可以听到。

我们都在，我们的院子。

我纵容秋风的深情

你就尽情地沐浴阳光吧

不尽的秋风

我纵容你的深情

秋风软软地缠上我。

小院在节日，瞬间引爆，绚丽地盛开。

放出这斑斓烟花的是白杜龙小院里那晾晒着五谷杂粮、线装书籍、鲜花盆景的新世界。

把金灿灿的丰收晾晒需要点仪式，也需要点态度。

在晒秋的院子，我们和美好的事物、可爱的人们再次遇见。

生命只是偶然一瞬，每天的日子如烟花。愉己，愉人。美好，总是先感动自己，然后感动世界。

白杜龙，节日被小院重新定义。这里，小院的主人们，在秋风沐浴中，将世界重新装扮。

这里，贩卖着人间值得，人间惊喜。

爱心与美好如此熟识，片刻不离。

在众多等待我们的角色中，故园的情怀依旧。在离开喧嚣城市的星空之下，小院成就了一种逃离的梦想。

故园依旧，朴素得有让人想哭的欢喜。

一切都像极了儿时，梦中。

我们折返回到了童年，在小院中回归，弥补儿时的各种缺憾，把所有的梦想都留在小院的一草一木、一桌一椅之中。

你凝视着自己手工打造的一处小盆景，自己打造的一个小景观，晾晒沉甸甸丰收的篾团，快乐就会飞上秋天的枝头。

吟唱。

秋风深情地轻轻流淌着，整天整夜被这里节日的气氛所激动，它抓着每片树枝树叶，告诉着人们这种欣喜。

天更蓝，风更轻。

这里，成就了一整片田园的梦想。小院晒着淳朴，与天真。

每天，袅袅炊烟，都会奖赏我们很多感人的故事。

每一段，听听，都让人喜悦，让人在文字中泪流满面。

还是因为，喜悦。

在群情激昂的节日，小院孤独地站在狂欢之中。

秋风深情在读，晚上朗诵给星星听。

在白杜龙，我们纵容着秋风的深情，晒一场自演自导的快乐。

记忆将永远停驻在这个美妙平和的日子。

深秋了，去梧杉隐居看秋色

岁月匆忙，我们人生的步履却不应如此。

四季的更替变幻着草木的颜色，也拨动着我们的心情。那一叶梧桐，那一树杉影，春夏秋冬都有着不同的景致，尤其以秋日那轻云一样的轻黄淡橙为甚，是婺城北山无法掩藏的风景。

深秋了，走，我们去梧杉隐居看看那一汪无比绝伦的秋色。

梧杉隐居的秋景，一场秋日大片正在上演。

一

向一片金黄的树叶进发，山回路转间，就到了北山的梧杉隐居。

梧杉隐居，在云端之上，秋色之中，蓝天之下。秋叶是山峦连绵的情话，涌流在山峰之中，汇聚到梧杉隐居。

一回首，婺城已是人间。

梧杉隐居，一曰梧桐成行，一曰杉树成荫。

进入梧杉隐居，沿途满树的梧桐叶已经被秋色染成了一片金黄，它们挤在秋天茂密的枝头，密密麻麻，层层叠叠，阳光洒金，流光溢彩，像一条华丽的金色地毯一直向秘境深处铺陈着，隆重迎接每一位高贵来客。

深秋了，衫树叶色由绿色渐渐变金色、红色，杉树叶与梧桐叶交相辉映，如诗如画，令人沉醉。

地上偶有梧桐叶静静地飘落，金黄的叶片像一只只神奇的手掌，金色的叶片把整个梧杉隐居点缀得金碧辉煌。太阳的光影从枝叶缝隙中筛漏下来，微风过处，满地的光影欣然起舞。穿行其间，心情就会无比舒畅，脚步也变得有些雀跃。

梧桐叶落天下知秋，杉林染黄夜轻寒。微风中，梧桐叶和杉树叶忽然在微风里活跃起来，发出一阵有节律的哗哗声、沙沙声，像一曲悠悠的小令，又像是一曲协奏曲。

在山间的清晨，我看到一个叫晓雨的女孩子，在林间曼妙起舞，山间的梧桐叶和杉树纷纷为她伴舞。

这是大自然界最美的舞台，她就是最美的舞者。

我们不善舞，心却随着这里美色的景色欣然跳舞。

梧杉秋色惹人醉。

在这里的深夜，秋虫还在微微鸣叫，房间旁的小溪水流潺潺，我眺望着不远处城市的灯火，山下山上，感觉就在这微小的距离中，已经是不同的世界。

这样的夜晚，我总想和一些朋友，温杯家乡的蛋花酒，在秋日里沉醉。

二

山间清晨，舍不得睡，早早起来，在薄雾中迎接山间的第一缕阳光。

阳台有个客人在吹尺八，低咽的声音在山间徘徊；有个客人在一楼宽阔的地面上打太极拳；也有人和我一样，手拿着相机，努力想捕捉点什么。

在梧杉隐居，可以看到不远处的鹿女湖，闻名天下的黄大仙祖宫也在不远处。感觉这里的每一片叶子都似乎带了点仙气，都与众不同。

这里的秋光温和，它不燠，不裂，从湛蓝的天空倾泻而下，明亮澄爽。

梧桐叶与杉树叶，互相辉映，构成了足以欣赏的美丽秋色。

透过一片片梧桐叶帘，城市就在山脚的不远处。

晨光中，一个商姓师傅正在挥帚清扫着落叶，他的动作轻缓，神态泰然，不急不躁。

一旁的一个客人，看得呆了。他对我说，这个商师傅是山脚下一个叫山下曹的小村子的人，天天在此仙境上班，多幸福啊，等我退休了，我也要做一个这样的"扫地僧"。

我也想，的确，在这样的环境下工作，真是美事。

问客从何来。

客答从杭州来。这已经是他第三次来这里入住了。

我说，我也是第三次了。

问客，为什么住这么多次。

客答，只因喜欢。

客亦问我。

我说，我春天在这里住过，夏天在这里住过，现在秋天来了，我又来了，到冬天了我还会再来。

我们皆笑。

山间太阳跃出山峰，洒下阳光一大片，所有的叶子都瞬间生动起来了。

我们纷纷按下相机的快门。

三

秋风给了秋天最漂亮的颜色。

有哲人说，没有在秋冬去看过秋叶的人，是不足以谈秋冬和人生的。叶落知秋，霜落知寒，北山的秋色就是打翻了的调色盘，阳光下最绚烂的就在梧杉隐居。

梧杉秋色惹人醉！这里的秋色，美丽动人，养眼养心！

秋叶，是日历撕下的一张张日子，迎面向我们走来。落叶纷飞的节奏中，阳光飘洒，组成秋日天堂。

岁月在磨损着我们的热情，手握着一片梧桐的叶子，我想我还是那个少年的顽童，在时间的泥泞中，含着泪说——我好欢乐！

爱秋的人，一定是热爱生活的。深秋，北山最美"赏叶季"已经到来，梧桐树、水杉树、枫树……秋叶色彩艳丽，各显动人风姿。

深秋了，此刻，我们应该启程，去梧杉隐居看看那一汪无比绝伦的秋色。

　　看一场梧杉隐居的秋日大片。

　　生命与生活，如同梧杉隐居那绚烂的秋叶。热爱生命，因为生命如此多姿；热爱生活，因为生活如此多彩。

心里有什么，你看到就是什么

你看到的是什么，往往是你心里有什么，想要什么。

心里隐藏的记忆、情绪被唤醒，波光粼粼的湖面上映照着我们的记忆。我们对外部世界的认知，源于我们内心。

我们阅读的时候，看到自己感兴趣的内容，一下子血液流动加快，引以为知音，而对自己不感兴趣的内容，一目十行地忽略。

我们都自以为是，看自己想要的答案，却在不知不觉中走进自己的倒影。

很多朋友到我们小村子，都会有不同的感受。

有朋友说，我看到了我梦中小院的样子。

有朋友说，我看到了我退休时候的样子。

有朋友说，这个地方太乡下了，我待不下去。

有朋友说，这个地方空气真好啊！人们多友善！

有朋友说，喝杯茶，看看书，我真想在这里虚度一下午。

有朋友说，这里租金要多少钱一年？装修要花多少钱？

有朋友说，我想在这里种菜，养鸡鸭……

透过这个小小的村子，一个个小院子，不同的朋友看到不同的内容。这些内容，也都是内心的一种折射，是我们心里有什么，想要什么。

我也常问自己，在雅畈，在这个小村子里，我看到了什么？

邻居周姐对我说，这个村子很有意思。我看到村里的人们出入都是成双成对的，夫妻之间感情特别好。

我诧异。在这个村里，我平时就是关着门，自己看书写字。偶尔出门也就是点点头，和村民没有太多的交流。

周姐对我说，你看啊，某某和某某出门干活都是成双成对的，某某和某某晚上出门散步的时候都是手拉手，某某和某某骑电动车的时候都那么亲昵……

我听她一说。细想了一下，的确平时看到的就是这样。

我回头看了看扎着小小辫儿的周姐，走路带风，每天种花种菜跑步做美食，对生活极度热爱，处处体现出生机与活力，她和先生恩爱有加，平时有聊不完的话，不在一起的时候，电话粥都可以煲个把小时。

我对周姐说，周姐啊，就是因为你自己一直身在恋爱中，夫妻之间恩爱，所以你看到的就是这个村里恩爱的人们哪。

周姐想了想，也是。

我也常问自己，在这个村子里我看到了什么？

在这里，我一不小心成了雅畈人。在这里，住着一群和我一样热爱生活的人。我看到璐璐每天做咖啡，看到汪姐每天种菜养花，看到周姐的积极向上，看到邻居的热情善良，看到村民们日出而作，日落而息，基本过着朴实的农耕生活。

雅畈就是一个大花园，这里也是园林之乡。我在清晨或傍晚跑步或是走路的时候，可以见到各种普通或名贵的树木，感觉就是在一个大花园之中。我每天在我的屋顶拍日出日落，感受天地之间四季的变化。

所有朴实的一切，都蕴藏着深刻的寓意。

我看到了这里原生态的农村环境，依稀是我小时候的样子；我看到了，我儿时父母亲辛勤耕作的情形；我看到了我浪迹天涯，又回到了农村……

我从这里的一草一木看到了我曾经过去的世界，我经历的人生。

漂泊了这么久，我已经想永久停留。

我也常问自己，每天看山看水看这个世界，我看到了什么。

答案是觉得世间可爱，万物可爱，值得用相机、用文字、用心等去记录。无论这个世界怎么样，我都要用足够大的空间，储存更多美好。

我在雅畈居住生活。在这里，有一际无涯的美好时光。

雅畈，那一抹淡淡的烟尘

生命正越来越接近于最后的本真。

曾经忽略的是什么，最后越想得到的就是什么。

很多朋友对我说："以前啊，向往远方，向往高山奇绝的风景，平时在金华就喜欢往北山跑，现在呢，闲时就喜欢携着家人朋友，到雅畈吃碗牛肉面，老街上走走，看看平平淡淡的生活烟尘。"

我点头称是。

我对朋友说，我最喜欢坐在雅畈菜场旁边的路上，看着这里的人们挽着竹篮，挑着担子，推着车子，他们售卖着自己种的蔬菜、水果，自制的农家小吃，他们售卖着乡村的原生态。在这街上，还有红印的金华土馒头，一笼笼一屉屉，热气腾腾地弥漫着乡村的幸福。

雅畈，最是那一抹淡淡的烟尘，打动人心。仿佛微微泛黄的旧时光，定格在我们曾经的年代，一直静静地等着，等我们回来。

这里步履从容，青石板的小路上有牧童的笛声。

每次我回到村里，总是能遇到邻居们坐在大路的两旁，晒着太阳，聊着家常。吃饭的时候，他们就端着一大碗饭，上面夹了点菜，坐在一起吃饭。傍晚在外工作的人回来了，这时候人聚集就更多了，他们在聊着田里的庄稼、种着的苗木，讨论病虫害，也会说些哪家的娃如何，哪家的娃怎么样。在外工作生活习惯了，也习惯了相互的淡漠与距离感。初到村里，回家的时候，总是匆匆忙忙穿过他们，逃回到家中。后来我会慢下来，和熟识的他们打个招呼；再后来，我偶尔也会停下来唠叨几句。

夏天的风很冷爽，江南冬天有点冷。一年四季，他们就坐在冰冷的石板凳上，也不铺块绵暖的坐垫。吃饭的时候，一人端个大碗，坐成一排；聊天的时候，也是紧紧挨挨，坐成一排，真像孩子们的"排排坐"，整整齐齐。

我常问他们，冷不冷啊？

他们总是笑着，摇摇头，对我说："不冷不冷！"

我想，坐在冬天的石头凳上，肯定是冷的，但是他们的心里是热的。他们保持着传统乡村的惯性，是坚守也是等待，是邻里乡亲的温情。

智能化的时代，正在切割着我们人与人之间真实的交往。而在我们村里，他们没有躲在家里看电视，没有玩手机，街坊邻居们常常坐在一起吃饭、聊天，一如我们小时候的模样。

那时候的乡村，就是这样子。

开花花牛肉面馆的鲍哥，在做完午餐的生意后，就收拾店铺回家了。对他来说，除了生意，还有田里的苗木、庄稼等着他，他要回去给它们浇水、施肥、除草。

也常看着我的邻居，荷把锄头，挑个担子到田里干活，他们的脸上，是无比踏实的笑容。乡人还是和我们小时候一样，无比地热爱着土地。他们种园林，种蔬菜，种果树，等等，从事着日出而作、日落而归的农耕生活。

这里有鸡鸣鸟叫犬吠，四季的蔬果。这里的晚上，家家房子里都透出温馨的灯光。炊烟不时袅袅从村里升起，厨房飘出诱人的香味。

这里，和我一样新的雅畈人越来越多，大家在这里创业、生活，在这里营造一番小小的诗意世界。现在，每天来雅畈的人也越来越多，除了过来吃面、吃肉饼之外，更多的人喜欢到这乡间走走看看，喝杯乡村咖啡，在一个小院子里看书喝茶，过一时半会儿的桃花源世界。

曾经有人说，雅畈太落后啦！

或许，他们不明白，这恰是雅畈的高贵所在。她拥有着我们疾速奔跑后落下的原生态的东西，她拥有一如既往的乡村深情。这里拥有蔚蓝的天空，温和的人们，人世间那抹淡淡的烟尘。

这里有一种平静却绵长的力量。

雅畈，最是那一抹淡淡的烟尘，人间烟火味，打动人心。

要不，再耐心一点

在看不见的世界里，生长从来没有停止过努力。

嗨，别那么急。

要不，再耐心一点！

哇，四叶草长出来了，好神奇啊！

在院子东侧的一个角落里，长出了一整片的四叶草，我记得是去年春天撒下的种子。去年整整一年，这小片土地上，四叶草只是疏疏朗朗冒出了几片芽，没有点生机。让我气恼得坐在旁边，牙咬得恨恨——这买的种子是不是坏的？是不是我种的时候，没有种好？

春风吹，又一年，结果迎接今年的是一大片青青葱葱的四叶草。

那时候，是我心太急。急得差点挥着锄头翻耕这小片土地，种上了别的种子。

院子里的芍药今年也开花了，虽然开得无比缓慢，粉色花瓣开在百花落尽的暮春时节，却也是艳惊四座。

芍药是我在院子里种的第一种花。说到为什么想种芍药？小时候读《红楼梦》，六十二回中"憨湘云醉眠芍药裀"让我印象深刻，直呼过瘾。那时是宝玉的生日，寿席就摆在芍药栏中红香圃三间小敞厅，众人行令游戏，史湘云兴致最高，喝醉了酒，卧于山石僻处一个石凳子上睡着了。"果见湘云卧于山石僻处一个石凳子上，业经香梦沉酣，四面芍药花飞了一身，满头脸衣襟上皆是红香散乱，手中的扇子在地下，也半被落花埋了，一群蜂蝶闹嚷嚷地围着他，又用鲛帕包了一包 药花瓣枕着。"也就是这个原因，在花园里种了第一种花——芍药。

芍药去年长势很好，结了很多花苞，最后要绽放的时候，不知道什么原因，花苞竟然都萎了，让我怅然不已。去年夏天天气恶劣，芍药也渐渐没有了生机，我都以为这片的芍药花早已经香消玉殒。今年春雨一层一层，我依然施肥除草，芍药花逐渐长势喜人，最终在暮春开放。

这芍药，分明是考验我。

她在考验我的诚心与耐心。

竹笋呢！有竹笋！

春天来院子里的小朋友梓烁，他对植物天然敏感，经常有新的发现。

我对他说，数一数，有多少根？

1，2，3，4……

15根！不，16根！

我笑了笑，更多看不见的小竹笋还在地底下呢，明天又冒出来了，让我们永远数不对。

去年背回这几株光秃秃竹子的时候，好几个在院子里干活的师傅对我说："你这种的竹子，根部的竹节不够多，种不活的!"看我不信的样子，他们又说："别不信，我种过的!"

我不以为然，一意孤行，定期浇水，不定期施肥，常吟咏一些竹子的诗歌给它们听。一年里，它们过得泰然不乱，波澜不惊，叶子稀稀拉拉，一副厌世营养不良的样子。就它们过得这个样子，居然常赢得一些朋友们的赞美："桑洛这竹子种得有味道，就是要疏，要有调调。"

我心里暗暗微笑，其实啊，明明是我种不好呢!

渐渐地，我已经习惯了我家的竹子长得就是这个样子。这个春天，雨常下一整夜，天亮的时候，又晴了。孟春的时节，有一天早上我就发现有了一根竹笋，两根，三根……

这一小片的土地，要从疏竹成林到密竹清风了，我竟然有点不适应。

我常想，这一年里，它们在地底下经历了什么。

我看不到。

我看不到的它们，一直在努力。

多年前，写过一篇文章——《那些沉寂的背后》，写过经冬的郁金香，那些枯而后生的花花草草，这些大自然界微小的生命，它们都是我们的老师，带给我们疗愈，又教会我们太多的道理。

这世界，沉寂的是大多数。太多光鲜的背后，植物与人都经历过酷热寒冬与想象不到的困难。我们回忆以前走过的路、经历过的爱情、做过的一些事，常会有种感叹——如果那时不要太急，更有耐心些，就好了!

很多努力，都是默默的，在人们眼力不及的背后。
我们看不到。

一篱秋日蔓丝瓜

母亲拎着一大篮新鲜蔬菜来到我小院。进得门来，直到后院。她抬头看见逶迤攀缘的金黄小花，在秋日的阳光中，从风车茉莉的绿叶丛里，荡漾出笑脸，热情而奔放。

母亲一眼就知道了这是什么花。她还是轻轻提了提裤角，从草地上走过，近近地抬头看这些袅袅婷婷的花。

早知道就不给你带丝瓜来了。母亲说，你的院子里自己种了丝瓜呀。

轻露打湿了母亲的裤角。我想到了儿时南瓜、冬瓜、丝瓜蔓遍乡村田野，这些我们最喜欢的美食在小院、水塘边、溪流岸、矮墙、长篱上，或是借助着树枝、竹竿的牵引，爬到很远很远的屋顶，开出鲜嫩的黄花，结出丰硕的果实。后来，读到"黄四娘家花满蹊，千朵万朵压枝低"诗句时，总让我联想到了黄色的丝瓜和南瓜花来。

这些年，我走过很多地方，品尝过很多美食，却还是喜欢丝瓜炒蛋的清香味美。丝瓜炒蛋，是较省事的做法。白皮丝瓜去皮，削或切成小片；鲜红辣椒切小圈，姜片成丝，土鸡蛋磕入碗中，嗒嗒地打成蛋液，再撒点葱花，拌匀；热锅脂油，姜丝出汁，倒入蛋液，炒成嫩黄，丝瓜入锅翻炒，焖锅片刻即可出锅——这就是那时人间的美味。

夏日丝瓜似人参，秋败丝瓜胜良药，小时候母亲常说。这几年，母亲一直种丝瓜，去年我回家看她的时候，见到家里的丝瓜，为了防止松鼠偷吃，都统一套上了黑色的塑料袋，回来写了篇《母亲与松鼠的"战争"》记录了母亲的这桩趣事。

还不是你们喜欢吃丝瓜，所以想方设法给你留着。母亲后来看到文章说。

哈，你的白皮绿皮丝瓜都被松鼠吃了呀！母亲指着啃得七零八落的丝瓜对我说。笑意纵横上了母亲的脸。

是啊，是啊。我的丝瓜呀，春天种下去后就没有摘过。长出来的丝瓜都给松鼠吃了。

母亲轻轻地摇摇头，银发在阳光下轻闪。这比较像你的风格，野生的松鼠倒像是你养的宠物了。

说得倒是。我常坐在茶室里看书写字。有只小松鼠常常泰然自若地爬到树枝，大口小口地啃着我种的丝瓜。我们相处已久，它已经了解，它可随意。

母亲一直知道我喜欢吃丝瓜，我吃东西不挑，一小盘的丝瓜炒蛋就可以下一大碗饭。

丝瓜我有得吃，妈。邻居常拿了新鲜的给我，你也常给我拿来呀！

乡下民风淳朴，邻居间和睦相处，常相互分享一些果蔬。离开城里小区很久了，小区的微信群还保留着，偶尔翻看信息的时候，会看到有邻居在楼顶种了很多的丝瓜，自己吃不了，每天拿出几根丝瓜，发图在群里。我初以为是免费分享的，后来仔细看，才知道明码标价 3.5 元一斤。想到乡里邻居常常分享的各种蔬菜，百感交集。

这世界有很多不同，牵引决定了藤蔓的方向，种菜的人决定了一颗小菜的命运。母亲说。

妈，你看，我还是用丝瓜瓤洗砚台，洗碗的呢。我拉了母亲进屋。

我的书房里，挂着几根往年母亲种的大丝瓜，已经完全干透了，挂了好几年。有些丝瓜除去外皮及果肉，除去丝瓜籽，洗净晒干，做成了丝瓜络。平时我洗砚台，都是用丝瓜络。

丝瓜真的都是宝。母亲环顾我的书房。"砚台有些脏了，我拿去给你再洗洗。"母亲不由分说，左手拿了砚台，右手拿了丝瓜络，出了门去。

丝瓜络拿在母亲的手上，我感觉像是儿时母亲交给我的一把钥匙。

一望二三里，雅畈上千年

上篇　上善若水

我踩着一层一层的江水，顺着一波一波的河浪，来到婺城的雅畈。

水碧，畴平，到此丹青自不如。武义江走到了这里，江面变得辽阔，向北向西次第展开，几百年上千年的江水日夜在这片土地上冲刷，柔柔地在这里绕了一下弯，形成了一整片的冲积平原，聚成大片肥沃的田野，让这里的老百姓安居乐业，在这里繁衍生息。

水过留痕，丝丝痕迹刻在这里。江水记载了此地的历史。一半是交给陆地，一半留存在水底。

从远处看，陆地上的雅畈老街区就像是一只巨大的贝壳，静静地躺在这江边。它柔软的腹部内收，正好对着一次一次冲击的洪水。贝壳里的珍珠，是古街上那星罗棋布的古建房子。

在村谱的老地图中，还有标有"武义港"；在武义江与村子中间，有高沙堤岸和永兴湖。那时候的村庄，形如一个圆形的贝壳。西边有磊牛山，南边有祖山，北边有北山，雅畈如在一把金色的坐椅中，面对着武义江。村中有前溪、后溪和枚（梅）溪，碧水如带，环绕着村庄。沧海桑田，一次次的洪水，改变了河道，也改变了村庄的面貌，原来村形如圆形贝壳，最后成了半月形的贝壳。

江上曾经千帆漂过，大桥头的埠头上停满了帆船、竹排等，货运与人流如织，雅畈数百年繁荣。

我的眼睛收回，冲破层层的水面，钻到江底深处。江水深邃，千帆曾经在此驶过，留下历史的倒影。

雅畈是属水的。这里曾经有一江千年的繁华。

说到雅畈，就不得不提雅畈的始祖叶敬甫，在雅畈立足之后，叶氏繁衍子孙，建厅堂，扩街道，发展族群，并根据水、陆两路的走向，成为一条头朝东、尾向西的龙，建成了现在的雅畈古街格局。

细看这条巨龙，村口的"青龙头"威风凛凛，到了村尾，却是一条灿若千花的"鱼尾"，欢乐多多。这种风水布局，是雅畈先人哲学与柔情，与中华传统文化的结合，才形成了"龙头鱼尾"的格局。

也可以这样说，"鱼尾龙"就是雅畈的图腾。

任武义江偶尔任性，这条古街就那么汪着、柔着，以淡然的平和迎接着每天的日出与日落。

轻风拂过江南，也拂过田野。

畈，平畴也。当时的雅畈应该叫"瓦畈"，周围还有芳田埠、孟宅埠、姚车埠，这些商船往返三江，常在此歇宿，雅畈也成了商品集聚的"瓦市"，是自发形成的综合交易市场。后来文人好事，将"瓦畈"改为"雅畈"。

现在，只要你轻轻地念一下"瓦畈"，婺韵的乡味就从你喉间、鼻尖、唇齿间，轻轻地涌了上来。

在历史深处，几百年上千年里，我们人类习惯傍山依水而居。在这里，有多少的先民，就是追随着这一条武义江"讨生活"的。

江水源远，古街很长。我踩着商贩挑夫的脚印，从古老的埠头，来到了雅畈。

在旧日的时光中，行人从村头青龙头进街，走过沿村西桥就是上街，一路都是青石板铺路，辅以鹅卵石铺街。两边商铺林立，有泰国祥茶店、长根染布店、洪九豆腐店、鸿清理发店、凤根水果店、叶正新纸店、辉邦杂货店、何同兴彩坊、阿金铁店、严忠考宿店、徐根木炒货店、何复泰糕饼店、高记京货店、叶宋良裁缝店、协昌南货酒杂粮食店、梅志远肉店、何云标布店、傅乾泰南货店；有祥源、恒源、新开源、傅乾泰，有同仁堂、益生堂、天和堂、人寿堂、天寿堂等中药店；南货店至少有六家，豆腐肉丸店有三处，煎包子煎饺铺有五六处，馄饨店有五家，饭店五家，饼摊十多个；有开华茶店、阿球茶店、苏妹茶店、海林茶店，有海溪宿店和忠考宿店等。

古街除白天市面天天热闹外，常年有夜市。下街还有信达百货店兼酒坊，义昌百货店等地方灯火通明。一些茶店里经常有说道情、拉二胡、弹弦子、唱弹簧戏、唱堂子；一些酒店门口有南来北往的艺人表演杂技、江湖卖艺等。

在这条老街上，藏龙卧虎，各行各业都有自己的传奇。

民间有"雅畈不算乡头，安地不算山头"之称。的确，以雅畈当时的经济状况及人流，体量早就超出一个乡镇的范围，这是一个水边的商贸小城。

我坐在雅畈的街头，闭上眼睛就可以感受到当年的烟火。

现在的雅畈烟火，在晨昏之间。骑着自行车接送孩子的，铃铃铃地穿过大街小巷；街上的人们，还端着早饭碗坐在街沿吃；古街上的三家理发店，基本上保持着原来的样子；竹匠、扎染等，每天从事着上百年的工艺……

一切依稀还是原来的样子。

这里的美食，都一样有软柔的江南味道。

细细白白的面粉，经手擀手揉，成了细细软软的牛肉面、黄鳝面，成了香喷喷的雅畈肉饼。毛坦，雅畈特色传统糕点，堪称比金华火腿更为悠久，由糯米与金华本地红皮毛芋制作而成，是舌尖美味。还有雅畈的粉皮、凉粉、择子豆腐、灰汤糕、千层糕、枣仁糕、祝红糕、芙蓉糕，软软的，香甜可口；水作店的馒头，印有福与喜等，一代传一代；印粿有普通粿、水晶粿，晶莹剔透……

——这里的美食都是软软的。

——这里人们都那么和气友善。

水一样的雅畈，可以让人柔软到了心底。

中篇　木暖春华

雅畈却又是阳刚的。

水从上游带来了沙石，到此沉沙。此处的田畴，是水加沙加土的平畈，田野上经过一代代人的不懈努力，形成了一处不一样的水土。

"一条龙"的老街区就是雅畈的骨架，是雅畈的气节。

在水样的柔情与龙骨的阳刚中，木质砖混的老建筑，木暖春华，充当了过渡的角色，促成此地万物的和谐。

古街很长，每幢老屋都藏着各种故事与传说。

自叶氏在此定居后，章姓、程姓等纷纷在此开设店铺，后来，赵、钱、孙、李、褚等姓都有，叶、王和章姓是最大的三姓。自宋代起，雅畈老街上开始陆续出现大型厅堂建筑，明朝中叶，雅畈迎来最繁荣辉煌的年代，"一望二三里"的三里长街，竟出现"七十二大厅"的宏大规模，后龙厅、鱼门厅等与柔性的雅畈交相辉映。最出名的当数国宝级的七家厅，和传奇的麻骨厅。

相传明代雅畈有一对贫寒母子。父亲早逝，母亲靠帮人洗衣挣得些许铜钱，母子俩的生活甚是艰辛。贫寒不坠青云之志，苦难让这个少年发愤图强。经过十年寒窗，发愤苦读，少年终于考取功名，并且仕途亨通。后来，当年的贫家少年衣锦还乡，于老家建起厅堂七大间。在当时的礼制中，七大间的规制是权力的象征。

七家厅坐北朝南，全部建筑由照壁、天井、前厅、后厅和厢房构成，面宽 28 米，进深也是 28 米，呈正方形格局。前厅前置有照壁，上面用磨砖雕刻花牙子封檐，基座雕刻磨砖线脚。照壁与两侧厢房山墙连成整体，山墙处各开大门，门面上部置门楼楼式砖雕。过了照壁置有狭长天井，可供大厅采光之用。前厅、后厅均面阔三开间，每侧厢房正中为一单间，左右各三间做成厅堂。七家厅整体布局完整，结构合理，气势雄伟，为金华最早的古建筑之一。这座具有 500 多年历史的古建筑，具有较高的历史、科学、艺术价值。几年前，七家厅已被评定为国家级文物保护单位。

壬寅年初，我和之玉随著名建筑学家洪铁城、汪燕铭老师进入维修中的七家厅，得以近距离接触到这国宝级的建筑，触摸到这国宝级文物的天花板，听两位大师讲这些建筑的历史——这真是人生中无比珍贵的经历。

在雅畈，"麻骨厅"是少年有志的另一个代表词。相传一户地主家育有二子，长子成婚不久便不幸撒手人寰，留下幼子。祖母分外疼惜这个长孙。孩子长到七岁，一日，他独自到叔叔家豪华的厅堂玩耍，他挨个儿拥抱厅堂梁柱。叔叔看了甚是可笑，问其缘由。小孩说，我用双臂丈量，以后要盖个更高更大的厅堂。叔叔哑然失笑，随手指向墙角方收割的麻秆，你拿麻骨建一个吧！说者无心，听者有意，小孩顿觉小小的自尊受损，跑回家中埋头痛哭。祖母劝说皆无果，在听说事情原委后，便决定为小孙儿建上一座厅堂作礼物。她差人遍访木材商铺，挑了最粗最壮的梁柱给孙子盖了个厅堂。待厅堂落成，孩子快乐简单地取名——麻骨厅。

名俗意不俗，建筑不俗。

市井之畔，还留有雅畈人富庶自信的传说。传雅畈富商叶氏与河对岸姚车村官家定了亲事，姚父视爱女为掌上明珠，忧心女儿嫁入豪门受委屈，便以"全堂嫁妆"陪嫁，生活起居各色用品一应俱全，并附以良田百亩。一日，亲家聚首闲谈，酒至半酣，姚父聊起嫁妆一事："我家女儿虽说嫁进叶家，可用的全是我们自己姚家的。"叶父听罢，嘴上不服气，打趣说："这喝的水总是我叶家的吧。"言者无心，听者有意。姚父便在叶府附近找了块地，计划为女儿挖井。叶父听闻此事，对自己的酒后失言甚是过意不去，恳请邻家切勿把地块卖给姚家。可姚父心意已定，最后以二层银锭的天价买下这地块。井挖成后，乡人发现井里的水分外甘甜，便纷纷赶来这里打水，以至井圈都被麻绳磨出了两道月牙形的缺口，后叶家为之换上新井圈，可那水忽地就变得浑浊，叶家不得已换上旧井圈后井水又清甜如初。这个就是陪嫁井留下的千古优美传说。

现在的陪嫁井，在雅畈上街高台门弄堂的转角处。阳光下，青苔斑驳地诉说着历史。

曾经繁华的雅畈老街，除了保留完好的国宝级七家厅古建筑外，还完好地保留着叶氏、章氏等数座古祠，大量的民居、宗祠、寺庙保存完整。这些古民居、古祠堂多为明清时期，少数是民国时期的居民楼。一去二三里，白墙黛瓦，典雅清秀，古建筑上精湛的木雕、砖雕、石雕和精美的壁画，淋漓尽致地展现了中国古建筑之宝。

"平畈迤延瓜瓞长绵金婺族，前峰罗列嶂峦遥接括苍山。"在四面厅叶姓宗祠前的对联，概括性地说明了雅畈的过去与现在，以及前人的良好愿望。

木暖春华，是种雕刻的精准与时光的流逝的柔和，记载着曾经的沧海桑田，拥抱着现在的一切。

下篇　至大则刚

武义江的水，盛着星月天光，也连接着这里百姓起伏连绵的日子。

自叶氏、章氏和褚氏在这片土地定居后，武义江的洪水始终时不时在考验着他们的意志。雅畈人将水的精华提炼，乐观地修了一条龙形鱼尾的长街。

这个坚不可摧的龙骨，我想就是雅畈人的脊梁。

宋绍定四年（1231），这片土地上一定发生过浩大的洪水，脱缰的武义江越过堤坝直接灌入了村子，拔墙掠地，生灵涂炭。他们居住的叶村蓬也不能幸免。叶姓始祖叶敬甫看到雅畈唯有一片高地，名作高台门的，孤岛一样立在一片汪洋之中。

在这之前，他在叶村蓬的居住纯属意外。

原居松阳县括苍山峰卯山村的叶敬甫早年种烟叶兼卖烟叶生意。有一年，他雇人挑了上百担烟叶到金华府去卖的路上，在汉灶村田畈边的树荫下休息的时候，吸了旱烟留下的烟火不慎引起稻田里大火，一大片稻田在大火中化为灰烬。叶敬甫与周围汉灶村、赵宅村、上王村等村庄农户商量赔偿事宜，后在官府协调下，判处叶敬甫每亩田赔偿一斗稻谷。叶敬甫思虑再三，提出今后如果当季稻田返禾抽青有收成，归其所有，众皆允。当季果真久旱逢雨，被烧的稻子返禾抽青，获得了大丰收。秋收的时候，叶敬甫带人过来收割稻子，临时住在汉灶村西北角的一个土墩树林边，扎下茅屋居住，周围各村的村民就把这里叫叶村蓬。叶氏感叹这片土地神奇，于是在此定居。

这次大水后，次年二月十三日，叶氏从叶村蓬迁到雅畈一处高地定居，后叫高台门。

神灵镇守一方，保一方平安。建村伊始，雅畈供有禹王庙、严公庙等。

在中国传统文化中，供有禹王的地方很多，但供有红脸严颜的并不多。

在《三国志》中记有：（飞）至江州，破璋将巴郡太守严颜，生获颜。飞呵颜曰："大军至，何以不降而敢拒战？"颜答曰："卿等无状，侵夺我州，我州但有断头将军，无有降将军也。"

在《三国演义》第六十三回：严颜猛回头看时，为首一员大将，豹头环眼，燕颔虎须，使丈八矛，骑深乌马；乃是张飞。四下里锣声大震，众军杀来。严颜见了张飞，举手无措，交马战不十合，张飞卖个破绽，严颜一刀砍来，张飞闪过，撞将入去，扯住严颜勒甲绦，生擒过来，掷于地下；众军向前，用索绑缚住了。

正史与野史都记录了严颜将军的神勇与刚正不屈。这个严颜将军如何与雅畈关联的，还有一番故事。

叶氏在雅畈定居之后，勤劳节俭肯做肯干又有头脑，不久便成了殷实人家。他家粮食增产很快，每年都有大量粮食出产，用水路运往各处销售。有一年叶敬甫将粮食用大船载往临安出售，船行至九里垅，夜幕降临，就停泊在一处山脚下过夜。半夜时分，叶氏梦见一位穿盔甲白胡须的老将军托梦："你船停泊在此处非常危险，快快离去！"叶氏一惊而醒，速叫船家起锚撑离此地，从而避了一个山洪大祸。叶氏后来寻访梦中将军，得知是三国时蜀将严颜，于是回雅畈建殿宇作为本保老爷供奉起来。

历史上的严颜是白面白须的将军，在雅畈的严颜却是个红面的，这还和一个火龙的传说有关。相传婺州府南有火龙祸世，人们通过智慧及严公的法力降伏了此龙，在重塑严公像的时候，涂成了红脸，用以驱除火龙留下的邪气。

至大则刚。雅畈从此有了严公庙，供的是忠义孝勇。

雅畈的阳刚，还体现在古婺州窑的烧制中。雅畈的汉灶村，是古婺州窑发祥之地，依托武义江的商船便利与雅畈当地的土壤，传说在汉代此地就有七十二窑之多，手工业相当繁荣。作为我国古代四大名窑之一，婺州窑在历史上享誉海内外。唐代茶圣陆羽曾经在《茶经》中这样记载："碗，越州上，鼎州次之，婺州次，岳州次。"其意是婺州窑所产陶瓷排列第三位。汉灶作为婺州窑之乡，村落中各色古建筑众多。婺州窑自西晋晚期开始使用红色黏土做坯料，烧成后的胎呈深紫色或深灰色，由于使用了白色化妆土，釉层滋润柔。

普通的黏土，经过一千多度的高温，成了温润如玉的坚硬瓷片。

雅畈人的刚强，也如软软的黏土，凤凰涅槃，高温煅出美玉的灵魂硬瓷的意志。

雅畈的阳刚，还体现在有两千多年历史的铜山斗牛。雅畈镇九同村保留着传统的斗牛，村内的斗牛场在每年的元宵节、端午节、中秋节、农历十月二十六等重要节日，都会安排表演上几场精彩纷呈的"斗牛盛宴"。

没有来雅畈的时候，人们总是说雅畈民风彪悍。走在村中，老人们会和我说起当年抗日战争时候的很多故事。当年的英勇，印记在大门的弹孔、砖墙的痕迹中。

这里的人们，有柔有刚，有忠有勇，有情有义。

走雅畈古街，一望二三里，行走上千年。

滔滔武义江，川流不息；古街上的脚步声，一直大步向前。

心若温柔，万物美丽

以温柔心待万物，万物亦以温柔待你。

第一眼看到花开的人，是幸运的人，仿佛有一束神的光辉照到了他，花儿在这个世间一睁开眼睛，就看到了他——花与人都足够的幸运。不过，我更喜欢那些看到第一片绿叶生长，看到苔米一样花苞初生长的人们，他们更有一颗温柔的心，软软的，世间万物细微的变化，都落到他的眼中，他的心里。

当花开蝶飞，人群拥挤的时候，他们则远远躲在人群的后面。

三月的时候，在院子里种了棵木绣球，枝繁叶茂，花期也长，这些洁白的花儿足足撑了一个多月的美好。花飞花谢之后，它就在院子里不声张地生长着。我每天浇水，偶尔施肥，看它们秋天又开始生长新的绿叶。

我每天与它相望。但我，还是忽略了些什么。

"木绣球长花苞了呢!"这日傍晚，康和朱来院子里玩，朱眼睛一亮，惊喜地说。他是第一眼看到我们木绣球花苞的人。

真的！我们也都往木绣球上凑了过去，只见一根根树杈上，托着一只只小小拳头一样的花苞，仿佛含着笑，看着我们。

天哪，现在才是秋天呢！木绣球已经开始长花苞了。

在冬天的原野上，我见过那些苗壮生长的油菜花，见过冬天里开花的枇杷树……但我还是没有注意到过木绣球在秋天就已经开始积蓄着绽放的力量。

有些人功成名就，但很少人看到他曾经努力的样子，他们成功之前走过曲折的路。我的雷师兄，最近这些年斩获各种书法奖项，但是也很少人注意过他之前那寂寂无闻，却默默努力的时光。花朵也是一样，多少人欣赏它们盛开的样子，却很少人关注到它们为了绽放美丽，努力了多久，也走了很远很远的路。

越是美丽的花儿，它们准备的时间就越久吧。

春天开的花儿，它们竟然在秋天就已经准备了。我想，如果我们想要在明年的院子里收获什么，花儿或是果实，现在就可以准备了。

以温柔心待万物，万物亦以温柔心待你。

心非温柔，会看不见一些事物。那是被俗尘迷了心眼。

心若温柔，万物美丽。

在废墟上浇灌希望

废墟上从来没有停止过生长，希望。

一

伤心可能是日积月累，也可能是瞬间的摧枯拉朽，最终伤心变成了绝望。于是一辞两别，终将不见。

面对着严寒、酷暑，忍耐都有限度。这是有生之年最酷热的一个夏天，即便殷勤浇水，花园中很多的花花草草还是相继离开了我，留下一个个枯枝残盘。

最先告别我的是前院里一盘盘兰花。看着天气酷热，我将它们转移到屋檐下，再转移到室内，每天浇水。但，都于事无补。十多盘兰花还是悄悄地离开了。

紧接着离开的还有白色的丁香花、蓝色的绣球花、粉色的蔷薇花，等等。

我想，它们肯定是哪一天被太阳曝晒伤透了心，才对我后面所有的补救无动于衷。

谁说草木无心？它们是伤透了心。所以，离开是如此决绝。
人心也是。

这个夏天的一个晚上，我在露台听一个朋友说她伤心的爱
情故事。爱，始于爱，深爱。最终还不是一件件鸡毛蒜皮的小
事，一次次打击着相爱的信心，最终伤心分别。

告别都不是我们的本意，只不过是熬不过无奈。

二

这个夏，若干年后我们的回忆是什么？

我将一个个枯枝花盘，摆在高大的枇杷树和拐枣树下。宽
大的树荫，随着风来回摆动，婉转成一片初秋的凉意。

已经近一个月了，早晚我给花花草草浇水的时候，也给它
们浇水。

那个对爱伤心绝望的朋友，搬个小板凳，坐在芭蕉树下看
我浇水。看我给已经死去的兰花、绣球花浇水，不由得笑了：
"花都死了，你还浇什么呀！"

我沉默了好一会儿。在乡下待得久了，和花花草草、日月
星辰的交流都不用语言，我是变得越来越沉默了。

我想啊，绣球花、兰花可能是枝叶晒死了，它们的根还活
着，它们只是暂时休眠了，我浇着浇着，可能等天气转凉，它
们就醒回了。

我想啊，这土里还有别的种子、别的生命，我在浇水，浇
着浇着，就长出了别的生命了呢！比如，一棵草，一朵小花，
不也是很好吗？

我想啊，我只是在习惯地重复着一件事情，习惯了去浇花，不想看着这些花盘枯着。

我想啊，我是怀着一种忏悔的心情，我遗憾，我悔恨没有把它们照顾好，每天的浇水，是我的赎罪。

好多的杂念思绪闪过。我的嘴里却只轻轻滑出一句话："我是给花盘上的青苔浇水呢，我一直纳闷，青苔都没有晒死，为什么花儿草儿都死了？"是的，青苔厚厚地、软软地趴在泥土上，略黄，生命却还在闪光。

朋友笑了。她说，好久没有笑了。她眼间闪过的光亮，刹那间又熄灭下去。

这世间，有多少人能遇到爱、遇到爱的人。这世间，已经有多少人不说爱。

三

在黑暗的世界中，积蕴着一种神奇的力量。

以前住在一楼，有个小花园，初春在耕种的时候，会挖到前岁枯死掉的郁金香根茎，鲜活待要绽放；在工作室里，也经常会遇到一些原本我们认为已经枯死的花，在精心的浇水施肥中，重现了生机与活力。

——这并不是所谓的起死回生。枯木逢春，是因为它们还没有死心，还在坚持，还在顽强地等待。

如果真的枯黄了，死心了，再多的浇灌也唤不醒生命。

很多时候，我们只是凭我们的喜好去种植物，而根本不尊重它们的习性，它们的状态。比如爱，我们任性，我们索取，我们挑剔，我们疑心，我们终究也是不懂得爱。

真的爱，在这片土壤和环境中，选择合适的植物，选择适宜的种植位置，浇水、施肥、除虫等遵循科学的规律。

"如果你在沙漠中渴了很多天，现在只有一口水，你会给谁?"我问朋友。朋友毫不思索地回答，给他! 我笑了，那还不简单，好好去爱，消除误会，好好珍惜就好啦!

我对朋友说，你去浇几天花吧，体验植物的世界，很治愈。

这世间很多事，并不能随心所欲，要遵循规律。我不懂得花语，我只知道，这世间要有爱，用心，还要懂得好好珍惜，就够了。

在我十岁那年，连日暴雨，家里的房子倒塌了。父母亲没有坐在废墟里哭，而是披着蓑衣，一砖一瓦地开始了家园重建。一个多月后，父母亲就盖好了新房子，我们从借居的亲戚家搬进了崭新的房子。

或许，这世上只有心的枯岛，没有真正的废墟。

废墟上从来没有停止过生长希望，只要你用心，就有回响。

在青隐，等一场微雨

一

青山隐，雨微尘。

闽南行走的风如流星一样吹过，落在这宋式建筑的肩头。远眺这个小山村，它坐落在群山之中的一个山坡上，一带碧泉蜿蜒从村东侧而过，一排排黄土墙高高低低毗连，仿佛是开放在山野之中朵朵的白莲花。高挑的屋檐刺向天空，又如大鹏舒展着翅膀，飞去远方。

村中有幢有名的建筑，此房当地人俗称杨家大屋。从古至今，从这个房子里走出去多少读书人；多少诗人感叹此地风雅神韵，留下诸多诗篇；这个老宅子里，最多的时候住过上百口人，几代和睦，传为佳话。此时空余寂无人烟的庭院，萧瑟没有生机的桌椅，蛛网密挂的窗户，挂满果实孤寂的石榴树。

唉！村青石板路上，走来一位手持拐杖的杨老先生，一身长衫，花白胡须，他眼望着日渐破败的老房子叹息，锥心感叹。

杨家大屋又叫诗书之家。一门数代，从教、从医、从政者多达数十人，子孙满门，学有成就，业有所成。现存的土木砖混结构来自清代甚至更早，无论是门屏户牖还是牛腿雀替的雕饰，都符合闽南人朴实无华的特征。

世间再美的物件，都注定逃离不出险象环生的命运，它们无法预知自己的结局。

若干年后，我在青隐等一场无关紧要的微雨。可当年，这座古老的建筑在飘摇中，苦苦等待一个相知的人。

在这条山道上，有一天风尘仆仆走来了一个意气风发身手矫健的年轻人，他目光如炬地看着这杨家大屋，眼眶湿润。杨老先生紧紧地握着他年轻而粗糙的双手，老泪纵横——我们已经无力维护，我知道你热爱古建，你也能善待它，它也是找到了一个好归宿。

那夜，年轻人与杨老先生彻夜长谈。谈这大屋的历史，谈古建，谈大屋以后的发展。

星远夜寂，鸡鸣轻响，东方欲白。杨老先生沏杯满酒，何先生，我算是把这大屋远嫁到你浙江，你可要善待她呀！举杯饮罢，老泪横流。

何先生叫何伟林，他连连点头，痛饮一大杯酒。

很多年后，此地山林间无数的老树，都记得这个眼睛清亮的年轻人，记得远嫁的大屋。风吹动着她们的枝叶，她们总会向北张望。

山间多情，总微雨。

二

青山隐，雨微尘。

水墨跌宕，故事没有结束的时候。

任何一种有故事的古建，都有一种奢华的美丽。你要多想想，当我们捡起被遗失的过去，该是多么丰盈又美好。

这个眼睛清亮的年轻人，他是婺派建筑的非遗传承人，他将杨家大屋的一砖一木，以考古的严谨细致，搬到了婺州。他在大屋周边，挖了荷塘，造出了一个海上瀛洲的意境。在杨家大屋旁边，严格按宋式营造建了几处亭台楼阁。

若干年后，这片土地上才流传起宋韵系列风。

很多人走到这里，哇的一声惊叹起来，这是日式、和式风呀！

何伟林总是耐心而坚决地挥手否决了他们，不！这是宋式风！日式只是从我们中国传过去后他们的叫法。

一群年轻人惊叹得合不拢的下巴，慢慢地复原，但还是连连摇头，这太不可思议了，太美了。

曾经饱读诗书的杨家大屋，曾经被三寸金莲踩得摇摇晃晃的木地板，在婺州小邹鲁的和风中，焕发了新的生机。

她是来自闽南的新嫁娘。

她是一个轮回的新的生命。

在这片新的土地上，她的激情、柔情喷涌而出。

每日，太阳从东边缓缓升起，她害羞地摆正了自己的身姿。

三

青山隐，雨微尘。

水墨跌宕，故事开了新的篇章。

杨家大屋嫁到婺州，她有了名字叫青隐。翰墨有香，有个叫楼国磊的小伙子，乘着诗兴，挥手写下"青隐"两字。

"青隐，青隐。"她轻轻地叫了叫自己的名字，她闻到了熟悉的墨香。真好！她想到了家乡满山青翠的花草香。她想到了原来的小山村，隐在群山峻岭之中。

青隐，何伟林抚摸着大屋的柱子，望着南方，轻念着青隐的名字。

心中的理想一直在成长，幸不辱使命。他想。

"青隐，有了生命呀！"有人目睹过从杨家大屋到青隐的变迁，不由感叹。

生机，是岁月静好的青隐轻轻扬出的活力。

迈入青隐，穿越千年，换了世界。

宋式风，案上一壶老茶，胸中几春秋。有人喝着闲闲的茶，聊长长的话。

点墨皆花，丛绿皆锦。铺一卷宋韵，流水无弦，青隐素琴。有人写字，有人画画，有人抚琴。

有人推窗，凭栏远眺。

有人发呆。

有人找各种角度拍照。

有人轻着一袭汉服，漫步荷塘栈桥。花烟雨轻尘，在时光轻流中，沐一身宋雨。

青隐宋式古风，缓慢沉静，温情抚慰，抹去尘世中所有的不安。只有这千百年的厚重与宽容，才容纳了现世所有的悲欢。

在青隐，可以将自己搁在你喜欢的时间节点上。

我在青隐，喜欢等场微雨。微雨的青隐，很江南，适合小饮，赋诗。

让建筑呈现永恒美丽的，是我们不断的陪伴，不断浇灌的爱。

我们在这里的情话，青隐听得、记得。

故事没有终点，青隐带着我们的新故事，不断往前。

在秋天，赞美秋天

在秋天，赞美秋天。

我们用无数华丽的诗句，赞美秋天。

最是一番清秋天。丰收稻田，瓜果飘香，碧空如洗，秋高气爽，橙黄橘绿，野旷风清……所有的赞美，都已经被诗人、词人用尽。后世的人，在一缕秋风、万种诗情中，勉强吟唱出一句诗词，却不经意间已经与空气中的某句诗词雷同，撞了个满怀，我们在空中相视一笑。

尽管如此，我们还是不吝任何的赞美，给秋天。

在秋日里，我摊开空白笔记本，想搜罗所有优美的形容词，给秋天。

秋天，值得所有的赞美。

"时光对折，一半是月色，一半是秋色。"我喜欢拍秋天的叶子。拿着相机，在秋风中穿梭，可以拍枫叶、乌桕叶、梧桐叶、银杏叶等，随便一片叶子，都是莫大的欢喜。我喜欢在秋天的旷野上奔跑，风吹动着衣襟，冰柔地抚摸着我的肌肤；我喜欢秋雨的晚上，孤灯而坐，看书听雨；我喜欢秋天的夜晚，在很高的露台看孤冷如霜的星星月亮；我喜欢秋天一个个寻常的日子，呼朋访友，去野餐露营烧烤，喝不醉的酒。

秋天值得做的事情太多太多。

我打开我的日历，计划与记录写满了本子。

这个季节，我要做的事情就是想停下来，慢下来，缓下来，认真去体会、去感受这个季节。

把这个季节的日子，塞得满满的，充实的。

有人说，秋天，这个最美的季节呀！

我说，是啊！当下的季节，就是最美的季节！当下的日子，就是最好的日子。

江南的秋天和春天一样，脆弱而顽强。"秋老虎"可以一日一入夏，西北风可以一夜入冬。夹缝中的秋天，让人又爱又怜。季节总给我们无限的寓意与启示——这风雨飘摇的季节，总会让人想到丰满或骨感的人生。

在秋天赞美秋天，在冬天的时候赞美冬天。偶尔怀恋夏天的炽热、春日的柔情，期盼暖炉旁的冬天。人生，不应去悔恨、去抱怨，珍惜现在拥有的。

日子，每天都是最美的。

季节，每个季节都是最好的季节。

现在，在秋天，我们赞美秋天。

在与生命相遇的每一天，
我都想留点记忆，去感悟、去记录

一

如果不想留下遗憾，最美的结果不如行动。

让人望而生畏的不是路途上的险阻，而是我们起身出发的勇气。

迈跬步，行千里。

哲人说，能登上埃及金字塔的除了老鹰，还有蜗牛。

时光，可能在手指动动，刷刷手机中就已经悄然逝去，也可以在另一种选择中相遇精彩。

读万卷书，与行万里路，从不违和。

书斋之中读书，不问春秋，让人心旷神怡；大自然之中，读自然之书，也充满哲理；人群之中，读人生之书，也极有戏剧。

肉体与灵魂，总要有一种在俗世之中沉沦，总要有一种在诗意的路上踏歌。

如果把生命分为三分，一分在读书，一分在旅行，还有一分在读书之中旅行，或是在旅行之中读书，那多好！

即使不能，在尘世中，戴着锁链，还要起舞。

只为单行道的人生，不要虚度。

只为生命中的每一天，都有值得记忆的东西。

生命的闪光，留给自己记忆。

二

有时，我们有选择的权利。有时，我们选择的权利都没有。

刻骨铭心的一切，都需要自己经历才能感受。

读书和旅行中体验的一切，都需要自己感受才算是真的感受。没有谁可以替代。

如果把路上遇到的困难，都当作是美丽的事情去看，世间一切都是美好的。人生也是如此。

同样的五一假期，有人选择宅家，睡个自然醒，喝茶看书；有人选择不远千里，不顾拥挤，四处旅行；有人选择回家探亲，共叙天伦之乐……

不同的人，有不同的选择。

值与不值，只有自己才能感受。

我记得异国他乡的傍晚，在一处街头巷尾，吃点小吃，饮一瓶当地啤酒的小确幸；我记得，在某地山峰，看夜色四起，四顾苍茫的悲凉；我记得，背包独行坐在一处街头，闲看人来人往……

遇到一处美丽风景的时刻，你会感觉所有的一切，都将值得。

仿佛那处美丽的风景，在茫茫世间等你，只为与你相遇，为你盛开精彩绝伦的那一刻。

我会记得那一年的五一，在大陈岛相遇甲午岩，碧蓝的海，孤独的灯塔，不多不少的人群，让人感动得热泪盈眶。

那些长途跋涉所经历的一切，在此刻，所有的一切都将值得。

我想在那片沙滩上，写长长的诗句。

等一个自然而然的日子
我想和你去海边
咖啡的香
能温暖灵魂
灯塔的光
能照亮那片海

三

渔船和海岸相爱，其实只是一场意外。

无数的惊喜和意外，组合成我们的人生。

没有什么缘分都永垂不朽。世间最美好的一切，相遇即是告别。

"那种真相大白的虚无感，悲欣交集的孤独感，再回首，怅然若失，泪眼朦胧。"这一生，有时候，我们以为无限接近于生命的真相，总结的结果不过是自作聪明。

生命是场幻象。真相与结果，一丝之差，一念之间，就隔了十万八千里分道扬镳而去。昨日已逝，明日未来，唯有当下，悲与喜值得记忆。

在与生命相遇的每一天，我都想留点记忆，去记录、去感悟。记住生命中闪光的惊喜，记着写在沙滩上的诗句，记得读过的书、行走过的路。

清 简

这苍茫而潦草的世界，等一个手执扫把的人。

忽然之间，你想去个地方看个朋友

公元 1083 年，宋神宗元丰六年，十月十二日的那个晚上，苏子解衣将睡，月圆还缺，清光照进房间。他欣然披衣起来，到承天寺寻找朋友张怀民。怀民也还没有睡，两个知己在庭院中看月、看天、看松柏的影子。谪居黄州的苏子后来感慨：何夜无月？何处无竹柏？但少闲人如吾两人者耳。

苏轼的承天寺夜游，还有王子猷雪夜访戴，俱是访友佳话。寥寥几句，任何时候读起，都让人心旌澎湃。

何夜无月，何处无竹柏。在这个世间，我们常缺点什么。有时缺心情，有时缺时间，有时缺个朋友。

有景可赏，有友可访，有情可共，人生乐事。

可世间苏子不常有，张怀民也不常见。

手机通信录，微信好友长长一大串。我们常常有快乐事情的时候，掏出手机，不知道发给谁；悲伤的时候，没有可诉说的对象；想去哪里走走，找不到合适的地方和方向。

城市丛林，让人迷失。

人在城市，看一个朋友需要考虑行车路线，考虑停车，考虑约个地方坐坐。城市没有高山，却感觉在道路与红绿灯之中，已经跋山涉水；城中马路干净，却感觉每天风尘仆仆。

在城市的钢筋混凝世界里，适合相互陌生，适合失语，适合独自宅在冷冰冰的世界里。

在这样的世界里，我们被时间无情地腐蚀。

失去灵敏的触角，失去人生的从容。

从古至今，我们惯向山林寻本真。

公元 761 年，唐肃宗上元二年，杜甫五十多岁了，终于结束了长期以来颠沛流离的生活，在成都西郊浣花溪头盖了一座草堂，暂时定居了下来。这就是我们现在说的"杜甫草堂"，亦称"浣花草堂"。草堂盖好后，常有客人来探望杜甫，杜甫欣喜备至。有一次乘酒兴写了一首诗《客至》，记录了这次好友来访的经历：

> 舍南舍北皆春水，但见群鸥日日来。
> 花径不曾缘客扫，蓬门今始为君开。
> 盘飧市远无兼味，樽酒家贫只旧醅。
> 肯与邻翁相对饮，隔篱呼取尽余杯。

小院很近，白杜龙不远。

在白杜龙，我们是很多朋友的张怀民，有很多朋友的杜甫草堂。

久居乡下，常有友至。朋友来自来，我们在院中喝茶看书，围炉夜话。也常带朋友到村子四处转转，看看我的邻居们。到素心家几百年的老宅里听听雨，到周姐家看各种小盆景，到汪姐家看印染，到璐璐家喝乡村咖啡，我们还可以去安心小院、归零小院坐坐，在大宝的院子里听他讲各种传说故事。

乡村的生活，很是安静。这里没有人流如梭，柴门有如杜甫草堂，朴素如戴逵的山居，我们在鸡鸣声声中喝茶，在松针铺满的小径上散步。

寒露过后是深秋，璐璐家壁炉已经燃起温暖的火光。有朋友感叹，这年头，到哪里吃、到哪里玩，吃什么玩什么都不稀奇，难的是找到一个喜欢的地方，有喜欢的人，而他们过着我喜欢的生活——这多么像一个乌托邦的世界！

这里没有商业的气息，你是一个院子的客人，就是每个院子的朋友，是这个村子的朋友。

白杜龙是原生态的乡村，这里树木成荫，鸟鸣依旧，鸡犬相闻。春夏秋冬，小村都有不一样的风景。在这些自然的光辉之中，人们可以轻松地做一个庄周梦蝶的梦。

我们在尘世清醒，也可以在人间浅睡。

你说，你有一个朋友在白杜龙。
我看你说话的神情，就像苏子说起张怀民。

风吹小木屋

北风一阵紧过一阵。

夜晚的小木屋，仿佛孤悬于空中，风从四面八方刮来，用力地撞击拍打着小木屋。江南的冬天，北方寒流到来之际，风呼呼作响，如虎啸龙吟，彻夜不息。小木屋，墙壁由薄薄的木板构成，顶部仅是简陋的屋顶，风从门窗的间隙透入，从木板与木板的缝隙刺进来，无孔不入，分外寒冷，身如同置于荒凉的山野。

乡间院子的生活，看着处处诗意。最近这些年流行露营、户外风。我常对很多朋友说，我天天在露营呢！

是的。我的小木屋就是我露营的帐篷。只不过，我的小木屋，可能比帐篷还漏风。在极寒的天气，睡前我会看几页书，从被窝中伸出的手，十指都是僵的。我想，此时小木屋的温度可能和户外的温度差不多。即便是开个暖空调，在寒风中也一点都不顶用。

春夏秋的时候，小木屋还是让我感觉非常完美的。雨天的时候，可以听雨；清晨的时候，可以迎接第一缕的阳光；有月的时候，月光会从窗户照进小木屋。这小小的木屋，松涛如吼，霜月当窗，霞光映照，雨敲窗棂，饥鼠在屋顶乱蹿，平添了几分萧瑟的趣味。"半生落魄已成翁，独立书斋啸晚风。笔底明珠无处卖，闲抛闲掷野藤中。"我常想，徐文才的一生，除了他跟着胡宗宪那几年高光时刻，他的一生冬天基本上都是在饥寒交迫中度过的，他去世的时候，床上仅有一张席子，一条狗陪着他。寒士如斯，在寒风中度过的一个个怎样难眠夜晚，只有他自己才能体会。黄鲁直年已六十，被贬广西，生活困顿，初寄居寺庙，后居城门楼上，他和好友喝酒喝得兴起，把脚一伸，就伸出了帐篷之外，雨水敲打在他沧桑的脚上，他却觉得非常惬意。

我也常想，和他们相比，我算是条件极好了，要知足常乐。对的，小木屋的冬天，虽然空调不管用，但是我还有电热毯啊！平生第一次买了电热毯，在北风呼啸的晚上，给自己一点点的温暖。隔壁邻居璐璐家装修甚是豪华，有一次我们聚一起，喝点小酒，说到了冬天的冷风。她说，她们的大窗和屋顶，都是木头打造的，不挡风，到了冬天寒风一样穿墙而入。她说，说句不好意思的话，我们睡觉，都是靠电热毯呢！我说，我们也是。大家不由得相视一笑，举杯同庆。

乡间生活的诗意，是苦中作乐，是独享其乐，快乐更多的要自己找寻。

是什么风，把我吹到了小木屋？世间无数的不可思议，不可解释。乡间人间浅睡书院的小木屋，让我保持着人间清醒，与自然、四季和万物亲密接触。

卧室就是一个睡觉的地方。一间小木屋，除了四壁、屋顶、榻榻米、空调，一被一枕，再无他物，也不需要他物，说舒适的确是谈不上。除了睡眠的时候，我基本不待小木屋。平时的晚上，我一般都会挑隔音挡风较好的小厨房，在那里看书，写作，不肯就睡。

小木屋的夜晚时间很短。我上楼的时间基本上就是半夜三更了。小木屋的窗帘布，也是薄薄的一层蓝色的扎染布，天亮得也早，每天也就早早起床。

风能溜进来的地方，光也能顽皮地跨出去，声音也能悄悄地传进来。

小木屋不隔风，也不隔音。我晚上摸黑进小木屋，点亮灯。如果此时站在门口看，小木屋的灯光在一片黑色的海洋里，格外亮眼。当我脱衣躺下的时候，我就听到了鸡鸣声，一声鸡鸣响起，然后村里无数的鸡鸣声也频频响起，鸡鸣声又引起了狗吠声，鸭子扑腾着水的叫鸣声，乡间顿时热闹起来。光源让鸡鸣混乱，我想我小木屋深夜的光，是罪魁祸首之一。在深夜，除了雨声、老鼠的爬行声、鸡鸣狗吠声外，很远处火车轰隆隆驶过的声音，汽车快速裹挟着大风的声音等，白天听不到，晚上都声声入耳。在难以入眠的晚上，我常把自己拟作了山水画的人物，做种种出尘之遐想，也就不知什么时候入睡了。

梦中，有春天的风刮过，有夏天的风刮过，有秋天的风刮过，有冬天的风刮过，爬藤的木莲四季常青。太舒服的风，吹过就忘了，那寒冷彻骨的北风尤其特别，总让人记忆深刻。

到明年，肆无忌惮的木莲将会把小木屋层层裹住，那时，我的小木屋将成一个绿色的茧，我寄居在里面。

每条道路都通往幸福

她幸福吗？

我没有问她，我问了问我自己。

这夜，秋凉如水，滚烫热情的夏天已经过去。微风轻轻地吹动着双龙南街上梧桐叶，沙沙地响，秋意顿时让我下意识地抱住了双臂。刚刚打了去乡下的网约车，看了下定位，车子还要好久。我扭过身，去旁边一个熟悉的水果店买点什么。

老板娘正和一个顾客热烈地聊天。她，五六十岁，碎花的裙子，眉宇间有自得的意气。她正和老板娘说她的几套房子、有出息的子女等，笑意满满。水果店的门前，有很多夜间散步的人，正悠闲地往家中走去。

她停了停，身子支在门上问老板娘，他们是去湖海塘散步回来了吗？

是啊。湖海塘现在是我们金华城南边最美的地方，大家都喜欢去湖边散步、跑步、骑车啊！老板娘说。

去湖海塘怎么走？她站直了身子。

我，抬了头。老板娘也惊讶了，加重了语气，你不知道湖海塘怎么走？

是呀！有什么奇怪？

天地，如果有金华人说他不知道湖海塘在哪儿，怎么走，我想这是一件奇怪的事吧！

我是真的不知道。

你在哪里工作？

我在新农贸经营一个摊位啊！卖副食品。她指了指几步之遥的新农贸市场。

那你在金华多少年了？

多少年了？我算一算，我是 2012 年来的金华，那时还没有新农贸，到现在已经整整十年了。

天地，十年？十年你没有去过湖海塘，不知道湖海塘怎么走？

我背对着他们，我仿佛看到了老板娘张大的眼睛，惊讶十分的样子。

这有什么奇怪啊！我每天守着店，偶有休息就在家里忙，一年 365 天，真没有什么空出门。

老板娘停了一会儿，喃喃地说，你不知道别的地方还好，湖海塘离我们这里，就几百米的路呀！

她说，我倒想去看看的，不过，没时间去，不去也无所谓啊！

此时，电动网约车闪着耀眼的前灯，静静地在我定位的地方停了下来。我什么都没有买，出了门。回头看了看她，她幸福吗？

坐上车，抱紧了我黑色的双肩包，又问了问我自己。

我叹口气。

我想起了我的母亲和外婆，她们一生都基本没有出过永康城，她们也过得很幸福。

母亲和外婆都同在一个村。外婆信佛，七十多岁前都没有出过永康城。有一次春节，我问外婆有什么心愿。外婆说，常听人家说灵隐寺怎么好怎么好，我就是想去一趟灵隐寺。我信口就说，好啊好啊，外婆，我带你去！

我在外工作也忙。这事不久我也就忘了。一次回家，母亲问我，你准备什么时候带外婆去灵隐寺？

我呆了一下，以后时间还很长啊，有空再说！

有空再说，不行！你答应的事，就要去做。你外婆啊，逢人就说，我那个大外甥要带她去灵隐寺，可开心了。可是，大半年了，你还没有兑现。

我又呆了一下。心被某种东西击中，酸酸的，软软的。

好，我马上安排，我对母亲说。

不久，我就安排带外婆去了一次杭城，去灵隐寺、西湖等很多地方，逛了几天。那一次开车出行，是我一生开车中刹车用得最少的一次。坐不惯车的外婆，一个劲地说这车开得真稳，真好。

那次灵隐寺回来之后不久，外婆就走了。

每当我想起外婆，我都会想，如果我没有带她完成去灵隐寺的愿望，那我是不是会遗憾一辈子。

不要用格式化的思维界定一切。我相信，每条道路都通往人生的幸福。

身边有一个朋友，一直不停地在行走。

他走过世界上很多国家，国内的大部分地方，还在很多城市生活过。他回金华的时候，总爱与我分享他旅行的照片、路上遇到的人，以及他一直流浪的爱情。

他以他喜欢的方式生活着。

我从没有问他幸福不幸福。

每个人的命，每个人的人生都是不一样的。我又想起母亲对我说的话。母亲说，我都不愿意出门，不喜欢旅行，也不喜欢到你们家里麻烦你们，家就是我最好的地方啊！我每天看报纸，看新闻，就是在旅行啊！

母亲眼里，满满是自足、快乐。

找到自己人生位置的人是幸福的。不幸福的人，一直在找寻自己人生定位的路上。

世界以各种甜美、舒适、奢华、麻木等千形万状吸引着我们，我们都身不由己，站在时间前行的履带上，追求着不一样的东西。

多少幸福的、痛苦的、美满的、残缺的生命形式，又交叉捆绑在一起组合成了我们丰富的世界。我们自行感受，我们道听途说着我们熟悉的一切生命形式。不要说，你想捍卫着什么，想把别人从空虚的世界里解救而出，拯救出来，每个人都有自己喜欢的方式，承受着、享受着生活带来的一切。

没有去过湖海塘的金华人也可能是很幸福的，天天在湖海塘散步的人也可能不快乐。不要问，幸福不幸福，好像这是一个很傻的问题，每个人都有属于自己的人生之路。

那些顽强的生命，赢得尊敬

在我的生命里，一棵桑树迎面向我走来。

在我的后院，长着一棵秀气挺拔的桑树。

在乡间，随处可见一些野树、杂树，经过很多年，长成了参天大树。如野枇杷、乌桕，等等，这些树木原本是一颗颗平常的种子，品种不优，人们也常常忽略。曾经它们也卑微如草芥，稍有不慎，就可能被连根拔起，清除干净。不经意间，它们在一处平常的土壤里默默生长，直至长成一棵大树。

偶然的过程，藏着很多必然。

我院子里的桑树也是。院子刚开始整理的时候，将杂树砍的砍，挖的挖，清理干净了。过了一段时间，这些深埋地底下的根系，又纷纷破土而出，我继续挥动着锄头、砍刀，毫不留情地将它们清理干净。

它们却有如小草，有"野火烧不尽，春风吹又生"之势。几天不留神，重新又冒出芽来，伸展出绿叶——这棵桑树就是如此。

"桑"与"伤""丧"谐音,总感觉有点悲,古人有院中不栽桑之说。桑树长,我砍。我们经历了它长我砍漫长的游戏。后来的后来,它在不经意间又长得亭亭玉立的样子。后来的后来,有一天,我挥动的锄头无力地停了下来。

我想,它的顽强,值得我尊敬。

它们的勇敢,对生命的渴望,我们不忍拒绝。

我们之间并不是战斗,没有谁是胜利者。

总有些坚强,出乎我们的意料,让我们油然起敬。

平常在拔草的时候,我也常常将一些连根拔起的小草,随意放置在一些废弃的花盆中,这些小草也不负众望,顽强地在这些小花盆里生长起来。

那天汪姐从她院子中拔了两株凤仙花给我,她说,院子中种了这些花,长虫会避而远之。我接过这两株少土少根的凤仙花,随手种在两个花盆中。心里想,这么热的天,它们能不能活,随它们吧。让人意外的是,这两株凤仙花竟然在连续四十多度的高温中,顽强地活了下来,如芝麻一样节节高的花儿开得很好,绿叶翠绿地生长。

在这样的高温天气里,终日艳阳下的白色茉莉和丁香花也出人意料地开得脱俗。在我心中,诗意的茉莉与丁香应该是娇滴滴的。可就是它们,在院子中毫不起眼地默默地开着一朵又一朵花,花季漫过一个酷夏。

浅秋了,它们还在怒放。

生活中,那些不卑不亢、坚强努力的人们,无论他们是什么样的职业,都值得我们尊敬。

存在就是合理的。桑树一天一天生长，傍晚的时候，我坐在它的旁边看书，桑树的叶子轻轻给我扇着清风，耳畔传来《诗经》深处的传唱声："女执懿筐，遵彼微行，爰求柔桑。"我靠它，读书写字，常做些无用之事。我躺在它旁边，仰望澄静而辽阔的天空。一种快乐潮水般，直抵云霄，让我匍匐在地，泪流满面。

风雅颂里传唱着桑树的歌，桑树是美丽的。它曾经是那样卑微，却又是那么顽强。当年，是一颗什么样的种子，落在了这里，它就不走了。当年，是多少机缘与巧合，经过多少关山重重与风雪茫茫，我们才在这个小院里相聚。这世界，有些生命从来囚禁不住，不论我怎么挥动砍刀和锄头，它们从来没有退却，没有放弃过成长。给它们一个喘息的机会，它就留给了我一个不朽的微笑。

我向它行注目礼。

孟子说："五亩之宅，树墙下以桑。"桑树有灵，草木有本心，哪有那么多的讲究？有了这棵桑树，这里的泥土被唤醒，回报以绿树如荫。

春天来了，会有孩子从这里摘走桑叶，养蚕喂蚕，带着欢声飘过。一叶桑，一根丝，编织成一个流光四溢的世界。我没有十亩之田，却有桑者闲闲兮。杜甫曾有"坐开桑落酒，来把菊花枝"，待桑果成熟酿酒，呼朋唤友，树下畅饮，不亦快哉。

生命，每天都在相遇与告别。

在我的生命中，有一棵桑树迎面向我走来。我们每天照面，聊天，然后彼此沉默，我们在各自的世界里思索，它将牵引着我走过人生中最酷热的日子。

在我的院中，一棵桑树顽强地争取过它的生命与自由，它在自己的世界里书写诗性与坚强。

这世界，每个人都在努力，每个人都有自己的顽强，黑色的土壤和苍穹里隐藏着无数答案。

你要相信水泥地上都能长出漂亮的花儿

生命的坚强，是无论身在何方，都不忘努力生长。

院子里，一些长在水泥地上、石子里的小植物，每日都给我智慧与启迪。

前院原来很是普通，只是水泥地面，在改造院子的时候，铺上了细小的黑色石子，放了些盆养的兰花、玉兰、石榴等。小小的院子，在枯萎与生机、复杂与简单之中，找到了一种平衡点。

院子也是有生命的。时间一天天过去，我们和院子一样都在生长。

不久，我就发现在水泥地上、石子中，生长出了一些绿绿的不知名小草，还有一些我们不慎落下的西瓜籽等种子，竟然都发芽了。在石子与水泥地的世界里，贫瘠荒凉，这些种子抓住了一点点的灰，汲取了一点点的水，抓住了一点点的机会，就开始了自己人生。

默默消亡还是生长，一线之间，它们从来没有放弃过生命的机会。

它们长得密密麻麻，或是一枝独秀，让原本如小小沙漠一样的石子地上，生长出了一片生机。

我每次走过的时候，都轻轻地放慢脚步，注意落脚的位置，唯恐踩上一个个的生命。

生活中，每天都有些灰，有些意外，落在我们身上，让我们蓬头垢面，狼狈不堪；蒙蔽我们的眼睛，看不清方向。这些落在石子与水泥地上的小小种子，在原本没有一线生机的世界里，勇敢地抓住了一点点的机会，逆袭而上。

纵然昙花一现，生命总要无怨无悔一回。

在爬山的时候，我们总惊叹那些悬崖绝壁上的松树、藤蔓，它们在没有土的岩石上，一点点生根，一点点生长。在我的院子中，还有一些在门框里、在墙壁上生长的植物，它们的顽强精神都让我赞叹。

人生不也是如此？在我们身边，有很多如这些种子一样境况的人们，在夹缝之中生长，在逆境中寻得人生的机会。

毛姆在《月亮和六便士》里说，只有诗人同圣徒才能坚信，在沥青路面上辛勤浇水会培植出百合花来。

人生微茫，需要点理想主义，需要点小小情怀。我们每天前行，可以将落在身上的灰，轻轻掸下，当作是人生的养分，成为生长的力量。

请原谅，我们的生活过于匆忙

面对世间美好的一切，我们都应该愧疚。我们已经是多久没有静下来，认真去欣赏日出日落，欣赏花开花落，欣赏世之奇伟瑰怪景色，欣赏身边的美景。

就连和身边亲近的人好好地拥抱，闲闲地谈一谈、聊一聊，吃一顿安心的晚餐，我们都没有了时间与心情。我们一边聊着，一边吃着，心不在焉地拿起手机。

是的，不如将心事和情绪深深掩埋，拿起手机。

请原谅，我们的生活过于匆忙。我们要远远近近地奔波，我们要辛辛苦苦地工作，我们要照顾老人和小孩，我们要学习、要自我提升，我们要锻炼身体、要对付各种疾病……

命运随时都有意外，生活随时都有偶然，还有一些莫名让我们惆怅，让我们郁闷，让我们心伤。

请原谅，我们的生活过于匆忙，忙碌到无法悲伤。

我们大部分人就是一个陀螺，生活和命运吹一口气，我们就转个不停。世间万物在我们转动之中，皆成一个虚无的幻象。

空空如也。万事皆空。

我们却是要在这样的空境里，匆匆忙忙赶路，走完一生。

请原谅，我们的生活并不匆忙。

我们只不过是身在生活的旋涡中身不由己，无人能幸免于外。房子、车子、学校、工作、名利，等等，裹挟着我们一路向前。

我们很少问过自己，我真的需要那么多东西吗？世间最珍贵的又是什么？

我们都累了，太累了。又病了，病得很深。

学习、爱情等我们都习惯了快餐式的鸡汤。我们很少能在纵情山水中，问自己一些哲学性的问题。连普通的审美，我们都夹杂着庸俗的气息。

请原谅，我们的生活并不匆忙，是我们自我放弃，我们甘于平凡，甘于平淡，甘于安于现状。空阔的人生，遥远的旅途，我们正在丧失人生的控制。

在世界洪流中，我们注定要成为一粒凡尘。

凡尘也是一种宿命。

开心和快乐已经成为一些人的奢侈品。

请原谅，我想让我的生活不那么匆忙。

日出日落，花开花落，每天看不够，生活的美好时刻都在发生，每一点滴都让我们沉醉。

我并未迷途，我是想回到那个我喜欢的世界，那更久远的岑寂里，用平淡与真实加深加宽人生。

时光寂静安恬，泡一壶茶，从早喝到晚；松软的躺椅始终在等我，等我的一串呼噜响起；那翻在第 75 页的书，不焦不急地在等待；一首歌，可以反复听一整天；夜空的繁星，属于露台上我一人；小院的花花草草，开心地开放着……

我给自己煮清淡的粥，深夜在狭小的木屋深睡，让手机安静。

邻居家的鸡鸭狗，和我一起在深夜做长长短短的梦。

我只想在俗世中，步履缓慢，不慌不忙。

在梦里，我什么也不梦想。

清　简

如果不能选择命运，
那将一切可能都浓缩成生命吧

　　看着它们，我常常，久久不能平静。

　　这一丛黄色的小菜花，那一丛绚丽的紫荆花，转眼在书院的花瓶中已经近一个月了，花朵还是那样茂盛。就连初春的时候，那一枝从野外剪的白玉兰，插在花瓶里，花朵早早就谢了，枝上又冒出了新芽。寒冬时候剪下的一枝蜡梅，在花瓶中已经几个月，一个午后在整理书院，把它从花瓶里抽出，准备扔了，一看竟然有了细细的根，心顿时柔软，小心地将它插回了花瓶。

　　这是对抗命运的花朵。

　　它们离开了土地，离开了母树，从来没有放弃生长。在书院狭小的世界里，它们抓住一点点水中的营养，花开的时候开花，花落之后还在生根发芽。

　　窗外，有微雨，有轻风，有阳光，有寂寞的花，穿过窗帘，来到它们的身上。

　　它们不能选择命运，却将一切可能都浓缩成生命。

生命的热爱，高照在每一个可能的角落。

有阳光，你要抓住阳光；有雨水，你要抓住雨水。真的什么也没有，你要抓住那虚无的空气。生命的顽强，是悬崖上攀缘的爬山虎，是峭壁上的迎客松，也是我院子中那轻微渺小的野花。那丛黄色的菜花，被我从路边剪下来，插在花瓶里，刚开始的时候，我以为三五天它们就会谢了，谁也没有想到，它们居然挺了一周，又一周。静芝从家里剪了一大枝的紫荆花，好像是搬了一株树到我们的院子里，与万册藏书争相辉映。已经快一个月了吧！窗外的紫荆花树都已经落尽春红，书院的地上，紫荆花的花瓣，落了一层又一层，花瓶里的紫荆花，它们还倔强地挺立着，生长着。

所有人的命运，都是未知。我们不知道是通往明天，还是通往未知的时刻。小小花朵的命运，曾经被人硬生生地折下，它们选择将自己的生命进行延伸。

即使没有土壤、阳光，它们选择展开花蕊，用热爱迎接绽放的美丽。

菜花也是花，最美的是那段春光。

对于它们，那是一段独自花开的日子。对于我们，人生总有一段坎坷的路，要一个人走，要面对所有。

已是暮春时节，紫荆花依然不想谢幕。菜花们，结了细细的籽。

我在它们旁边，写一行行的小诗。

烧锅孔

江南的冬天总是难耐，湿冷阴冷。每到冬天的时候，总会想念小时候，老家柴火灶炉膛里那温暖的火焰。

柴火灶里的柴火欢快地燃烧着，锅灶前的母亲系着围裙快乐地忙碌着，像是一个踩着音乐节点的舞者，一碗一碗的菜从锅里端到餐桌上，一家人围着吃饭，其乐融融。

柴火灶相当于现在的壁炉，一般是"两眼"，也就是两只铁锅。一只大锅是做饭煮粥的，叫尺三锅；另一只小锅是烧菜的，叫尺二锅。以前农村里基本是"三眼"，留有一个锅经常煮猪食，或是做酒时候蒸糯米饭。曾经在一篇文章里写过，那时老家，最温暖的地方是厨房。有了柴火炉的厨房，柴火在炉膛里烧，开水在锅颈里叫，小孩在玩耍，大人在忙碌。小小的天地，有生活的烟火，有色香味，有暖暖的亲情，——那真是最温暖的地方。

除了一日三餐，秋收冬藏的晚上，一家人会在厨房"煎糖""煎徽""切糖""炒米胖"等，这些现在四处可以买到的食品，当时在乡村都是家家户户自给自足的食品。这些冬夜里做下的美食，放在洋油箱里、瓶瓶罐罐里，可以细水长流地成为我们下一年的零食。

在这样的一个小天地里，烧锅孔——也就是烧柴火，是兄弟姐妹争着抢着的"农活"。家里排行我最小，这个活哥姐一般都让我。坐在小板凳上，划了根括苍山或是双喜的火柴，用脆脆的松毛引火，往炉膛里添小小的树枝条，再增一两根粗壮的木条，铁锅里脂油的声音就开始吱吱冒响了。

母亲不时会吩咐一声，火旺点，火小点。

要火旺点，就会用火钳拨一下炉里的柴火，或是加点木柴。

要火小点，就会抽出一两根烧得正旺的火，深深地插到陈灰里去，让它们熄灭。

烧一眼柴火，那是比较轻松的，烧锅孔的孩子可以优哉游哉，还可以拿本书就着焰火自在地看。如果逢年过节，要烧二眼柴火，还是会手忙脚乱的。母亲也时不时会叫嚷着，快，水开了，拿热水瓶装水。在两只锅中间，装有一个茶罐，一般是铜做的，装了水，靠着锅的余温，可以烧开水，水开了，盖子就呱啦呱啦地叫。

在柴火灶旁，会放个炭瓮，用来存放木炭。木炭用途很多，主要是我们冬天手提的"火熄"里取暖材料。将烧红的木炭，拨弄到炉膛的下一层——这一层一般都是陈灰，待炭火熄了，再一块一块夹到炭瓮里去，盖上盖子，存放起来。

烧锅孔的孩子，还有个福利，可以在炉膛里烤点番薯、玉米等。柴火里烤出的那种香味，只能用俚语来形容——喷香，喷香。

我从小沉默寡言，用现在的流行词叫"社恐"。平时在家，都躲在房间里看书，很少出门。每当家里亲戚来得多的时候，我最喜欢拿本书，躲在柴火灶后，烧锅孔去。那里很温暖，也很安全。

柴火灶的上面，一般贴有红纸，上面写着"灶君之神位"几个字。这些字，从八九岁的时候，家里就是我执笔写了。一年一换，岁岁年年。

之后，出外读书，工作，每次回家都会陪母亲在厨房坐会儿。母亲在烧菜，我还如小时候一样，坐在小板凳上烧锅孔。

炊烟从烟囱往外飘扬，我们有一句没一句地聊着天，不自觉，天色就暗了。

时光就匆匆忙忙过去了。

现在租的一处小院子，房子基本上都已经重新装修过，唯独留下了一个柴火灶，舍不得拆掉。这个柴火灶，我们也叫土灶，比小时候的土灶简单，虽然也是两眼铁锅，但已经没有烧开水的茶罐了。

平时收集了一些松毛、松果、不用的木板，院子里落下的树叶，写字的练习纸等，放在一个角落。冬至这天，我开始整理柴火灶，涮锅、洗锅、养锅。

有很多朋友向我预约烧土灶饭，在土灶烙饼。还有很多朋友向我预约在这个土灶烧锅孔。现在虽然还没有实现，但只要想想，就已经很温馨，很治愈了。

是时候，让土灶发挥作用了。

这天，我搬个小板凳，用练字用的宣纸点火，开始烧锅孔。这天，有炊烟从我的小院露台，轻轻扬扬地飘出。

为何而来

一

我们都身处别人的远方。

江南的梅雨刚歇，我问在澧浦的王兴，你那边青隐的荷花开了吗？王兴也问我，刚刚想问你雅畈白杜龙的荷花开了吗？

我们不禁隔屏而笑。

远处的风景牵动着我们的人心，我们常常忽略我们身边的风景。

在雅畈的白杜龙，几池的荷花已经开得足够茂盛，只是我都没有注意到。在匆忙的脚步中，散落在村中的几池荷花，以自己的步履，自顾自地开放。

夏，酷热而漫长。人生兜兜转转，最后我来到这里，我不问自己为何而来。

一切的一切，都秉承了某种不可抗拒的旨意。

一轮明月在荷塘上空升起，此地便是我的故乡。

二

风定池莲自在香。

今生，怎么算见过你，在你最迷人的花季。

在这前所未有的酷热中，一切都不淡定了。世界是一个巨大的烤箱，不待秋来，身边的草木纷纷黄叶萧萧，荷花和凌霄花是最为淡定的。

有时候，我不向往远方，我迷恋这村里的一片荷塘。我早上去拍荷花，傍晚去拍荷花，雨天去拍荷花，晚上去拍荷花。

有人问，你天天拍荷花，不会厌烦吗？我笑了笑。这么美好的景色，怎么会厌烦呢！每天的荷花各不相同，各有风韵。

荷花，是来陪我度过这个夏天的。

我寻找着拍摄荷花的各种角度，我寻找着最适宜的拍摄光线。最喜欢的还是早晨和雨天的荷花。

早晨，所有的荷花迎着光线，开得最为灿烂，花瓣一丝丝地被光照得透亮。无数的蜜蜂嗡嗡地在花间飞着，一片忙碌的情景。清晨的时候蜜蜂最多，它们知晓那时花蜜最为芳甜。花儿原来也会"睡觉"，早晨是荷花开得最好的时候。而当阳光强烈，它们就会悄悄地收起花瓣。我想，那时，它们就是"睡觉"了吧。

雨天的荷花，格外清爽轻柔，喜欢那荷叶上的水珠，投射出整个世界的样子。小时候我们夏天出门也不带伞，如遇雨，荷叶就是我们的"擎雨盖"。摘下一张大荷叶，将中心的拧下来，戴在头上当帽子，余下的一圈荷叶就套在肩膀上。少年的脚步踩着雨花，空气中响彻着快乐的欢叫。

立在花间，面对荷，我不问自己，人生为何而来，我把一片心声交给荷花。珍惜眼前的时光，爱眼前所有的美景，就已经足够足够。

别问为何而来，人生只管风雨兼程。

三

要有足够的耐心，去迎接生活生命中的欣喜。

有很多生命，在我们看不见的角落里，默默生长。

在夏日炽热的炙烤下，有些道路寸草不生。在速成与长相等待中，我们总会选择前者。小院里养了两大缸的荷花。一缸是买了现成的荷花，放在缸中，亭亭探出头来，不多久，就开了一缸的荷花。另一缸是春天买的藕苗，放入缸中，注满了水，一个多月都没有动静，正要叹息放弃时，它们开始悄悄伸出了荷叶，伸出了花苞，比另一缸的荷花还要惊艳。

植物是哲学家，植物是造物的智者。我在两个荷花缸之间，每天来回踱步，两个荷花缸就是我生活的老师，给我上了一课又一课。

盛夏很长，荷花是最好的陪伴。待花落尽，秋意将至，那时，残荷还待听雨声。

常会折几朵荷花拿回房中，轻轻插在花瓶，夏天的清香瞬间带进了心中，书里。

为你种片甘蔗林

　　如果你有一个院子，土壤肥沃，面积几十平方米，你会种什么？

　　我曾经问过很多朋友这个问题。朋友回答，有种蔬菜的，有种鲜花的，有种果树的，有种草皮的，有造园林的，等等。院子是主人的性格体现，各有各的想法，各有各的答案。

　　邻居周姐家的院子，往年依时据节种了很多的蔬菜。这个春天，她先生千挑万选，择了一种优良的甘蔗品种，又从养殖户手中买了牛粪等有机肥，万事俱备，这位书生卷起衣袖，挥动锄头开始干活。

　　路过的人，好奇地问："哥，你家院子准备种啥啦？"

　　初春的骄阳，金灿灿地铺在满头大汗的脸上，闪着晶莹的光："种甘蔗呢!"

　　"啥，种甘蔗？院子里种甘蔗？"

　　很多村民和路人更好奇了："好好的院子，种啥不好，种甘蔗？"

　　搔了搔头，他淡然而笃定地一笑："我老婆喜欢嘛！她喜欢吃甘蔗，我就给她种一院子的甘蔗。"

听者点头，女者艳羡，男的若有所思。

甘蔗还在黑暗的土壤里酝酿生长，周姐的心里，甜蜜在绽放，乐开了花。

记得有一次在一处卖甘蔗的小摊上看到手写的广告语：甜如初恋。我想周姐的心情也如是。

有人说，在爱情中的男人永远是个孩子。有人说，女孩子也是。

沐浴在爱情中的周姐，是个女孩子。

一个人经历了什么，记在她的心上，体现在她的脸上、身体的状态上。

一个人心里有什么，看到的就是什么。

周姐一身阳光，走路欢跳，跑步、骑车、健身、养花，喜欢园林、种菜，喜欢茶艺，喜欢世间美好的一切。很多朋友说她是美丽的花仙子，是快乐精灵，是不老女神。

有一次，周姐对我说，我们村真不错，越住越好，真是一个幸福美满的村。我问，为什么呀？

周姐说，这个村子很有意思，我看到村里夫妻出入都是成双成对的，夫妻之间感情特别好。

我诧异。脑海里开始搜索我平时看到的画面。

周姐接着说，平时何某某夫妻出门干活都是成双成对的，何某某夫妻晚上出门散步的时候都是手牵手，何某某夫妻骑电动车的时候都那么亲昵……

我听她一说，细想了一下，的确是这样。

我回头看了看扎着小小辫儿的周姐，对她说，周姐啊，这是因为你自己一直身在恋爱中，夫妻之间恩爱，所以你眼中看到都是恩爱的人哪。

周姐想了想，说了声，也是。

佛印见东坡见到佛，是心中有佛；东坡戏谑见佛印是一坨屎，是心中有污物。虽是一桩传闻，也是说明心中有什么，所见是什么。

寻常生活，不过是三餐四季，平静厮守岁月。

这几天，周姐开始清掉她的生意。她说，现在开始，她最重要的"工作"就是调养好"老头子"的身体。

说到"老头子"，周姐的脸上都是笑容。

她们夫妻俩每天早上起来跑步，白天在家种种菜，折腾一下花花草草，下午三四点钟，一起去爬南山四顾屏，傍晚回到村里的院子。

爱是一种双向奔赴，遗憾的是，不是所有的人，都能在对的时间遇到对的人。无论得不到或者失去，都不要去恨、不要去怨。马尔克斯的《霍乱时期的爱情》，是对爱情很好的诠释。故事中主人公阿里萨和费尔明娜年轻的时候相识，但因为男方穷，两人没有走到一起；经过人生无数起伏之后，已经是古稀之年，他们最终走到了一起。

历经沧海而真情不改，这是我在小说中见过最美的爱情。

马尔克斯也说过，不管在任何时候、任何地方，爱情就是爱情，离死亡越近，爱得就越深。

匆忙人生，年轻时候的我们总是不懂爱情，等到后来，得到的未必完美，失去的总是耿耿于怀。唯有那份白首不相离的爱情，总让人感动。

周姐的爱情，是我现实中见过的完美爱情。

无论世事如何，我们总不能怀疑真善美的存在。如果有人怀疑爱情，我总想和她说说周姐的爱情故事。

那个甜蜜爱情的院子，种满甘蔗的院子。

我爱那旷日持久的深情

唯有热爱，是那旷日持久的深情。

一

那日，朋友问我，什么事情你不会生厌？

我想了想，只要我喜欢，我就会默默地坚持下去。

朋友又问，什么事情你喜欢呢？

我想了想，顿了顿，自己认为有价值、有意义的事情吧！

在很多人眼中，我是一个蛮会坚持的人。坚持写作，坚持健身，坚持运动，坚持阅读……

很傻，很坚持。

喜欢的事，就会默默地坚持下去。人的一生，这么短，我们能做的事情是少之又少。为什么不去做、不去坚持呢？

我们来这世上一遭，都带着与生俱来的使命。平凡或是伟大，都没有关系。找到、完成自己的使命，这才是我们无憾的一生。

二

我喜欢那旷日持久的深情。

比如，爱一个人，爱一件物件，甚至爱一种植物。

在乡间的清晨，我会拎着一只相机，或跑或走，看看乡间的美景。

观花，观心。

心思简单的人，喜欢做些简单的事。我拍花，拍树，拍它们的春夏秋冬，可以拍它们一年又一年。就这么简单而重复。在这个过程中，我看着它们生长、开放、凋零。每一次看它们，如照生活的镜子，在它们的身上，我看到了一次又一次的人生。

旁观着植物的世界，也是旁观着我们自己的人生。

我是一个不能一心二用的人。正因为简单，所以才能持久地去做一件事。

我是现世中，一个长情的人。

三

要保持热爱。

热爱无非是对万事万物心生欢喜。真心去喜欢，去欣赏，去赞美。

要朴素地去爱。把造作去掉。一花一草，你热爱它们，就是一个浩渺精彩的世界。

只不过，你切莫忽略了你身边的人。他，或她，和那一花一草一样，都有很多的优点，很多闪光的地方，等着你去热爱，去欣赏，去赞美。

人性的弱点，总是想着诗和远方，而忽略了身边一地鸡毛琐事之中美好的一切。

热爱，才会有旷日持久的深情。

有热爱、有热情，一个人才是有温度的人。

要去做一个干净清爽、心平气和、眼神明亮、谦卑有礼的人。把人生的温度，传递给这个世界。

四

内心的明亮，是深情色彩。

世间很多事，互为因果，冥冥之中很多偶然，决定了一生的缘分。缘聚缘散，如天上浮云。

人生半百。懂得不去恨，懂得去感恩，懂得去珍惜，懂得生命的无常。

懂得再苦再累，也要对自己笑一会儿。

懂得，万事一场空。人生，不过是在这短暂的时间里，做点有意义、有趣的事情。

多愁善感的年纪已经过去，柔肠百转也越来越少，心却没有变得刀锋一样冰冷坚硬，一直很柔软，容易感动，容易酸酸地一笑，眼就湿了。

珍重的、最想表达的一切，再不轻易表达。我将所有的一切，都浓缩进文字之中。或直白，或隐晦。"一个作家作品的深度，得由穿透作家心灵痛苦的深度来决定。"我一直将人生经历

的痛苦，当作是上天的礼物。我也必须学会自我调节，自我
救赎。

我们这短暂而微茫的一生啊，始终要抱有希望，去热爱，
去深情地爱，旷日持久地爱，不计结果、后果地爱。

我常会想起，生命中的你

一

有些季节，是用来思考与告别的。

烈日如火，晒干了谎言的水分，留下真诚与坚强，与一地的慈悲。

盛夏裹挟着热浪，留住我的脚步，在我的小院。

这个夏天，在小院，我感觉到前所未有的被需要。我一日都不曾离场。常常披星戴月，早浇水，晚浇水。即使这样，不断有失败者以枯萎的姿势，悄然在这个夏天离场。

我常颓然。才七月呀，拐枣树下每天洒落一地的金黄，数株绣球花、蔷薇、兰花等，都已经香消玉殒，还有丁香、枫树、爬山藤等都奄奄一息，不知明天会怎么样。

剪去枯枝，收拾空花盘。我在小院的一角，燃起火光，烧去残枝，待火熄灰冷，将草木灰撒在有生机的草木上。

晒伤，枯黄，死去。生命的告别，猝不及防。在我剪去枯枝的时候，在我燃起火光的时候，我常会想起某些事与人，似乎他们已经幻化成了这些植物，和我以这样的方式再相遇，再告别。

燃烧，融化，最后留下的仅仅是少数，那些值得记忆与珍藏的部分。

有些身影，慢慢踱入了历史深处，我们将再也不见。

在盛夏，水落石出。我在月下走很长的路。常会想起，生命中陪伴的你。

二

无法与生活、生命妥协的部分，已经离场。

保留一些记忆，徒劳无益。

那天子由来小院看我，说到某年在哪里，做什么事，说到某人，曾经的经历，恍如隔世。我需努力地去回忆，要去翻看我自己的文字，才能找到那个过去式桑洛的影子。

我摇了摇头，甩了甩脑袋。

算了，不想。

快乐与悲伤，爱与仇恨，我们心的空间太过于有限，储存不了太多。该过去的就过去吧！已经告别的就告别吧。

燃烧后的灰烬，是新生的土壤，将以新的生命姿态出现。

在夏季，酷热得戴不住面具，如果我们再见，请让我成为你的夏季吧！我想写一首长长的情诗，给生命中陪伴的那个人，给你。

三

这个世界，有人快乐，有人悲伤。

在漫长的人生中，总有些人默默陪你走过春夏秋冬。

小院，花朵紧追着花朵。橙色凌霄花已经开了很久，两缸的荷花已经静静开放了一个多月，白色的丁香、茉莉开了一茬又一茬，还有一些不知名的小花，顽强地开在墙角。

它们的陪伴，不动声色，毫不慌张。

人间草木皆美。开在生命的花朵，如同诗句。

我搬个小板凳坐在门口，看着一片枯黄的拐枣叶轻轻翻转飘落，夹在了一排修竹叶上，幻化成花朵的意境，不由一笑。

每朵花都有一个好听的名字，让人心生欢喜。

盛夏难堪，我常会想起，记忆的深处，静坐着一个你。

微笑着，不言不语。

我的木莲

生活总是在想象之中，也在意料之外。

一

父亲兴冲冲地赶到雅畈的书院，准备大干一场，摘些木莲回去做些凉粉。那天我并不在书院，微信里直接告诉他书院大门的密码，对他说，你自己随便摘就好啦。

我的眼前浮现出露台上一整片木莲藤，密密麻麻地长着木莲果子，想象父亲推开院门，走上露台，欣喜地摘了满满一筐的木莲，回去做凉粉的样子。

不过，过了一会儿，父亲发了图文并茂的信息过来，绿色的木莲果实掰开了，里面是空的。这个木莲是空心的，品种不同，不能做凉粉，真是可惜了！如果这木莲能做凉粉，就是卖卖这木莲果实，也值好多钱啊！父亲痛心地说。

我心噔的一下，往下沉，竟然有这样的事？真是可惜了那一墙、那一架的木莲了。

父亲随后又说，看来，这木莲还是随了你的心意，在你的院子里，活成了"一朵花"的样子，给你观赏用呢！

我笑了，父亲真是懂我。父亲是说我院子里的枇杷、香椿等，我都是不摘，任它们随意生长，活成一种"花"的样子，供人观赏。

我对父亲说，只是让你白跑了一趟，空欢喜了一场，真的不好意思。父亲不知道，那晶莹剔透的木莲豆腐，已经勾引出我内心的"馋虫"了。

对父亲说，其实，我也蛮想吃您和母亲亲手做的木莲豆腐了。

江南七月的天，太阳可毒辣得很，父亲骑个电瓶车，穿越了整个婺城到雅畈。

想到这儿，我心里有点难过。

二

常有朋友来书院，总惊叹这小院满墙，还有露台上爬满了小木屋的木莲。这个学名薜荔的植物，成了我小院的一道靓丽风景。

哇的一声，吸引了赞叹声一片。朋友们纷纷拿出相机拍照。

这是木莲，可以做木莲豆腐的呢！我自豪地介绍。到时来我院子里喝木莲豆腐，我大大咧咧地说。

哇，又是一片惊叹声。我想有人流口水了。

——可是，现在？好吧，我是"打脸"了。

晚上八点多回小院的时候，我不免心里有点难过。到了小院，点亮灯火，坐在院子中，看着一楼一墙的木莲，抬头望着小木屋外面一屋顶的木莲，恍惚间有点惆怅。

——如果是可以吃的话多好？那么，父亲就不会失望了。

我走向院墙的木莲，伸手摘下一颗。木莲长得有点像无花果，拧下的枝条处流出淡白色的液体，稠稠的、黏黏的。我捏了捏木莲，心狂跳了一下，实心的！不是空心的！我按捺狂跳的心，掰开木莲，果真，里面密密麻麻是木莲淡粉的籽——这是可以做木莲豆腐的果实。那么，父亲摘的，肯定是楼上露台的。我三步并作两步到露台，摘下了一颗木莲，捏了捏，软软的，打开一看，和父亲发给我的一样，空心的。

我到了厨房，把两个木莲的图片发给了父亲。

"真的啊，这么奇怪！"我仿佛看到父亲原本半躺着身子，一下子坐了起来。

是呢，真的那么奇怪，楼下的木莲是可以做凉粉的，楼上的木莲则不能。

"原来是这样。"父亲这个老农民，喃喃自语道。

"爸，我马上摘了给你带回来。"

"好的，好的。"父亲说，"这个木莲，一个小果实，就可以做两小碗凉粉呢。"

三

安能辨我是雌雄？

风轻轻地摇着。我仿佛听到了木莲的轻笑声。它是在笑我孤陋了。

丽水的朋友痴心石头告诉我，那种不能做凉粉的是公的，能做凉粉的是母的。

原来这样。我恍然大悟。父亲只是认为品种不同，原来木莲也分公母。记得去婺州窑博物馆参观的时候，玉兰告诉我，古代工匠在做陶瓷的时候，都会区分动物的公和母。公的一般角尖爪厉，母的就柔和一些，常常就是抱着幼崽。植物界分为公母，也略有听说，只是发生在自己身边，就蛮有趣了。

植物专家痴心石头又对我说，木莲这个情况是蛮特殊的，我给你查查是不是雌雄同株。不一会儿，他发了视频给我，薜荔不是雌雄同株的，这个情况可能是分株的，枝干主体不同，只是公母长在了一起。

我明白了。

当时来这里看这个院子，房子的结构过于复杂和破烂，让我下不了决心。推动我下定决心的，是这一墙一树的木莲。我站在露台，看着生长得过于嚣张的木莲，沐浴在冬雨之中，野性十足，不由得下了决心，我要租下这个院子。

木莲已经统治了一堵墙，也统治了一个露台。如果我不来，我想它们可能会霸道地统治了整个院子。

直至我们的到来，我给它们划定了界线，木莲乖乖地停了下来，到春夏的时候，结了无数的果实。

敢情母的木莲宅在院子的墙上，守着家里，公的木莲在开疆拓土，冲上更高更远的露台？我想想，又笑了。

一楼院子里的木莲，我摘了下来，只有二十来颗，送过去给父亲。父亲挑了个好日子，拿出久违的厨艺，真的做成了木莲豆腐，让我们全家都大快朵颐。

二楼露台，那些公的木莲长得密密麻麻，是人间浅睡花朵的样子。

我行其野

从平凡到诗意，仅一线的距离。

正确与谬误，有时也仅仅是一念之差。

我行其野，不知其意。

蒋工来我小院前，我的小院是个杂草园。康老师巡视院子的时候，不断地对我说，这个草拔掉，这个草弄掉！我默默点头，在执行的时候，总是慢个半拍，很多拍。

我想给那些小花小草一个表演的空间，一个枯荣的舞台。

那棵长在门框上的枸树，也有它的味道；自己生长的几棵桑树，也有它的道理；还有那些自己生长起来的杂草，盛开着，也有自己风味……这样想着，院子慢慢就成了杂草园。种的花与自己生长的草一起，院子成了野蛮生长的世界。

我是一个不求甚解的人，生活中处处透着随意两字。院子里很多花草，村外的道路上也有很多。我很少用手机，手机中也少有软件，遇到不相识的植物，我也很少拍照去查这是什么植物。

桑洛不解花草意，我看着所有不知名的草，欣赏它们的美，却懒得探个究竟。以前还写过一篇文章——《我懒得去问每朵花的芳名》，为自己的懒解围。

院子中的花草，在等一个伯乐。

等了很久很久。

蒋工一来我的小院，我的杂草园就成了百草园。

蒋工在春天的时候第一次来院子。那时候的院子杂草杂树一片，尽是荒芜之态。他进得院来，看着光秃秃的树，一个个指出它们的俗名与学名、习性特点等，让我惊得掉了下巴。在我眼中，满院的果树杂树都没有叶子，看起来都是一样的。

蒋工在植物世界指点江山，那个意气风发的模样像极了一个"王"。在这之前，我只知道他在文史上的研究之深、观点之新常让专业人士惊叹。他是个貌不惊人的奇才。

秋到江南草未凋。蒋工第二次来院子的时候，已经是秋天。他轻轻踏进院子，步步莲花，院子里的花草瞬间有了灵魂。

那些杂草拨开云日，被点名，欣喜地站直了身子。

积雪草、苎麻、霍菊、牛膝、决明子、蛇葡萄、海金沙、地锦、柴茉莉、凤尾蕨、朴树、女贞子、仙鹤草、薜荔、凤仙草、苣麦、菲兰……

积雪草被我们唤作铜钱草已经半年，紫茉莉我一直唤作夜来香，蛇葡萄、凤尾蕨差点被我铲掉，邻居家屋子旁开过黄色小花的是名贵草药仙鹤草……天哪，我被一阵阵的惊喜给冲晕了。我一直统称杂草的，竟然有这么多有诗意的名字，还有那么多药效。

最后的惊喜站在院子的"香椿"树下，这棵树被我唤作"香椿"已经很久了。蒋工指着树对我说，这叫樗呀！他摇头晃脑地吟起"我行其野，蔽芾其樗。婚姻之故，言就尔居。尔不我畜，复我邦家"的诗句。天地，我中学时候读的《小雅·我行其野》里的"樗"，在我院子里朝夕相处几个月，我一直把它当作香椿。康老师在旁庆幸，还好还好没有当作香椿炒了菜。樗，我们都叫臭椿，与柞树一样，古之文人常自谦为无用之才。蒋工说，这么古老有诗意的树，在国外有"天堂树"的美。他抬头望了望，宽大的樗叶，一根根细细长长，阳光柔柔穿过其间洒在他身上，他喃喃地说真美。

我和康站在树下，樗树舞着诗风，向我们低语。

眼光低柔，回望院中的草木，此时又添诗意。

我花了很多时间，
去清理、疗愈，重新整理自己

一

能在年轻的时候就懂得，清醒地活着，知道自己想要的是什么，追求的是什么，真的是一件幸事。

最近身边有很多年轻人，他们青春，热情，无所畏惧，他们脸上的笑容总能感染到我。我从他们身上，反观自己，最大的遗憾就是年轻的时候，走了很多的弯路，走了很多曲曲折折的路。想到这些，总会长叹一声！

好在，坚持读书，坚持写作。

我总在坚持着一些别人所谓的无用之事。别人认为很苦，我乐在其中。

人的一生，总要有一件自己认为是有意义的事情，去坚持，去努力。只有这样，面对空空如也的人生的时候，方才有点勇气。

二

半生落魄已成翁。

双鬓已白。最近常想到徐文长。我比他还是要幸运。年轻时候曾经轰轰烈烈地走过，似乎透支了生命中的所有福气。

到了该为之前的荒唐、错误、玩世不恭等错误埋单的时候，我双手接过所有的结果。前路正在关闭所有的光芒，我妄想自己是自己的一道光，却是自欺欺人。

"生而为人，我很惭愧。"我终是没有活成可以光宗耀祖的样子。卑微地在一处乡下，码点小文字。

在所有的文字里，我现实的世界里，我真诚地热爱生活，热爱生命。这些年，身边不断有朋友、亲人静悄悄地走了。想到的时候，我还是忍不住地悲伤。

对孩子说，你要接受有一天你爸不在了，你还要自己坚强地生活。

孩子似乎没有听到。没有反应。

对孩子说这话的那天，经历了两次惊险时刻。傍晚的时候，我端起一杯茶，庆幸自己还活着，可以看到夕阳完美地告别。

半夜的时候，我抓紧码字。我想，如果把心中想写的文字都写出来，是不是就可以少点遗憾？我想，如果有一天，我不在了，你会想念我的文字吗？

如果。有什么用。

三

故乡已经不是我想象中的样子。

近乡，情还是更怯。

回乡看父母亲，今年第二次。我的眼睛闪烁，不敢看母亲的双眼。

母亲就懂了。

母亲轻声说，你早点回去吧!

四

大学的时候学吉他。曾幻想背把吉他，浪迹天涯。

前些年，曾梦想背着双肩包，浪迹天涯。

这日，徐章增约我学吉他。他说，小院很适合练琴啊!

我说，我很久很久没有摸吉他了，我再考虑一下。

这一考虑，我想，是我和吉他的永别。

我挥了挥手，青春时候很多梦想，就此别过。

五

研究生时候的室友小赵来婺出差，相见。

我们一起吃了碗雅畈拉面。告别的时候，我下车，抱了抱他。

——见一面，少一面。

——见一面，多一面。

他还不明白。

我却是明白，太多人，一转身就是一辈子。

六

朋友发微信给我。我很少回。

回了也是简短几个字。

朋友后来就淡了。说我看不起他，甚至不愿意花时间和他聊个天。

想了想。还是对他说，我老花了，视力不好，没有配老花镜，不好意思，手机聊天太累。

他懂了，就懂了。不懂了，就不懂了。

想到年轻的时候，才不屑为这样一点点事情去解释。

那时候真好，朋友之间浩浩荡荡。

那时候真好，有一望无际的远方。

七

年轻的时候遇到过一些刻骨铭心的事与人。朋友问我，你恨吗？

我说，我已经忘记他们了。

心太小，多留点空间给美好吧！背着一个沉重的包袱在赶路，别人不管你累不累，累的是自己。

"当你凝视深渊太久，深渊也在回望着你。"

道理都很简单。做到却很难。

爱一个人想把什么都给他。恨一个人，想把他撕成碎片，打入十八层地狱。爱与恨，纠缠组成人生。

爱过、恨过，人生，或许，才是真实地来过。

人的一生，真像是一场宿命。

八

这是一个薄情，而又温暖的世界。

——你好久没有发公众号了！

——看了你的文字，很治愈！

——喜欢你温暖的文字。

……

总有好多力量，支撑着我往前走。有很多话，温暖得让我想流泪。

开心的时候写文字。不开心的时候写文字。其实，我常会有这样的夜晚，一个人与自己对话，一个人与文字交流，放任自己的情绪，如奔流的江河，自由不羁。

在这个世间，我终究，只是想做一个真实的我。敢爱敢恨，阳光微笑，也会流泪的我，真实的我。

也是那个不管怎么困难，每天坚持着阅读，坚持着写作的我。

我是桑。

半夜的时候，我对自己说，你想哭就哭吧！没事。

半夜的时候，我对自己说，不管白天发生什么，明天要面对什么，现在微笑一下。

夜半的时候，我从这个世间走过。我清理，重新整理自己。

我在半夜的空中，自我疗愈。

我们都是过客

土地和天空在冬天的时候会变得格外辽阔，缺少了枝枝叶叶阻隔的世界，不藏有暗语，清澈如斯。

忙碌并不是春天才开始，土地上的人们，从冬天就开始了忙碌。

秋收冬忙。冬天的白杜龙村，土地早就开始了辛勤劳作。

我常常背个双肩包步行，从村里出发，走到镇里。沿途的路上，经常有大卡车、吊车等在进进出出。将一车车的苗木、盆景，从这里运往全国各地；又将一些幼小的苗木，从别的地方运到这里。

一棵长得非常好看的大树，立在村里的一个角落上，有可能等我某天回家的时候，树木已经不知去向，那个地点已经变成一个巨大的坑；原来一片树苗的土地，某一天挖土机、推土机过来，转眼变成了另一个世界；原来是一个坑的地方，有一天我回来的时候已经种上了一株桂花……

这片土地，带着一种黄土丘陵的苍凉。在婺州窑鼎盛的时代里，这里的土地发挥过化土为金的力量。现在，这片土地上盛产着各种各样的苗木。

这片土地，迎来送往着人们、河流，也迎来送往着各种植物、动物。

只有土地，亘古不变。

我们都是过客。

春、夏、秋、冬。

经历过四季，也是一种完整。转眼我在白杜龙这个村子里已经住了一年。我坐在空旷的院子里，常有种置身"世"外的感觉——我是在这个世界的哪个角落？我为什么在这里？我要往哪里去？

时间、空间在这里变得异常陌生。嘀嗒着向前的，似乎是触不到、摸不着的东西。我已经化身为院子里植物的一种，慢慢在这片土地上落下了根。

这里的植物，除了有些几百年的樟树、黄连木、银杏等是原住民，其他的都是和我一样的移民。不管我们的根扎得有多深，我不知道我的归宿会在何方，它们也不知道它们的归宿会是在何方。

从雅畈走出，到全国各地出差或是旅行，遇到高大挺拔的景观树、千姿百态的盆景等，我都会有亲近之感——或许，它们就是从我们雅畈走出去的。或许，它们和我一样，曾经在这片土地上生活了几年，几十年。

有种似曾相识。遇见了，它们也向我低语。

我们同病相怜。

天地之间，我们都是过客。

我那泛滥成灾的情绪

我的文字，是我的情绪，是我泛滥成灾的情绪。

一

文字不是给所有的人看的。

不要幻想所有的人，都喜欢你的文字。愿意看你文字的人，愿意看；懂你文字的人，自然懂。有人会会心一笑，有人会暗自流泪，因为懂，因为喜欢。

这就够了。

如同一个人的人生，是给自己过的。装饰一新的生活，是表象。精心的背后是什么？只有自己明白。是千疮百孔，还是表里如一？只有自己知道答案。

我的文字，是我的情绪。是我泛滥成灾的情绪。

是我真实的故事。

二

有段时间疯狂地写文字，于是就有接下去的一段时间静寂无声。我躲在一个角落里，去思考，去阅读，去反省。

文字要有意义，人生也是。

我为机械地重复感到可耻。我为投稿发表感到无趣。文字是根植于自身的灵感，是内心感知万物，想表达的欲望。那些为了目的的文章，化妆后的文字，索然无味。那些为了发表而去卑微地投稿，也着实悲凉。

小时候，很不喜欢命题作文，那束缚着精神和身体的命题啊，所以才叫作文。真正的文字，肯定是自由的。真正的文字，肯定是有风骨的，做人也是。

文字里藏着一个真实的自己。

我的文字，是我情绪的出口，是我那泛滥成灾的洪流。

三

半生落魄已成翁。

在这个年纪，主动坦然去接受一些自然规律。比如白发渐生，比如老花，比如记忆大不如前……

在这个年纪，已经坦然承认自己的失败。承认自己年轻时候走错的路，承认自己对不起的人，承认现在所有的一切，都是年轻时候种的因，结的果。现在的落魄，只是给自己年轻时候的错误埋单。

我的落魄，咎由自取。

自作自受。

不值得同情。

但我心里，还是有一丝一点的欣喜。因为，我有文字，我写下了那么多的文字。我的文字里，记录着我走过的路、遇到过的风景，以及我那多愁善感、泛滥成灾的情绪。

四

对很多人，对一些事，还是想说一句对不起。

每一次想到这些，都有点感觉是临终忏悔。其实也是，生命无常，谁也不知道明天和意外哪个先来。我们无法改变已经发生的过去，也无法完全主宰明天。

想到这儿，我心就软了下来，想哭。

我恨这不经岁月的青春啊，那么不懂事！我恨冥顽不化的自己啊……

——可是，有什么用？

事实就是铁定的事实。只不过，事实总以横看成岭侧成峰的情况出现。我们都是当事人，在同样的事情前，总可以得出不同的结果。在爱与恨面前，我们无法统一。

有些爱，爱到深处，是极端的恨，一生都无法化解。

有些恨，恨到极处，是毁灭的力量，是世界的末日。

这半生，我已经可笑地活成各种笑资里的版本，真假难辨。

我搬了一条小板凳，笑着看自己荒诞不经的半生，笑着笑着流了泪。

五

我没有去体检。已经十几年了吧？甚至更久，没有去做体检。

我想，一切都有命数。

这段时间，突然有种疼痛难忍，我抚摸了一下自己，摇了摇头。

有一天，当离别到来的时候，我们就悄悄地走。

不用告别，不用回头。

不用挥挥衣袖。

六

生命有高峰，也总会有一些低谷的时候。

悲伤的时候，记得对自己笑一笑，抬头看看天空。

人生中，总有很多值得我们去珍惜的人和事物。我们的生命，要赋予自己一定的使命和意义。

我的意义是什么？我常问自己。是我那泛滥成灾情绪创造的文字？

其实，没必要那么复杂。

存在，就是意义。

天空中，一根翠鸟的羽毛轻飘飘地落在我的面前。或许，它本身是毫无原因的。

我却理解成，冥冥之中有什么样的寓意。

我思考过与一株小草的关系

我改变了这里的一切。

在这个小院子里，我轻而易举地改变了很多动物与植物的命运。我按自己的喜好与逻辑，重新定义了这里的秩序。每种花都有自己的位置，每棵树都有自己的势力范围。每个器皿、家具等，在院子的世界里，都有自己的定位。

暗地里，这里的动植物一直顽皮地与我进行着较量，进行着你进我退的游戏。在我的后花园，只消几天不料理，这里潜伏的野草们，挟裹声势浩大的怒浪，疯狂地占领着一切。这时，那些家养的花儿根本不是它们的对手，委屈地沦陷，无可奈何地等着我的救援。还有，五颜六色不知名的小虫，它们肆无忌惮地躲在一些角落里，吃着绣球花、荷花，甚至吃着芭蕉叶……

我可以挥动我手中的锄头，喷洒各种农药。但无济于事，脆弱的总是那些娇弱名贵的花木，顽强的是那些低贱的小草与小虫。

岁月无情，自然有味。生活的高度，低于尘土。这片土地经历过沧海桑田，经历过无数的星辰岁月，这里的每粒尘土，都波涛翻滚地见证过历史。小草，是它们土著的代言，用粗浅的方式，向我们说生老病死、祸喜无常的故事。

我们是尘埃里的尘埃。我无权也无力改变一些事实。

这是土地里的哲学。

我思考过我与一株小草的关系。刚开始，我总以为我是主宰，最后才发现，我试图找寻的是一种与之共存的和谐关系。而且，我需要不断努力地修正着这种关系。否则，一转眼，小草就会改变我与它的关系，它才是强者。

我思考过我与一株小草的关系。当我无情地将它拔掉，烈日下晒干，烈火焚烧，都是徒劳的。

在你争我夺的背后，它比我更为心平气和。它在用全部的时间，继续生长与抗争。我累了，躺倒在松软的床上，抓起手机，它还在生长。夜深人静，月上树梢，我沉沉睡去，它还在生长。

它从不抱怨恶劣的环境，它从不抱怨我对它的态度。

它见惯了人类所有的手段。它只是笑笑。

我，更为心浮气躁。

草地上的杂草，从来没有消失过。心情不平静的时候，我常在草地上拔着一根根杂草，仿佛是在收拾自己杂乱的心情，很治愈。

事实上——是小草在治愈着我。过了一段时间，草地上的杂草，重新疯长，那是它给我机会再次治愈。

　　我思考过我与一株小草的关系。有一天，我突然想，干脆我弄块实验地，让万物自然生长好了。

　　这块地上，原来有南天竹、佛肚竹、凌霄花、桑树、夜来香，等等，我在这片土地上施了肥，浇了水，就开始袖手旁观，任其自然生长。在我不管理的两个多月里，这片土地上的植物长得无比茂盛，各种花儿、草儿都你挤我我挤你，你推我攘，热热闹闹。该向上长的向上长，该横向生的横向生，它们之间密不透风，瓜分了土壤和空中的所有的位置，生机盎然，别有一番野趣。

　　让我惊讶。

　　一边是我整顿的花草地，一边是自然生长的"野地"，两种风格，不同趣味。

　　或许，野蛮生长，更符合花花草草们的性格。

　　或许，它们长得无比欢乐。

　　我无关轻重。

　　或许，这世间，需要两种环境的并存，符合人类，也符合自然。

　　我思考过我与一株小草的关系。

　　在它们面前，我感觉我是一个无足轻重的旁观者。

我闻到了久违的蜡梅香

一

蜡梅不是梅花！周姐慎重地对我说。

我，呆了一下。蜡梅是不是梅花这个问题，我始终没有关注过。我甚至懒得区分"梅花"与"蜡梅"的不同。我只是理所当然认为蜡梅就是梅花的一个品种。

它的孤寒，它的暗香，都符合了梅花的品质。

我不去管它是不是梅花。我执着地将它当作梅花，冬日里常常折枝放在书房，与它相望。

这一年，很多植物都没有熬过酷热的夏天；这一年，同样有很多植物，也没能走过这并不寒冷的冬季。

旧居露台上，有一株三角梅、两株金桂、几株蔷薇。这个夏天，忙于各种琐事，没有回过旧居。经过这个无与伦比的酷热的夏天，桂花枯了，蔷薇也香消玉殒，叶子落满了一地，露台上一片凄凉。在冬日里，我回旧居，却意外发现那株三角梅在冬日的寒风中，虬状的树枝干净有力地伸向天空，伸展出一片片绿叶。空中的露台，只有薄薄的土层。天哪，它是怎么挺过了这个酷夏？它在这个夏天，经过了什么样的绝望，都依然生命坚强？

片片绿叶，疏疏朗朗，在荒寂的露台格外亮眼，在我的眼中，它们幻化为梅花的形态。

在我眼中，此时，我露台的三角梅，在这个冬天带来了梅花的笔意。

这浩荡美丽的梅花呀，是圣洁的语词。

这是神赐的礼物。

人类庸俗地给它们加上品类与名字。

二

生活由美味组成，万物的香气和味道是一件件华美的事物。

没有嗅觉，食之无味，人生又有何趣味？

生命的阴影，耷拉着落在这个壬寅冬天的黄昏。或许，让人一生难忘。身体中，昔日里曾经平常的一些事物，现在让人无比怀念。比如，嗅觉；比如，灿烂的笑脸；比如，可以挥臂奔跑的岁月。现在，成了奢侈物。

在阳光下，时光匆逝，等着未知的回归。我们无法准确地知道明天。

在这个冬日里，不测随时会降临某人。在卷起的尘烟中，我们都是微尘。白天的阳光下，看不见我们的悲伤、孤独与无助。我们的情绪，在黑暗中凶猛。没有人知道，我们的黑夜是如何度过的，正如没有人知道我们的白天如何度过一样。

人的一生，颠沛至此。我，无法不悲不喜。

嗅觉，曾经平常的功能，现在成了奢侈品。我在废墟的世界里，感觉自己亦是废墟的一部分。生命就是一场告别紧跟着一场告别，悲伤紧接着悲伤，我误入了一个我不曾想生活的世界。

似水流年。一切皆是过往。

罢了。罢了。

<h2 style="text-align:center">三</h2>

哦，蜡梅开了，在这个寒冷的腊月，在多数草木都已经枯萎的冬天。

蜂蝶飞舞在花朵间，花朵倾吐着芳香。只是它们不知道，这个冬天有多少人闻不到它们的花香。

寒冷总是不留情面地将我们心中的温暖搬走，就像这几年，突然的一次次意外，将一个个人从我们的世界带走一样。没有人情可言。

悲伤的消息传来的时候，总是黄昏。我看着落日，一只一只鸟从我头顶的天空飞过，然后不知所踪。不是每个落日都是完美的，只是每个日子都值得期待。人世多苍茫，那些悲伤的消息，冲破失修的记忆，让我们的生活千疮百孔。只不过，日子在继续，生活在向前，我们都必须抬起头，走向明天。

哦，蜡梅开了，村里邻居家的蜡梅开了。我却怅然。立在邻居家的蜡梅花下，我竟然闻不到花香。

在树下，遇到了邻居东哥东嫂，我说我想剪一枝拿回家里插。东哥东嫂大方地说，随意剪，想剪就剪。

我果真不客气，拿了花剪，剪下了几枝花，拿回家中，插在书房的花瓶中。深夜一盏微光亮起，我看看书，看看花。不觉间，我的眼睛晃了一下，我看到每片花瓣都在闪着动人的光，无数轻盈的色彩，在水汽氤氲中升腾。生命需要学会等待与忍耐。人生需要解开自己的一道道心结，不怨天不尤人，坦坦荡荡地迎接着一切。人生，不必去强调自己生命中一个个不期而遇的劫难，生命的本意就是坦然拥抱着风暴，直面着人生。

我抬头，猛然间嗅到了久违的蜡梅花香，泪水模糊了我的双眼。

蜡梅一直在倾吐它永恒的花语——宽厚，温柔，坚强不屈。

它的花香，从来没有老去。

我想带你去一个地方

有个朋友曾经问我一个问题，她心里有人，但是自己不知道爱不爱他，或者说，不知道爱的是哪个他。

她问我问题的时候，我正在三江口一个书店里。这是一个叫朔·艺术空间的地方，里面有三联书店、非遗文化艺术馆、光影互动艺术馆等。我特喜欢这高大的书墙，满屋满室的书香。

在这里，可以感受到一种骤然的寂静。

我一本一本地打开书，又放归原处。

我似乎以这样的一种方式，来擦拭着自己积满灰尘的灵魂。

这世界，总有一些人一些事，得之我幸，失之我命。

我放下手中的书，望了望窗外，回复她说："如果你孤身一人，面对着很喜欢的景色，你想到谁，你第一个愿意分享给谁？"或者，我再加了一句："如果你有一个很喜欢去的地方，你最想和谁去？"

手机对面沉默了片刻，回复说："老桑，我知道了！"

时光拉回。

寂寞又从书本中落了下来，轰隆隆，在我心里发出巨大的声音。

"那么，面对此番美景，我又是想告诉谁，带谁来呢?"我也问了问我自己。

这世界不是有谁都有这个幸运的。很多时候，我们掏出手机，想发的信息可能永远发不出去。或者，你发出的信息，对方弃之如垃圾。

总有些事情，让你无能为力。

有时，我觉得我的人生就是背着双肩包，走着一条条道路，去寻找另一条道路。

这个下午，我从梅城出发，到这里，这个新安江、兰江和富春江三江交汇的地方徘徊了很久。最后在这书店，准备消磨一下午的光阴。

这是一个叫江南秘境的地方，不尽山水，不仅山水。

三江口，大江汇集，大江东去。

曾经千帆，穿过多少朝代，穿过多少人心，与江水、时光一样，消逝在无尽的世界里。

傍晚，夕阳西下，金黄色的霞光，铺满了江上。我从艺术空间出来，面对着浩荡的江水，想到了公元 1034 年范仲淹被贬至睦州写下的一首诗：

潇洒桐庐郡，乌龙山霭中。

使君无一事，心共白云空。

我想到了严子陵，想到了"移舟泊烟渚，日暮客愁新"的孟浩然，想到了《富春山居图》。

近水，远山。时光仿佛虚幻。

江水浩大，复又寂寞。

有朋友说，你背包孤身走过的风景，怎么抵得过满腔心事可以诉说的一个人？怎么抵得过，可以携手一个人，一起行走，一起坐下来，静静看的风景？

我无语很久。

我们看不到天长地久，却看得到岁月流逝，我们内心的荒芜。

每个人的心中，或许，都住着一个人。

你凝视着现实的镜子，规划过无数与她一生的故事。

在我们心中，总珍藏着很多秘境，想与一个人分享的地方，想带她来的地方。

我想带她来这里，看三江口，和她讲九姓渔村的故事。和她一起静静在这里看书，喝个咖啡。

想在日暮的时分，阳光洒在江边，船只，潮水，岸柳，在江边，给她拍一组水墨的照片。

我想和她讲讲朔·艺术空间，这个获得"2018 年度美国建筑大师奖 APM 的最佳文化建筑奖"的艺术馆。书店的张琳对我说，这个艺术馆可有名了，有很多外地的朋友，乘飞机、坐动车前来这里，只为了一睹这个建筑的风采。

我想指给她看，美不美？

我是一个泥水匠的儿子，父亲一生盖了无数的房子，高高低低，至今还在我们那片乡村的土地。

艺术都是相通的。我从小的玩具，就是泥水匠的工具。站在这个建筑前，我一伸手，一触摸，仿佛就可以通了建筑的心意。

如果，你想问我，面对建筑有什么心愿。

我想说，想找个愿意听的人，讲我小时候的故事。我想在父亲建造的房子上，刻一个父亲的名字。

似水流年。这些年我们走过很多地方，见过很多风景，有些人遇到了正当青春年华的人。有些人没有遇到对的人，一生都在流浪。

待不了我们多少念想，江水滔滔，带走多少的时光。

在我们心中，总有些惆怅，是我们到不了的远方；总有些珍藏，只想与一个人分享。

总有个清单，是我想带你去的地方。

无暇矫情，无暇悲伤

"雪崩的时候，没有一朵雪花能够幸免。"

时代裹挟着我们，大踏步向前，它无暇倾听我们的悲伤、哭泣、喜悦、笑声。我们的悲欢喜乐，仅仅是时代浪潮上的一朵小小浪花，转瞬不见，消失无形。

时代无暇，时光无暇。

一

民以食为天。去菜场买菜。

在这个村镇，时间待得久了，菜场上的老板们基本上也混了个面熟。即便是戴着口罩，也能相互识得彼此，隔着口罩寒暄几句。

"你'阳'过了吗?"老板麻利地打包好菜，隔着宽大的菜贩板子递将过来，笑着问。微笑的神经牵动着他脸上的口罩，一阵收收缩缩。

"没呢! 不是草木皆兵吗! 除了买菜，都不出门呢，宅在家里。"

老板收回手，望了望空荡荡的菜场。

"没事没事。我们这里卖菜的，其实差不多都'阳'过了。熬一下就没事了。你看我们，不是好好地在卖菜!"

我点了点头。迅速抽身离去。

他们都无暇矫情，无暇悲伤，唯有克服病情，尽快上岗。

<h2 style="text-align:center">二</h2>

回家的路上，接到母亲的电话。

"阿成啊，你现在怎么样?"母亲的话里，含着浓长的笑意。

"挺好的，妈! 我没事!"我挺了挺腰杆。

"没事就好，没事就好!"我仿佛看到妈的脸上盛开了一朵千褶的花儿。

"妈，你和老爸多注意身体呢!"

"好啊，好啊，我和你爸都没事。我们村里啊，很多人都'阳'过了。我听他们说啊，很多人都'阳'了，不过他们都照常上下班，都不晓得哪些人'阳'过，哪些人没有'阳'过。"

"嗯。他们也是为生活所迫啊!"

那些都没有时间发朋友圈，不知有没有"阳"过的人们，他们都无暇矫情，无暇悲伤，唯有注意身体，努力赚钱。

他们的身后，悲伤被北风吹刮成一片一片，飘扬在那条心酸坎坷的人生路上。

和母亲互道珍重，回到家中，喉咙发炎，咳嗽，晚上开始发高烧。

这个世界，有些事情注定逃不过去，谁都无法幸免。

这夜，是西方的平安夜。我被高烧折腾得死去活来。一夜，翻来覆去。全身酸痛。昏昏沉沉，噩梦不断。

醒来，有如新生。

浑身无力。前面还有劫难。

三

我们这个年纪，已经见惯太多的生离死别，我们苦苦努力，只不过是想给周边的亲人朋友护个更好的周全，愿他们平安无事，幸福安康。

勇哥对疫情有很强的分析判断力。每天锻炼身体，增强抵抗力。他很早就准备了退烧药、口罩、消毒液等。当天晚上感到身体不适的时候，量了体温，马上起来喝了大量水，服用了退烧药。

第二天，虽然头重脚轻，但是，他已经能够给同样进入"羊群"的妻儿提供周到的照顾，并处理公司的各项事务了。

身边有很多朋友，在家人都'阳'了、自己也'阳'了的情况下，顶着病痛，该做家务做家务，该工作就工作，还要照顾一家人的起居生活。

他们也面临着病毒，他们也有疼痛，只不过，责任让他们把家人摆在了第一位。

他们都无暇矫情，无暇悲伤。

谁都会有脆弱的时候。可以矫情的人们，是幸福的，有人关心，有人爱，有人嘘寒问暖。人生的幸福，莫过于你身在病榻，有不离不弃的人。

无暇矫情、无暇悲伤的人们，是生活让他们坚强，奔走在这个寒冬的路上。

夜长寒冷。如果可以，请多拥抱拥抱他们。

给他们温暖，给他们力量。

现在，请微笑一会儿

"现在，请微笑一会儿。"

我常想起一个朋友对我说的这句话。

很多朋友对我说，我好累，工作上、生活上都好累，我都不知道明天会怎么样，我不知道快乐是什么，已经好久好久了。

我叹了口气，对他们说："现在什么都不做，请微笑一会儿。"

他们不解。不过，照做了。

在他们的微笑中，我和他们讲了一个我朋友的故事。

我们去医院看望这个朋友的时候，才知道朋友身患绝症，已经时日不多。在病房里，我们看着原本事业风生水起、帅气英俊的他已经瘦得皮包骨，身上插满各种管子，和我们说一句话，他都已经要喘着粗气，费好大的气力。在告别的时候，他说："要告别了，现在，请微笑一会儿。"我们看见他眼眶中含着泪，艰难地别过头去，没有再看我们一眼。

我们心情沉重地走出病房。他的太太送我们到住院部的楼下。她说，他一直很坚强，只要疼痛稍缓解一点，他就会对自己，对陪护的人说："现在，请微笑一会儿。"

我望着天，想微笑一会儿，含了很久的眼泪却滑出了眼眶。

我们都知道，意外和明天不知道哪个先来。

我们，踩着生命的钢丝绳前行，在时间的边缘跳舞。

我们急匆匆地赶路，剩余的时间越来越窄，脸部越来越毫无表情。微笑大部分是礼貌式的、机械化的。我们的脸越来越僵硬，笑得太多僵硬，呆板太久了更加僵硬。

我们已经多久没有开怀大笑过？

泰戈尔说，让你的生命像叶尖的露珠一样，在时间的边缘上轻轻跳舞。看到泰翁的话，我也常会想起那个朋友的话。

他总说，现在，请微笑一会儿。

我们都要珍惜现在，珍惜生命。

余华说，被命运碾压过，才懂得时间的慈悲。

在夜深人静，独自一人的时候，面对着生活中的"千千结"，不妨先微笑一会儿；在人群之中，难过得要崩溃的时候，不妨深吸一口气，微笑一会儿；累得快要瘫倒的时候，不妨积攒起一点点的气力，让自己微笑一会儿。

命运虐我们千万次，我们要对自己慈悲一些。

对自己好点，让自己快乐，让生命充实有意义，是最好的慈悲方式。

快乐就是这样，抓住一点点的时间、一丝丝的可能，让自己快乐一小会儿，再去面对人生的全部。

日子，每一天都是赚的。明天，明天总会更好的。

嗯。现在，请微笑一会儿。

夜，我贪恋一缕光

从城市往村庄的腹地深入，路灯日渐稀少，灯光在弯弯曲曲的道路上摇摇摆摆，窗外唯余刺耳的风声，在梅雨季节闷热的空中呼啸。

风在追着什么。雨落在荒凉之境。一缕光，在不远的远方。

我重重地靠上座背，迎来一阵松软，身上的骨头感觉到了依靠，愉悦地舒展开来。

我抱紧了我黑色的双肩包。

"你住的是什么鬼地方啊，这么偏。"每次打车，滴滴师傅基本上都会这样说，今天的师傅也不例外。

"对，有点偏，但也不是太远。"我回了一句。

司机没有接腔。我也长时间地沉默。

这个时候的夜，已经疲惫。我们正穿过地球上很不知名的一条羊肠小径。尴尬隐藏在沉默之中。

司机师傅沉默着望着远方。路，在黑夜中会变得漫长，陌生的道路更是。我的眼神伸出了手，无声无息地抚慰了一下另一个深夜疲惫的男人，想开口，欲语还止。对于一个男人，沉默是金。

这条道路，仿佛是绿色海洋里开辟出的一条天路。我闭着眼睛都知道有几个路口，有几个转弯，路边有什么植物，有什么花儿。

我闭上眼睛。听着风，它们迎着我回到村庄。

车，停了下来。

"这里没错吧！这什么地方？"司机嘟哝了一句。"这个地方，看来只能空车回去了。"

我不语。背上我的双肩包，轻轻关上门。

车子掉头，甩了甩灯光，扬长而去。

四周，黑暗。

村口的黑狗，白狗，各种狗此起彼伏地在我的脚步声中，开始狂吠。声音回响在这个村庄的上空，切割着铁凝的黑色，寂寞开始支离破碎。

村静似太古，日长如小年。我已经忘记了我在这个村里住了多久。

我迎着那些狗狗的叫声，走向我的小院。那些狗狗，见我走近，吠声低了下来，复又趴下头去，它们五体投地，在黑夜抱紧大地。

它们都懒得起身，迎我。

我点亮我小院的灯。一盏盏，亮起。

灯火阑珊。

小院的外面是绿水青山，是各种庄稼和农作物，是邻居日日精心照料的菜园。

他们世世代代，在这片土地上，种植着绿色和希望。我半路在这个院子里安家，在文字中，种植着一道雪亮的光。

我安守，我的书院。

我安守，我一方宁静的书院。

在这片原始的土地上，我们都专注各自的使命，以不同的方式走完短暂的一生。

若说，我费尽周折，半夜都想回到这个小院，只是想在这片日渐荒芜的土地上，点亮一片光辉，照亮这些书籍。

章锦水老师说，仿佛书籍是思想的光。

光点亮了书籍，书籍点亮了思想。

邻居大宝，喜欢抱着他的小孙女，指着这些书对她说，这才是真正的宝贝，你长大要多看书。孙女才三岁，什么也不懂，她乌溜溜的眼睛，好奇地打量着一切。

骨子里很爱书的大宝，他是给孩子生命潜移默化了一个长长的伏笔，给孩子点亮眼中的光。就如我母亲，小时候她看书，我也看书；长大了，我看书，我孩子也看书。

那一缕光，可以传承的光。

我贪恋，夜晚的那一缕光。

我喜欢雨夜，看着窗外。玻璃外映着另一个书院，影影绰绰，朦朦胧胧，那是延伸出去的另一个世界，我腾云驾雾而去。

我喜欢晴天夜晚的露台，我在一束光的上空，看遥远的黑色，听无声的潮水。城市在我的身后，很遥远。

夜，寂寞的上空，常有低声鸣叫的鸟，盘旋着飞过小院的上空。灯光点亮，温暖了它，它回应我紫罗兰的叹息，化作某种颂歌，在深夜里徘徊。

很安静，夜。

夜，我贪恋那一缕光。

应允一段美好的时光

请应允，一段属于自己的时光。

时间，在节日的时候，可以随心所欲地被自己分配，枝繁叶茂的喧嚣，交给身后。我与书本击掌，与不喜欢的人和事物割袍断义。文字的温暖填满了内心，生活正在平静之中变得格外的透彻，呈现世界的美好。

花朵轻易会凋谢，好的书籍能照耀我们，给我们快乐的源泉。我把我全部春节的时间交给阅读，无数的伟人在文字中与我肝胆相照。

这是多么美好的时光啊！

你看，春节不是就要到了吗？

一场浩大的节日到来之前，总要准备点什么。是拜年，走亲访友，是各种聚会，还是牌桌、酒桌？

春节的时候，你会备点什么年货？

一生尽爱无用之物。没有去商场逛街，也没有在某宝上买新衣，每年春节的时候，都是默默在一些购书的平台上买一些书送给自己。

这是给自己最好的新年礼物吧!

平时,遇到自己生日,或是有喜事有悲伤的时候,我也会送点礼物给自己,这些礼物也很简单——就是书。逢过年,我的年货很简单,就是备点书。人到一定年龄的时候,对物质的需求越来越少。衣服,干净,可以穿就好;吃的,够营养就好;其他,一般就好。若是让我买一件很贵的衣服,我会想当然地把它换算成可以买几本书,一想到一件华而不实的衣服可以买那么多书,我毫不犹豫地将衣服省下,心安理得地下单,买了几本平时舍不得买的书。

这是应允自己的,美好的购书时光。

购书如山倒,读书如抽丝。书买来,还是要读的。可是关键要有时间读啊!

在智能化的时候,很多人用听书代替阅读,很多人用电子书阅读,我还是习惯纸质阅读。读书需要一个仪式感,纸质的阅读才能满足,而电子书和听书,很难做到。我喜欢阅读前洗个手,拿支钢笔或铅笔,拿本笔记本,放杯茶,或是点个檀香……适当的时候,还要找个合适的地方,有张松软的沙发。如遇有阳光的日子,选择在冬日的阳光下读书;雨天,选择坐在宽大的落地窗边;偶尔,选择坐在书院的楼梯上,躲在一个小小的角落里……都可以。

这是应允自己的,美好的读书时光。

人的一生之中,很少能有这么大把的时间留给自己,可以完整地做点事情。岁之余是很好的读书时间。这个时候，可以关机，不去看手机，读书兴起的时候，也可以看到夜半。这真是最好读书的时光啊！平时读书，总会有些琐事会打扰到自己，总怕耽误了一些人和事，总会时不时看一下手机，这样读书，就会碎片化，情绪不由得被手机上的内容牵了去。

感觉岁月蹉跎，往往是马齿徒增、岁月老去的时候。年轻的时候，总是来不及认真，没有好好读点书，有个明确的方向，到年老的时候，方才后悔。

读万卷书，还要行万里路。春节的时候，送给自己很好的礼物，也可以是去某个地方长长短短的旅行。去旅行的时候，要带上一本书。

应允一段属于自己的时光，不一定是阅读，不一定是旅行，也可以是看个朋友、喝个茶、做件手工……总之，是件自己喜欢的事情，无比的愉悦。

应允一段美好的时光。我是这个节日里，风一样的植物，空气一样轻，时光轻轻一摇，我就化作了虚无。

"孤寂，或许才是一个人可靠的归宿。"春节，我给自己备好书籍的口粮，应允一段遐想的阅读时光。

有些话，当我懂得已经老了

"他明白了一个人意识到自己开始变老，是源于他发现自己开始长得像父亲了。"

那一年，母亲对我说："下次回家不用给我带书了，现在我眼睛老花了，看不了太长时间的书，只能看看报纸。"

我点了点头。后来回家的时候，就再也没有给母亲带书。

那一年，母亲伸出瘦骨嶙峋的手，拿起一根牙签，对我说："我最近啊，吃什么都塞牙，居然吃青菜都塞牙。"

我陪着母亲吃着晚饭，当时什么都没有表示。

那一年，母亲对我说："我知道你忙，没有时间回来，有空，就打个电话也好的。自己啊，在外多注意身体。"

我点点头，对母亲说，我有空就回来。

这一年，我去眼镜店想配一副老花镜。

发现自己看书，要拿得很远才看得清，很多时候晚上看书觉得很累，突然就想起了母亲那一年的话。

我到了眼镜店，对服务员说，我想配副老花镜。

服务员打量了一下我，你把你家老人带来配啊，要测一下度数的。

我欲语还止。停住了。没有再说什么。转身匆忙逃走了。

记得那一年，母亲说老花了，我都没有带她去配副老花镜。此时，心一阵辛酸。

这一年，我发现自己吃个雪菜饼，雪菜老是塞牙。每次吃完饭，都要漱口，检查一下牙齿。这个时候，我就想起，那时候母亲对我说她吃青菜都塞牙的时候，我是那样无动于衷，什么都没有表示。想到这儿，心一阵绞痛。

这一年，女儿离开婺城去外地求学。我絮絮叨叨地和她讲安全，讲注意身体，等等。她犹如一线风筝，飞高飞远。我想起，母亲对我说，让我有空打个电话，我是真的很少回家，也很少打电话啊！此刻，有重锤，一下一下，在敲打我的灵魂。

岁月不可抵抗，我们的身体都将逐渐老去。

很多人说，年轻的时候不懂杜甫，不懂苏东坡，等读懂的时候已经是中年，或是老年。

相同的句式有很多，代表了类似的感叹。

不同年龄，有不同的理解能力，有不同的心境。有些心情，有些感触，的确是需要一定年龄的时候才能懂的。

女儿有一次对我说，爸，你现在长得越来越像伯伯，像爷爷了。

她说的时候，我还是不太明白。

现在明白了。

在春天到来之前，将生命与爱重新打开

寒风吹过，海棠花的花苞隐忍了很久，还不愿盛开；院子里的枇杷花还在吐着芳香，它已经开了一个多月，甚至更久；拐枣和臭椿树早早就落尽叶子，光秃秃的枝干直挺挺地立在冬天；樱桃树也是仅剩树枝，露出了一只深深隐藏的鸟窝……

母亲指着枇杷说，这是冬花呀！你的咳嗽一直不见好，你的院子里有枇杷叶，还有枇杷花，都是好东西，都可以入药啊！

我捂住嘴。咳了两声。望了望树顶的花，它们隐藏在一片翠绿之中，毫不起眼。风摇晃着它的枝叶，不时有各种鸟、松鼠等钻到它的叶子丛中，惹得它树叶发颤，笑声连连。

我对着母亲点点头。母亲走后，我并没有动手摘叶摘花。

在缓慢的时光里，每片叶子和每朵花，都是会呼吸和有生命力的。

在院子中，我们互为亲朋。

不是每棵树木都有复杂的深意，我和树木一样简单。

在院子里，一个人的时候，我感觉我就是一棵移动的树。

一院子的时光

除了清晨，我拿本诗集，在花园里朗读喜欢的诗句之外，大部分的时间，我和树木花草一样，沉默不语。

我们在这个院子里相遇，树木们望着我，我比它们还要沉默。它们还时不时发出点声响，我仅仅偶尔抬抬头，看看头顶的世界。

花草树木都有自己的性格和脾气。我想起拐枣树掉叶子，是一拨一拨掉的，迟迟疑疑；臭椿的叶子，是一夜之间呼啦啦掉的，无比决绝；樱桃的叶子，在绵长的时间里，慢慢掉了个干净，深沉而稳重。我将它们的叶子，一片一片捡起，或是用扫帚清扫干净，放在火炉里烧成了灰，又将灰培进了它们脚下的土里。

现在，它们都已经没有痕迹。

四时有序，我想起在这个小院经历了完整的春夏秋冬，不由得有些恍惚——总在一回头间，时光已经遥远如斯，仿佛已经隔了很久很久。一年前，从清理院子开始，整理土地，铺草皮，种各种花草……一回头间，成了往昔。

院子已成另一个世界。外面的世界，也是另一个世界。

时间怎么这么快！

世事变幻莫测，不留痕迹地发生与结束。一朵朵花，看着看着就谢了；一句话，说着说着就倦了；人群里相爱着的两个人，走着走着就散了。

小院是万物的一个剪影。世界这么大，万物都有自己的秩序。如果错了，肯定不是这个世界，而是我们自己。

春风还没有来。

这个春节的阳光，正好。不远处的山峰河流，都各自安好。

关上院门，暂时拥有不被打扰的自在。沏泡的每杯茶，摊开的一本本书，都引向地势开阔的世界。

我们的视线不应该有阻隔。小院里夏天蚊虫多，门窗都做了纱窗。坐在屋里，看外面的世界，视线就会模模糊糊。冬天，我将所有的纱窗都拆掉清理了，视线一下子清爽无比，房屋里也开阔亮堂了许多。

心也是。

在阳光很好的日子，我推出自行车，开始了骑行。也开始恢复了跑步，健身锻炼。

动与静，破与守。人有时候需要静下来，守住自己；同时，也需要打开自己。

生命中，总有各种悲伤与欢喜，同往同在。

生活有各种各样的褶皱，在春天到来之前，要轻轻地抚平，将生命和爱重新打开，去迎接美好的世界！

在时光的灰烬上，我们种植心中的花朵

一

灰烬的前生是什么？

很少人能从那轻飘飘淡若尘的物质中找到答案，也很少人想去从那些无用的灰烬中寻找答案。在烈火之后能够留下来的，都是一些冷冰冰的物件，有血有肉有思想的基本上都付于了灰烬。即使是那些冷冰冰的物件，如铁、铜等，在一定温度的烈火中，也可能会付之灰烬——只要有足够热情的温度。

灰烬的前生，是一朵花。

在厨房锅灶烧锅孔的时候，或是在书院壁炉前看书的时候，看着木柴在燃烧，有如凤凰涅槃，在烈焰中，变成一朵朵美丽的花——不管是什么样的结局，在临告别的那一刹那，还是要微笑着告别。仔细看，火焰是朵花，木柴燃烧时候的形状，也像极了一朵花。

这朵"花"的前生，是万物万千。

看着火焰，我呆呆地可以看很久。

熊熊燃烧的火，带给我们温暖的同时，也治愈了我。乡居的日子，冬天有点小冷。一个小小的壁炉，给了我温暖。我在壁炉前看书，发呆，喝茶，偶尔在壁炉里烤点番薯、玉米。

平常的日子，就变美了。

"当灰烬查封了凝霜的屋檐，我们要坚强地相信光明就在前方。"

二

从明天起，

做一个幸福的人

喂马，劈柴，周游世界

从明天起，关心粮食和蔬菜

我有一所房子，面朝大海，春暖花开

——海子

海子当年想要的幸福很简单。有马，有远方；劈柴，关心粮食和蔬菜，有尘烟的生活；有一所房子，临海而居，春暖花开。

诗人已远，后人常常说想要做一个幸福的人的时候，总会吟起这首诗。

海景房的资源太有限，我住在婺州的乡下。

乡居的日子，清淡而绵长，诗意隐藏在烟尘的边缘里。在冬日的时光里，乡间的寒冷需要坚强的毅力。所幸，有柴火炉可以烧火，也有壁炉可以烤火。要烧火，就需要木柴。一个客居的异乡人没有山可以捡柴、砍柴，好在邻居素心家有仿古建筑的加工厂，时不时捎点木柴给我。木柴拿到后，我需要将木柴进行处理——长的，锯成短的；大块的，劈成小的，再将它们整整齐齐地码在厨房的一侧墙壁上，等着变成灰烬。

于是也有了海子诗中的劈柴。我们没有马可以喂，但是也要关心粮食和蔬菜。

乡间的冬天，家里有柴，寒冷不慌。

小时候，老家没有山，没有林，木柴稀少，在没有煤气灶的年代，村里还实行了一段时间沼气灶。在有了煤气灶之后，柴火渐渐被大家所放弃，到了近年，柴火灶又此起彼伏——大家都说柴火灶烧的饭菜好吃，大家都怀念小时候烧柴的感觉。书院的老灶头和壁炉，让很多人艳羡不已。

劈柴，烧柴。每一次劈柴和烧柴的时候，我都有种极强的负罪感。素心家拿来的木头，大部分都是古建筑上的一些老木头，都有着悠久的历史，每块木头背后都一定有故事。它们，就这么被我劈掉，被我给烧了，成了灰烬。

成了面目全非的灰烬。

三

我们在灰烬中看到了光，感受到了余温。面对着柴火、燃烧、灰烬，我心有不安。

好友郑红岗和我一样，生活在一个院子里。不过，他是杭城的郊区，我是婺城的郊区。说起我的不安的时候，他安慰我："你烧的柴是太奢侈了一些，不过，你是在超度它们哪，让它们早点投胎，你超度的可都是文化柴呢！"我叹口气，这些木头，如果加工一下，很多可以成为工艺品呢！他说："这些木柴，即使侥幸成为一些小艺术品，也不过是成了某些人手中的玩物、摆件，又有什么呢？"我有点小释然。

这世界，相似的人无形中有相吸的力量。红岗在他的院子里劈柴过日子，他的柴火是他自己从山里捡来，挑下山来的。他大笑道："我烧的是贫民柴，超度的是贫民柴！"

不管什么样的柴，最后都成了灰烬。

灰烬，有不同的归宿。

我家柴火的灰烬，我一铲铲，薄薄地铺上我的绣球花、樱花、芍药、枇杷等上面，红岗家的灰烬，都铺在了菜地里。红岗说："所以你的柴都开漂亮的鲜花，我的柴都只能变萝卜、白菜。"

我一笑。我家的灰烬原来最终还是变成了花啊！我对红岗说："萝卜、白菜不光能吃，也会开花的呢！"

我们不约而同地笑了。

在时光的灰烬上，我们种植心中的花朵。虽然我们没有马可以喂，仅仅是劈柴，就可以是件很幸福的事了。

珍重待春风

万物啊，当我们的双脚从黝黑的泥土里拔出，跫跫的脚步迈向远方，就开始无穷无尽的迁徙之中。

迁徙是万物的宿命，没有边际。

一天、一周、一月、一年，我们在漫长的时光长路迁徙。

万物迁徙，迁徙是我们的日常，周而复始。在人间，时光是横坐标，地点是纵坐标，我们一生都从此地到异地、从此处到他处进行迁徙。

我们的心也是，长年迁徙，终生流浪。

人生脆弱，生命过于渺小。

都说，没有一个冬天不能被逾越。但是在这个冬天，有些人永远留在了记忆。

夜深的时候，世界写满肃静。神灵在黑夜里点数，人类最先缺席。人类脆弱地最先在这个世界迁徙，奔向另一个未知的世界。树木，石头，它们以不同的形态在夜间伸展着身姿。一些鸟类受命在夜中鸣叫，深藏着某些启示。风，在夜间忽左忽右。万物有灵，都有自己的生命，都有自己的故事。

太阳。月亮。星辰。我们迁徙的路上铺满了慈悲的光芒。

我们以笔墨记录，以笔墨书写，那些不被忘却的纪念，写在纸上，刻在木头、石头上。我们需要一种镌刻的证明，我们迁徙的脚步曾经到此一游。笔墨含蓄，不透明地表明情绪。每一步，都写满了粗细不一的线条，落满了悲欣交集的情绪。

飘荡，落定。最终，都落了风，都落了尘。

这苍茫而潦草的世界，等一个扫地的人。

天亮了。

乡村的鸡鸣调亮天色，明亮而缓慢的彩霞，鼓动着活力的翅膀——日子每天都是欣欣然的！在冬天，有一种别样的声音在生命的深处呼唤着我们。

枇杷的花，簇簇的，像一只只黄色的金字塔，顶在绿色的树梢，在寒风中开了近一个月。母亲指着花对我说，你看，这个枇杷花开在这么冷的季节，它要经历那么寒的霜冻，然后结果，春天生长，初夏成熟，所以它的果实才这么甜美啊！

我点点头。再看小院枇杷树周围，茶花、木绣球、蔓马樱丹、海棠花、玉兰花等，花苞初现，随时准备开放；落叶的拐枣、樱桃、香椿等，已经绽放新芽。再看远处的田野上，青菜、萝卜、菠菜、香菜等在一畦一畦的田野上长得葱葱郁郁，生机勃勃。

在冬天，有很多花朵自顾自开放，有很多树木自顾自生长。万物并没有停止，都在往前奔跑。冬天的枯寒，其实是坚定希望。

冬天的落叶撑开了天地的辽阔，牵引着我们去发现生命中容易忽略的人与事，让我们去思考我们的人生。

宽阔的冬天，让我们张开双臂，有足够大的拥抱可以迎接春风，迎接温暖，迎接爱人。

朋友说，珍重。

朋友说，待春风。

我们都走着，满怀期待地等新年的钟声，等一缕温煦的春风，等一个轮回迁徙，或者，只是等一个人生下一步遇见的人。

待到山花烂漫，待到梨花如雪，待到喜鹊闹枝头。春风踩着轮回的脚步回来，万物在迁徙前行中，将迎来新的一轮绿色生命。

青山依旧。

自己选择的孤独，那是寂寥的幸福

一

我需要点颜色，给我点力量。贴好春联、斗方，书院立刻有了节日的氛围。我感觉我也过节了。

我洗了洗手，关上院门，世界顿时安静了。

在书院里，点起了壁炉，搬个小茶几，靠近温暖。我将春节期间要看的书，一本一本地摆开，整整一大桌，点兵点将开始了阅读。

内心安静的时候，音乐也是多余的。小度音响，保持着安静。今天的春晚，我嫌闹腾，打开投影看了一眼，迅速关上了。

手机里不断跳出群发祝福的消息。我想微信应该开发一种功能——一键将未读的信息全部删除。不见眼净，干脆把手机放得远一些，再远一些，扔在一个书架上。

有些事情不值得去期待。正如，这个世界有些人不值得去等。有些人，有些事情，作为节日的背景都不配。留白，空白，纯净的一片白，是这个节日最好的布景。

世界更安静了。

烟花的响声，远远近近。感觉与我无关。

雨，此刻微微地落下。

我听到了。

二

过了好久。我去拿起手机，想看看有没有你的消息。

我翻了好久。刷新了几次。

空气中有烟花的味道。屋内，有书香，有檀香，还有淡淡的樟木香味。壁炉的烟火，通过长长的烟囱排出，又从它熟悉的缝隙里钻进屋来，我嗅了嗅，真好闻。

朋友说，你那里今天肯定很热闹。

我笑笑，不回复。别人看不到我笑了。

人到一定年纪的时候，已经不愿意去解释什么。懂的人自然懂，不懂的人没必要解释。

我们都处在别人猜测的世界。自己的世界，自己懂。别人的世界，去想象与猜测，都太累。

何必呢!

我们不需要你的揣测来证明我的生活如何。

我们都需要过好自己。

大部分的人，活在别人的八卦与流言里，身不由己。

三

这些年，在国内，在海外，过了很多很多一个人的春节。

很多时候的大年三十，我是在一些民宿过的。民宿的夜晚，不至于太孤单。和一些陌生人，聊些无关紧要的事情，喝自己想喝的酒，时光就淡淡地溜走了。

很多人会问，你孤单吗？你孤独吗？你寂寞吗？

我想了想，还是没有回答。

真正的孤独，是在人海之中，却感觉只有自己一个人的孤独。

一个自己选择的孤独，那是寂寥的幸福。

这一生，我还想走更远更远的路，希望和相爱的人一起。

我还想写更多更多的文字。

四

我需要点光温暖自己。

我打开灯。一盏一盏的灯亮起，书院顿时灯火通明，温暖填满了世界。

我紧了紧衣服，站在二楼的露台看远处的灯光，看远处的烟花，回头看看小院里的灯火。远与近，黑暗与光明，我是一个无关紧要的人。

在黑暗中，灯光暴露了我们，暴露了我们内心的世界。黑暗中有双眼睛，清清楚楚地看到了这一切。

我回头看到了自己的丑陋，自私，狭隘，懦弱，等等。

我拿出一支血淋淋的笔，奋笔写下"一无是处"四个字，并打上了一个猩红的大叉。

很多时候，我讨厌我自己。

我真想将过往老桑一棒打死，新的一天，新的老桑重新开始。

五

需要点记录，用来纪念这个容易健忘的世界。

最近发朋友圈有点多。想记录自己走过的路，吃过的美食，遇到的人，开心的事。很多朋友圈内容，设了仅自己可见。

究其实，我们大部分的生活，与旁人无关。

日子是给自己过的。生活也是给自己过的。

这个世界，也没有多少人在意你累不累，你开心不开心，你过得好不好。

我的记录，仅仅是给自己看的。

我没有远大的志向理想，我穷其一生，只是想将自己过成自己喜欢的样子。

这些年，过得很艰难，日子清贫，我总在深夜的时候，提醒自己记得微笑，告诉自己，已经越来越接近自己想要的样子了。

人生每天都在倒计时。以后的以后，还是要多读书，多出去走走，多写些文字，多锻炼身体。

板凳需坐十年冷。人生，需要守得住自己。